The Citadel
A.J.Cronin

城砦

上

A.J.クローニン
夏川草介 訳

日経ＢＰ

THE CITADEL

by A. J. Cronin

Japanese translation published by arrangement
with Diana Cronin
c/o A M Heath & Co Ltd
through The English Agency (Japan) Ltd.

目次

第一部

第一話　鉱山の町　8
第二話　初めての患者　20
第三話　腸チフス　29
第四話　デニーの荒療治　44
第五話　バーロウ先生　61
第六話　「隠れ家荘」の夕食会　75
第七話　星明かりの下で　84
第八話　慎重に、ゆっくりと、確実に　102
第九話　カーディフの学会　114
第十話　夜更けの死闘　131
第十一話　ジョーの五ギニー　140

第十二話　急転　147
第十三話　二通の推薦状　166
第十四話　クリスティン　180

第二部

第一話　アベララウ　186
第二話　ルウェリンの歓迎　195
第三話　ロンドンへ　206
第四話　西部診療所　219
第五話　暗転　228
第六話　夜更けの訪問者　238
第七話　ヴォーン家　250

第八話　旧友の来訪　265

第九話　赤髭の歯科医　274

第十話　王立医学会会員　293

第十一話　第三坑道　315

第十二話　クリスマス・イブ　325

第十三話　丸木橋　347

第十四話　学位論文　362

第十五話　審問会　370

第十六話　出立の日　388

解説　城砦〈上〉　夏川草介　399

城砦〈上〉

第一部

第一話　鉱山の町

　一九二四年十月のある夕方、ひとりの見窄《みすぼ》らしい服装の青年が、汽車の三等車の窓から、ひときわ熱心な目を外の景色に向けていた。車内はほとんどがら空きで、汽車はちょうどスウォンジーからペノウェル渓谷に向かう上りにさしかかるところであった。彼、アンドルー・マンスンは、その日一日かけて、はるばる北のスコットランドから南ウェールズまで、カーライルとシュールズベリーで乗り換えながら長い旅を続けてきたのである。その旅もようやく終わろうとしていた。窓外には、降りしきる雨の下に、見慣れぬ殺伐とした景色が広がっていたが、アンドルーの気持ちは未来への期待で燃え立っていた。彼は医者としての第一歩を踏み出そうとしているのである。

　実際、窓の外はひどい嵐が続いていた。単線の鉄路の両側にそびえる山々からは、激しい風雨が吹き下ろし、山頂は分厚い灰色の雲に覆われて見えないが、中腹はあちこち採掘のために削られて、黒く荒れ果てていた。積み上げられた廃材の中を、数頭の薄汚れた羊が草地を求めて、彷徨《さまよ》っているのが見えたが、辺りには、茂みどころか一片の緑さえ見えなかった。

かろうじて見える枯れ木は、痩せこけた亡霊のようだった。

カーブにさしかかると、ふいに鋳造所の真っ赤な光が目に飛び込んできた。上半身裸になった労働者の一群の、鍛え上げられた胴や振り上げられた腕が、鮮やかに照らし出されたかと思うと、瞬く間に林立する重機のために見えなくなった。再び視界は暗くなったが、力強い印象は鮮烈だった。抑えがたい胸の高鳴りを感じて、アンドルーは大きく息を吐き出した。

三十分後、列車が終点のブライネリの駅舎に入った頃には、辺りはすっかり暗くなっていた。ようやく目的地に着いたのだ。はるかな遠い未知の土地である。手提げ鞄を摑んだアンドルーは、列車から飛び降り、雨の吹き付けてくるホームを足早に歩きながら出迎えを探した。改札口まで行くと、風に揺れるランプの下で、四角い帽子をかぶり長いレインコートを着た老人が立っていた。老人はアンドルーをじろじろ観察してから、面倒くさそうに口を開いた。

「あんたが、ページ先生のところに来た、新しい助手の先生だな？」

「そうだ。マンスンだ。アンドルー・マンスン」

「ふん、わしはトマス。トマス爺さんとみんなは言っとる。馬車を持ってきた。乗ってきな。もっとも……」

老人は、一向に降り止まない空を見上げた。

「泳いで行きたいなら別だがね」

アンドルーは鞄を上に放り投げると、痩せた黒馬につないだ古馬車に乗り込んだ。トマスも続いて御者台に上がり、手綱を取って声を上げた。

「そら、タフィ！」

馬車が雨の中を走り出した。

アンドルーは、町の様子を知ろうと目をこらしたが、山々の裾野は雨で煙って、灰色の家々がぼんやり見えるだけだった。しばしの間、老御者は何も話さなかったが、雨粒の滴る帽子のつばの下から、ちらちらと哀れむような視線を投げかけてきた。控え目に言っても、高名な医者を案内する優秀な御者という雰囲気はない。始終、強烈な馬小屋の臭いが鼻をつくばかりだ。

やがて老人が口を開いた。

「免許をもらったばかりの先生だろ、ええ？」

アンドルーが頷けば、「知ってるぜ」とにやりと笑って、老人は雨の中に唾を吐いた。憶測が当たってよほど嬉しかったのか、そのまま得意顔になって急に話し始めた。

「前の助手の先生は、十日前に出て行った。どいつもみんな居つかねえ」

「なぜだい？」

不安を押し隠して、アンドルーは笑顔で問うた。

「第一に、仕事がきつ過ぎるんだろうな」

「第一にってことは、ほかにも？」

「じきにわかるさ」

しばらく行くと、トマスは、観光ガイドが豪奢《ごうしゃ》な聖堂でも案内するように、鞭《むち》を高く持ち上げて町外れの一軒家を示した。小さな戸口からは明かりが漏れ、湯気が立ち上っている。

「わしと婆さんの家だ。豪邸だろう」

トマスがにやにや笑っているうちに大通りは終わり、馬車はでこぼこの脇道に曲がると、空き地や痩せたトネリコの木を迂回しながら、一軒の家の狭い車回しに入っていった。

「到着だ」

馬を停めて、トマスが言った。

アンドルーが馬車から降りると、待ちかまえていたように、玄関のドアが開いて、背の高い女性が笑顔で出迎えた。

「ようこそ、マンスン先生ね。どうぞ中に入って」

五十歳くらいの青い瞳の持ち主で、アンドルーを明かりのついた広間へ招き入れると、歯切れ良く話し出した。挨拶の言葉を考える暇もなかった。

「私はページ医師の妹のブロードウェン。大変な旅行だったでしょう。お会いするのを楽しみにしていたの。前のひどい先生が出て行ってから本当に大変で、気が気じゃなかったから。でもあなたが来てくれたから、もう大丈夫。さあどうぞ。お部屋まで案内しましょう」

二階のアンドルーの部屋は、真鍮《しんちゅう》のベッドに黄色いニス塗りの洋服ダンス、洗面器や水差しを置いた竹のテーブルなどがある小部屋であった。部屋を見回したアンドルーは、できるだけ丁寧に答えた。

「とてもいい部屋ですね、ブロードウェンさん」

「そうでしょう」

彼女は嬉しそうに頷いて、母親のように彼の肩を叩いた。

「あなたはここできっと立派な先生になるのね。心配しないで。あなたがきっちり仕事さえしてくれれば、私もちゃんとお世話します。それじゃまずは先生に挨拶ね」

そこで彼女はちょっと言葉を切ると、ちらりと探るような目を向けながら何気ない口調で続けた。

「手紙に書いたか忘れてしまったけど、実はページ先生は、最近あまり体調が良くないのよ」

唐突な話に、アンドルーは驚いて相手を見返した。

「ああでも、全然心配はいらない」

ブロードウェンはすぐに続ける。

「ここ数週間ほど横になっているんだけど、もうじき元気になるはずだから。誤解しないで」

戸惑うアンドルーをそのまま連れて、廊下の突き当たりまで行ったブロードウェンは、明るい声をかけてからドアを開けた。

「マンスン先生が来ましたよ、エドワード。新しい助手の先生です」

部屋の中は、シェニール織りのカーテンが隙間なく垂れ下がり、古い家具の並んだ奥には、暖炉に小さな火が燃えていた。ベッドに寝ていた六十くらいの男が、いかにも大儀そうに、ゆっくりと体の向きを変えた。エドワード・ページであった。大柄だが痩せており、荒削りな顔に疲れた目が光っていた。のみならず、眉間や頬の皺は深く、苦痛と苦悩と忍耐とが深く刻み込まれているかのようだった。

声をかけようとしてアンドルーは口をつぐんだ。

枕元を照らす石油ランプの光は、ページの顔の左半分が青白く強張って鑞細工のようになっている様を映し出していた。体の左半分も同じように硬くなっており、ツギの当たったベッドカバー上に置かれた左手は、完全に拘縮《こうしゅく》して、かさかさになっていた。

重度の脳卒中の所見であった。

さすがにアンドルーは声が出なかった。微妙な沈黙の中で、先にページが口を開いた。

「ここが気に入ってくれるとありがたいがね」

ゆっくりとした口調だが、呂律《ろれつ》が回っておらず、聞き取りにくかった。

「仕事があまりきつくなければいいが……。ずいぶん若いな」

「二十四です」

アンドルーはぎこちなく答えた。

「これが初めての仕事です。だとしても……大丈夫だと思います」

「ほらね」

傍らでブロードウェンが笑った。

「言ったでしょ、エドワード。今度来てくれる人は、きっといい人だって」

そんな声にもページは無表情だった。彼はしばしアンドルーを見つめていたが、やがて興味がなくなったように疲れた声で言った。

「君が、少しでも長く居てくれることを祈るよ」

「なんて言い方なの」

嘆くように言ったブロードウェンは、すぐにアンドルーを振り返り、申し訳なさそうに続けた。

「今日はちょっと調子が悪いみたい。でもすぐに良くなって、また動けるようになるから。ねえ、エドワード」

彼女はかがみこんで、優しく兄の額にキスをした。

「じゃあね。時間がきたら、また夕食はアニーに運ばせますよ」

返事はなかった。麻痺した唇の端が少しゆがんで震えただけだ。動く方の右手が、サイドテーブルに置かれた「ヨーロッパの野鳥」という本にゆっくりと伸びていくのを見て、アンドルーは静かに部屋をあとにした。

自室に戻ったあとも、アンドルーの気持ちは落ち着かなかった。彼は医学雑誌ランセットの広告を見て、助手の仕事に応募したのだが、手紙を送ってから、話がまとまるまで、ブロードウェンからはページ医師の病気について何も聞かされていなかった。しかし、言うまでもなくページは病気だった。しかも重度の脳卒中のために動けなくなっていた。再び働けるようになるまでに、数ヶ月はかかるだろう。本当にまた働ければの話だが——。

戸惑いはあったが、しかしアンドルーは気持ちを切り替えることに努めた。体力には自信がある。ページの病気のおかげで仕事が増えるとしても不満に思うことはない。むしろ呼び出しが増えて忙しくなるのなら、一層やり甲斐があるというものだ。

「あなたは幸運ね、先生」

アンドルーが夕食のために階下へ降りていくと、ブロードウェンが張りのある声で言った。

「今夜は落ち着いて食事が摂れる。外来はもう終わっているのよ。そっちはデイ・ジェンキンスがやってくれたから」

「デイ・ジェンキンス？」

「うちの薬剤師」

気楽な声が食堂に響いた。

「手先は器用だし、人柄もいいの。『ジェンキンス先生』なんて呼ぶ人もいるくらい。もちろんページ先生には全然及ばないけどね。でもここ十日ほどは、外来も往診もやってくれてる」

アンドルーは黙って耳を傾けていた。僻地《へきち》の医療というものが、かなり怪しげなものだという噂は聞いたことがあったが、しかし、沈黙を維持するには、それなりの努力が必要だった。

ブロードウェンは、暖炉を背にしてテーブルの上座に着いていた。椅子のクッションに心地よさそうに身を預けて、手元の呼び鈴を鳴らすと、四、五十歳くらいの真面目そうな女性の使用人が夕食を運んできた。

ブロードウェンは、さっそく柔らかなパンに手を伸ばし、バターをたっぷりと塗りながら、大きな声で告げた。

「さあ、アニー、こちらがマンスン先生よ」

アニーは控え目に会釈をしただけで、黙ってアンドルーの前に、冷たい牛肉の皿を並べた。ブロードウェンの前には、同じメニューに加えて、たっぷりと牛乳が用意してある。

「私、お昼はあまり食べないのよ、先生。おまけに、貧血があるものだから食事療法もしないといけない。貧血には牛乳を飲まないといけないでしょ」

アンドルーはうまくもない肉を噛み、冷たい水をひと息に飲み干した。

食事に不満がないと言えば嘘になるだろう。しかし、この質素な僻村《へきそん》の食卓に、贅沢を望むなど無理な話に違いない。

食事の間、ブロードウェンは静かであった。やがて、最後に残ったパンの耳を口に運び、牛乳を飲み干して口元を拭うと、椅子にゆったりともたれて、無遠慮に観察するようにアンドルーに目を向けた。

ブロードウェンの目に、アンドルーは、痩せていて浅黒く、まだ緊張しているように見えた。頬骨が高く、顎のとがった青い目の青年で、かなり神経質に見える一方、目元には若者らしい活力が溢《あふ》れていた。知的な青年だと、ブロードウェンは判断した。だが、もっとも喜んだことは、この青年が三日前の古くて硬くなった肉を、不満も言わずに食べたことだった。これなら食事は難しくないかもしれない。そんなことを考えていた。

「きっと私たちは、うまくやっていけるわね」

ブロードウェンは、嬉しそうに告げると、まとまりもなく話し始めた。

「これまでは本当にひどい状況だったのよ。ページ先生の病気、たちの悪い助手の先生、おかげで収入はわずかなのに、出費ばかり。それだけじゃない。鉱山管理人や炭鉱会社ともうまくやらないといけない。診察代は彼らを通して支払われるから。それについてなんだけど……」

彼女は、肩をすくめて滑らかに続けた。

「ブライネリでの仕組みを言っておくわね。炭鉱会社には三人の医者が登録されている。もちろんページ先生は、ほかの先生たちよりはるかに上の立場で一番偉い人よ。三十年以上もいるんだから。この三人の先生たちは、自分の裁量で好きなだけ助手を雇うことができる。例えばページ先生のもとにはあなたがいて、ニコル先生にはデニーという自称医者がいる」

妙に含みのある言い方に、もちろんアンドルーは口を挟まない。

「でも助手の先生たちは会社のリストには載らない。ともかく私が言いたいのは、会社は鉱山で雇われている人たちの給料から一定額を差し引いて、診療した人数分だけそれぞれの医師に支払う仕組みになっているということ」

ブロードウェンの問うような目に、アンドルーは頷いた。

「わかりました。ブロードウェンさん」

「大丈夫ね」

彼女はちょっと笑ってから、

「あなたが心配することは何もない。ただ、あなたはページ先生のために働いているということを忘れないで。これが一番大事なことよ。それさえ覚えておいてくれれば、私たちはうまくやっていけるんだから」

マンスンは、黙って注意深く聞いていた。

彼女の方は、話が少し深入りし過ぎたと感じたのかもしれない。ちらりと時計を見ると、姿勢を改め、ナプキンを置いて立ち上がると、急に事務的な口調になって言った。

「ところで、グリダー広場の七号住宅から、往診の依頼があったの。五時過ぎだったから、すぐに行ってもらっていい？」

第二話　初めての患者

アンドルーは、なかばほっとして、往診に飛び出していた。女主人とのやりとりはなかなか息苦しいものだったから、そこから解放されるだけでもありがたいくらいだった。

彼もすでに、どういう事情で、ブロードウェンに呼ばれたかを理解していた。すなわち、ページを「手伝う」のではなく、動けなくなったページの代わりに必死で働くということだ。彼が思い描いていたロマンチックなスタートとはかけ離れていたし、第一、何も聞かされていなかった。しかしアンドルーにとって、結局重要なのは診療をすることであって、その他は些末《さまつ》な問題だ。往診に向かう彼の足は、期待と緊張とやり甲斐のために、自然に速くなっていた。とうとう医師として、仕事を始めるのだ。

外はまだ雨が続いていた。ブロードウェンから教えられたように、チャペル・ストリートに沿って、暗く寂れた砂利道を歩いて行くと、やがて町が見えてきた。小さな商店のほか、シオン、キャペル、ヘブロン、ベテル、ベセスダなどの名前がついた十を超える教会が並んでいた。その先が、大きな総合商店や西部銀行の支店が立つ町の中心部だ。

山と山の裂け目の谷底を縫うように横たわっている大通りには、ほとんど人は見えず、両側の斜面を見上げると、小さな青い屋根の労働者住宅がいくつも連なっていた。天気もあいまって、息の詰まるような重苦しい空気がある。峡谷の奥の方へ目を向けると、巨大な扇状の赤い光が灰色の空を照らしていた。その下に、ブライネリの鉄鉱山と工場群があるはずだ。

グリダー広場の七号住宅に着いたアンドルーが、息を切らせたまま扉を叩くと、すぐに奥へ通された。狭い台所の隅のベッドに横たわっていたのは、若い女性で、ウイリアムズという鍛錬工の妻だった。緊張で、心臓が躍っていた。なんといっても、ひとりで診療するのは初めてなのだ。ラムプラウ教授の教室にいたとき、多くの医学生仲間たちと一緒に教授の診察を見学しながら、何度この光景を思い描いただろうか。しかし今は、彼を助けてくれる仲間も、答えを示してくれる教授もいない。完全にひとりであり、誰の助けも借りずに診断し治療しなければいけない。未熟、臆病、経験不足……。まとわりついてくる不吉な言葉を振り払いながら、アンドルーは、暗い部屋に横たわる患者を、細心の注意を払って診察した。

明らかに患者の状態は良くなかった。ひどい頭痛を訴え、高熱があり、舌も乾いていて重症であることは疑いなかった。

――何が起きている？

もう一度患者を診察してから、アンドルーは自らに問いかけた。

見逃した所見はないか？

何か基本的なことを忘れていないか？

もし診断できなかったら、どうすればいい？

最初の症例を前にして、神経質になり過ぎていることはわかっていた。

――いや、見落としなどしていない。絶対にだ。

自らにそう言い聞かせながら、彼は知っている病名を総動員し、症状に当てはめ、答えを探して必死にもがき続けた。しかしいつまでも考え込んでいるわけにはいかないことに気が付いた。傍らには夫がいるのだ。

アンドルーは聴診器をはずし、ゆっくりと患者から体を起こした。

「奥さんは風邪を引いていたかい？」

アンドルーは視線を患者に向けたまま問うた。

「はい、確かに」

ウイリアムズは素早く身を乗り出して答えた。

医師が難しい顔で長い時間診察している姿を見て、不安になったに違いない。

「三、四日前からです。私も、ただの風邪だと思っているんですが、先生」

アンドルーは、胸の内の不安を押し殺しながら、無理に頷いた。

「すぐに良くなるよ。三十分ほどしたら診療所に来なさい。薬を出すから」

アンドルーは結局、夫と目を合わせることもなく家を出た。診療所までの道を黙々と歩きながら、必死に考えていた。

診療所はページ医師の家に隣接する、古びた木造建てであった。中に入って石油ランプに火を入れると、青や緑の薬瓶の並んだ埃だらけの棚の前を無闇と往来しながら、なおも必死に考え続けた。

何かが引っかかっていた。それが何かがわからない。ただの風邪かもしれない。しかしただの風邪ではないかもしれない。

苛立ち、狼狽、不安、その他もろもろの感情に掻き回されて、彼は思わず呻き声を上げた。今はとにかく、様子を見るしかない。ラムプラウ教授は、病室ではっきりと診断できない発熱患者に出会うと、カルテの片隅に落ち着き払って書き込んだものだ。「不明熱」と。

原因不明の「不明熱」！

無意味でありながら、しかし的確な表現だ。おまけに、見事な科学的響きを持つ言葉ではないか。

惨めな思いを抱えながら、アンドルーは薬棚から薬瓶を取り出し、慎重に、真剣に、解熱剤の調合を始めた。

――亜硝酸に、サリチル酸ナトリウム……、重曹はどこだ？　ああ、あった、ここだ！

彼は調合を続けながら、これらの薬品が皆素晴らしく優秀で、あっという間に熱も下げてくれるはずだと、自分で自分を励ました。ラムプラウ教授も、サリチル酸ほど何にでも効く薬はないといつも言っていたではないか。

ようやく調剤を終え、いくらか落ち着いて薬のラベルを書いていたとき、ふいに診療所の呼び鈴が鳴ってドアが開いた。小柄ながら、がっしりした体格の三十くらいの男が、犬を連れたままぶらりと中に入ってきた。古びたベルベットの上着に、鉱山用の鋲底靴《びょうぞこぐつ》、びしょ濡れの雨合羽といった格好の男は、しかめ面でアンドルーを上から下まで眺めやった。その間に、泥だらけの雑種犬は、床の上で悠々とくつろいでいた。

やがて男が、妙に馬鹿丁寧な口調で頭を下げた。

「前を通りかかったところ、明かりが見えましてね。ひとつご挨拶を差し上げようと顔を出させてもらった次第です。私はフィリップ・デニー。ニコル先生の助手を務めている医師です。ちなみにニコル先生は、薬剤師学会のライセンスも持っている立派な先生でしてね。この資格は、誰でも取れるものじゃありませんよ」

怪しげな男を、アンドルーは黙って見返した。

デニーの方は、しわくちゃの箱から煙草を一本取り出して火をつけ、マッチを床に投げ捨てると、無遠慮に調剤台の上に手を伸ばした。勝手に薬瓶を手に取り、ラベルを読み、蓋を開けて臭いを嗅ぎ、また蓋をしてから机の上に戻した。

その顔に、浮薄《ふはく》な愛想笑いが浮かんでいた。

「お見事。これなら問題ない。しかし『三時間ごとにスプーン一杯内服』か。まさしく昔ながらの教科書的な堅苦しい記述だ。先生は、なぜ『一日三回内服』とわかりやすく記載しないんです？　薬は要するに、一日三回食道を通過すればいいんでしょう？」

デニーはちょっと考える様子を見せてから、ほとんど慇懃無礼な口調で続けた。

「ちなみに先生、こいつには何が入っています？　臭いは亜硝酸かな。亜硝酸はいい、実にいい薬ですよ。消化管の蠕動《ぜんどう》を促進し、免疫賦活《ふかつ》作用があり、利尿効果もある。誤って桶いっぱい飲んでしまっても、中毒にはなりにくい。薬の赤本にも書いてある。『診断がつかないときには亜硝酸を与えるべし』だったかな。いやはや、おかげでほかの薬なんか、みんな忘れちまった」

言葉が途切れ、再び沈黙が舞い降りた。アンドルーはもちろん答える言葉など持たなかった。聞こえるのは、トタン屋根を激しく打つ雨音ばかりだ。

「まあ、科学の話はこれくらいにしておくかい、先生」

デニーの口調が、ふいにあざ笑うような調子に変わった。

「今度は俺の好奇心を満足させてくれ。なぜ君はこんな所にやって来た？」

一連の勝手な態度に、さすがにアンドルーも腹が立っていたが、眉を寄せて睨み付けつつも、なんとか怒りを抑えて応じた。

「できれば私は、ブライネリを、安全で確かな医療を受けられる場所にしたいと思っている。そのための努力は惜しまないつもりだ」

デニーは冷然とあざ笑った。

「愉快、愉快。実に最高のジョークだよ、先生」

あからさまに失礼な態度に、アンドルーはほとんど殴りつけたくなった。だがデニーの口は止まらない。

「しかし残念ながら、この土地はとてもお薦めできん。ここの医師たちはな、先生、栄光ある高貴な職業の、落ちこぼれの寄せ集めに過ぎないんだ」

「君も含めてだね」

「その通り」

デニーは動じなかった。

しかし口をつぐんでちらりとアンドルーを眺めやり、それから急に軽薄《けいはく》な態度を改めて、最初の不機嫌な顔つきに戻った。

「いいか、マンスン先生。君が今、夢と希望に満ちた出世街道を歩き出したことを俺は知っている。しかし君はこの土地について、二つ三つ知っておくべきことがある。それは、君のロマンに溢れた空想と、この土地の現実とは一致しないということだ」

言葉は相変わらず辛辣《しんらつ》だが、態度は真剣だった。

「ここには病院もない、救急車もない。X線装置もなければ、何もない。手術をするなら、キッチンテーブルを使うし、終わったあとの手洗いも、食器洗い場だ。公衆衛生については見るに堪えない惨状でね。夏が来れば、子供たちはコレラで蠅のように死んでいく」

ほとんど吐き捨てるような口調になっていた。

「君のボスのページ先生は、腹立たしいほど立派な医師だったが、しかし彼も終わりだ。働き過ぎだよ。二度と現場に戻ってくることはないだろう。俺の上司のニコルは、小金を求めて妊婦を診察するだけの、ケチな助産師に過ぎない。『へぼ役者』のブラムウェルに至っては、旧約聖書の愛の歌を感傷的に歌い上げる以外になんの能もない男だ。かくいう俺だって……」

煙草の煙を派手に吹き上げてから、

「ただ飲んだくれるばかりの男さ」

軽く肩をすくめたデニーは、ふいに思い出したように語を継いだ。

「おっと、デイ・ジェンキンスを忘れていた。君のところの従順な薬剤師だがね、彼なんかご婦人方の機嫌を取りながら適当な処方を切って、いい儲けを出している。これでこの町の紹介は全部だな。さあホーキンス、行くぞ」

彼は犬の名を呼んで、のそりと背を向けた。しかしそこで首だけ動かして、再びマンスンの手元にある薬瓶に目を向けた。抑揚のない、無関心な口調で付け加えた。

「ついでに言っておくが、俺が君の立場なら、グリダー広場の患者は腸チフスと診断するだろう。チフスはときどき典型的な症状を欠くことがあるからな」

再びドアベルが鳴り響いた。

アンドルーが何か答えるより先に、フィリップ・デニーとホーキンスは雨の中へ消えていった。

第三話　腸チフス

その夜アンドルーが眠れなかったのは、硬いマットレスのためではなかった。グリダー広場の症例について、段々と心配になってきたのだ。

腸チフス……？

去り際にデニーが口にした言葉が、ただでさえ不安を抱えていた彼を一層悩ませることになった。考えもしなかった診断だ。患者には、発疹《ほっしん》も脾腫《ひしゅ》もなかったのである。

――重要な兆候《ちょうこう》を見落としたのだろうか……。

そんな思いが湧き起こり、夜中にでももう一度往診に行きたくなる気持ちを抑えるのに必死だった。実際、彼は一睡もできぬまま、長い夜の下で、こんな自分に医師の資格があるのかと何度も自問し続けることになった。

アンドルーは生来の激しい気性の持ち主だった。これはスコットランド出身の母親から譲り受けた性分だろう。アンドルーの母ジェシー・マンスンは、スコットランドの中でも北に位置するハイランドはアラプールの生まれだった。凍てつく空にオーロラが輝くような厳しい土地である。一方で、父のジョン・マンスンは、同じスコットランドのファイフの小農で、丈夫で、勤勉で、堅実な男だったが、成功や幸運とは無縁だった。第一次世界大戦に従軍し、戦争が終わる直前に戦死し、あとには、悲しみと混乱の中に、荒れ果てた小さな農場だけが残った。母のジェシーは、一年がかりでこの土地を酪農場に切り替え、息子が勉強に集中できるように、自分で牛乳配達までして奮闘した。その頃からときどき咳に悩まされていたのだが、そのあとも数年にわたって黙々と働き続けたあげく、ついに肺を悪くして倒れた。

十八歳のとき母は亡くなり、アンドルーはひとりになった。セント・アンドルーズ大学の一年生のときで、奨学金のおかげでなんとか生活していたものの、ひどい貧乏暮らしであった。ちなみにアンドルーが受け取っていたグレン奨学金というのは、この土地特有のすこぶる素朴な精神にもとづいたもので、以下のような条文で規定されていた。

「アンドルーという洗礼名を持った、貧困にして有為《ゆうい》な学生に、五年間にわたって年五十ポンドを超えざる範囲において給付するものである。ただし、本人が目標の資格獲得後は、誠実に返還すべきものとする」

故アンドルー・グレン卿が残した、いかにもスコットランド的気風の漂う条文であった。

この奨学金のおかげで、アンドルーのセント・アンドルーズ大学での生活は、貧しくとも愉快なものとなり、順調に進学してダンディ市の医学校で学ぶことができた。医師免許を取得するとすぐに、彼がスコットランドからはるばる南ウェールズまで足を運んだのは、奨学金への感謝の気持ちから、純朴なまでの真面目さでこれを返済しようと考えたためだ。ブライネリであれば、年二百五十ポンドという新米医師としては最高額の俸給が得られたのである。本音を言えば、スコットランドにある国立エジンバラ病院の臨床医になりたかったのだが、その場合は給与が十分の一であった。

　かくしてブライネリでの生活が始まったわけだが、彼は朝起きて、髭を剃って、着替えている間中もずっと昨夜の患者のことが気がかりであった。手早く朝食を済ませ、すぐに二階の部屋に駆け戻ると、鞄の中から小さな青い革のケースを取り出して、そっと開けた。中には「ハンター・ゴールド・メダル」が入っていた。セント・アンドルーズ大学においてもっとも優秀な医学生に贈られる特別なメダルであり、アンドルー・マンスンは医学生時代に、この最高の栄誉を受けたのである。

　アンドルーにとってこのメダルは、お守りであり、励みだった。誇りと自信を失いかけていたアンドルーは、ほとんど祈るような眼差しでメダルを見つめていたが、やがてケースを閉じると慌ただしく朝の診療に出て行った。

　隣の診療所に行くと、すでに薬剤師のデイ・ジェンキンスが来ていて、ちょうど大きな陶器の鍋に蛇口から水を注いでいるところであった。頬が細く、素早く目が動く男で、痩せた足にひどく細身のズボンを穿《は》いている様子が、小型の競走犬のような印象だ。

「こんなに早く来なくても大丈夫ですよ、先生」

ジェンキンスは愛想良く挨拶した。

「いつもの調剤や診断書の記載なら、僕にもできますから。ページ先生が病気になってから、サイン代わりのゴム印を、ブロードウェンさんから借りてあるんです」

「ありがとう。しかし患者は自分で診察するつもりだよ」

敢えてはっきりと答えつつも、薬剤師の様子にアンドルーは目を留めた。

「なにをやってるんだい？」

薬剤師は片目をつぶって見せた。

「この蛇口から注いだ水を使うと、薬がよく効くようになると思っている患者たちがいるんですよ。古き良き、ただの『水』なんですけどね。でも患者たちは、僕がこうして薬瓶に水を入れているのを、神妙な顔で見守ってるんです。自分で馬鹿馬鹿しくなるときもありますよ」

小柄な薬剤師はまだまだ話を続けそうだったが、そのとき家の裏口の方から大声が聞こえた。

「ジェンキンス、ジェンキンス！　ちょっと来て。早く！」

彼はほとんど飛び跳ねるように反応した。

「すみません、先生、ブロードウェンさんが呼んでいます、すぐ行かないと。それじゃ」

ささやくように早口で言うと、たちまち駆け出していった。


幸い朝の診療所に人影はなく、そのまま十時半を過ぎたので、アンドルーはジェンキンスから往診者のリストを受け取り、トマスの馬車を呼んですぐに出発した。真っ先に向かった先は、言うまでもなくグリダー広場の七号住宅だ。

患者の家に入って二十分後、アンドルーは唇を固く結び、青白く緊張した面持ちで出てきた。続けてそこから二軒先の、やはり往診名簿に載っている十一号に入った。十一号を出ると向かい側の十八号。十八号のあとは角を曲がった先のラドナー街だ。名簿によると、ラドナー街の二人の患者は、前日にジェンキンスが往診を済ませたばかりだった。

一時間以内に彼は、近隣の七人の患者を診察し、そのうちの五人に、典型的な腸チフスの症状を確認した。五人の中には、グリダー広場七号の患者も含まれていた。前日には認めなかった特徴的な発疹が出始めていたのである。この十日間、ジェンキンスもこれらの患者を診察していたが、石灰とアヘンを処方していただけであった。

今、彼ははっきりと理解した。

目の前で、感染症の腸チフスが広がり始めているのだ。

昨夜、一晩中考えを巡らせ、あらゆる状況を想定したつもりであったが、今さらながら彼は慄然《りつぜん》として声も出なかった。

アンドルーは、できるだけ自分を落ち着かせ、残りの往診を手早く終わらせて、家に戻った。昼食は、ブロードウェンが煮魚を取り分けていた。

「せっかくエドワードのために用意したんだけどね、今日はいらないって言うのよ」

ブロードウェンのそんな言葉は、しかしアンドルーの耳にはほとんど入ってこなかった。ブロードウェンに相談したところでなんの助けにもならないことは明らかだ。ページに直接相談するべき事態だった。

食事を終えるとすぐに彼はページの部屋を訪ねたが、しかしカーテンが閉められた暗い室内で、ページは頭痛に疲れ果て、額に深い皺を刻んで横たわるばかりだった。ページは身振りでアンドルーに座るように促したが、重大な事態をじっくりと相談できる状態にはとても見えない。アンドルーは躊躇《ためら》ったが、それでも手短に問うた。

「ページ先生、もし感染症が広がり始めたときは、どうすれば良いでしょうか」

しばし返事はなかった。やがてページは目を閉じたまま答えた。

「そいつはいつも厄介な問題だ……」

少し動くだけでも痛みが増すのだろう。ページは身じろぎもせず続けた。

「ここには隔離施設どころか病院もない。かなり面倒なことになるかもしれん。とにかくトニグランのグリフィス医師に電話をするといい。谷を二十キロばかり下った所に居る地方医務官だ」

そう言ったあと、ページは先ほどより長く沈黙してから付け加えた。

「……あまり助けにならんかもしれんがな」

活力を取り戻したアンドルーは、急いで電話のある玄関ホールに降り、受話器を取り上げた。そんな慌ただしい様子を、使用人のアニーがキッチンのドア越しにそっと覗いていた。

「もしもし、トニグランのグリフィス先生ですか？」

ようやく通じた電話の向こうから、ひどく用心深そうな男の声が答えた。

「どちら様ですか？」

「私はブライネリのマンスンです。ページ医師の助手をしています」

アンドルーの声はうわずっていた。

「こちらで五人の腸チフス患者が出ているんです。グリフィス先生にすぐに来ていただきたい」

無闇に長い沈黙のあと、返ってきたのは、ウェールズ訛りの早口の謝罪だった。

「まことに申し訳ありません、先生。グリフィス先生はスウォンジーに出かけています。とても重要な公用がありまして」

「いつ戻られますか？」

「それが、先生、はっきりしたことは申し上げられませんので……」

「しかし、こちらでは……」

突然、がちゃんと硬い音がした。相手が電話を切ってしまったのだ。その瞬間、アンドルーは直感した。

「くそっ、今のはグリフィス本人じゃないのか！」

もう一度電話をかけたが、つながらない。

腹立ちまぎれにさらにかけ直そうとしたところで、アニーがホールに出てきた。清潔な白いエプロンの前に両手を組み、彼女は落ち着いた目をアンドルーに向けた。

「偶然、聞こえてしまったんですけど、先生。この時間にグリフィス先生はトニグランにいらっしゃらないと思います。いつも午後はスウォンジーへゴルフに行かれますから」

アンドルーは、喉までせり上がってくる怒りを懸命に飲み込みながら答えた。

「しかし今電話に出たのは、おそらくグリフィス本人だ」

「そうかもしれません」

彼女は少しだけ首をかしげ、

「あくまで噂ですけど、グリフィス先生は自宅にいるときでも、平気で留守だと答えるみたいです」

アニーは気遣うような微笑とともに付け加えた。

「私が先生のお立場だったら、こんなことに無駄な時間は使わないと思います」

アンドルーは、抑えきれない怒りを抱えたまま、それでもとにかく受話器を戻し、もう一度患者たちの様子を見回りに出て行った。

午後は午後で診療所の仕事がある。戻ってきたアンドルーは、小さく古びた診察室の机の前に座って、外来診療に取り組まなければならなかった。

午前中とは様子が変わり、湿気と人いきれで待合室の壁が汗をかくほど、患者たちが詰めかけていた。膝の打撲、指の切り傷、めまい、関節痛などの鉱員たち。それに、咳や鼻水、捻挫《ねんざ》などで受診するその妻や子供たち。どれもこれも、人間ならみんな一度はかかるようなありふれた疾患だ。それでも普段の彼なら、楽しんで診療したに違いない。これも経験だと思えば、検査も処置も喜んで進めたに違いない。しかし今、彼ははるかに重大な問題を抱えていた。そんなことにお構いなく、目の前に延々と現れるつまらない疾患たちに、ほとんど呆然《ぼうぜん》とするばかりだった。

やがて、患者たちの胸の音を聞き、処方箋を書き、指示と忠告を与えているうちに、段々と腹の底にひとつの不愉快な考えがまとまり始めていた。

――こんなことになったのも、あいつのせいだ。実に嫌な男だ。頭がいいだけに、余計に腹が立ってくる。しかしどうにもならない。あいつに会いに行くしかない。

夜九時過ぎ、最後の患者を帰すと、彼は決意をみなぎらせて診察室を出た。

「ジェンキンス、デニー先生はどこに住んでいる？」

小柄な薬剤師は、余計な患者が入ってこないように、急いで表の扉に鍵をかけているところだったが、アンドルーの言葉を聞いて、ほとんど恐怖にも似た驚きを露わにした。

「まさか先生、あんな奴とかかわるつもりじゃありませんよね。ブロードウェンさんだって、あの男を嫌っていますよ」

アンドルーは厳しい口調で応じた。

「なぜ嫌っているんだ？」

「ほかのみんなと同じ理由です。ひどく失礼な奴なんです」

ジェンキンスは、しかしアンドルーの顔を見て、気圧《けお》されるように付け加えた。

「わかりました、言いますよ。チャペル・ストリートの四十九番地。シーガーさんの家に下宿しています」

アンドルーはすぐに出かけた。

一日中働いて疲れ切っているはずだったが、あの患者たちのことを思うと、責任と重圧を両肩に感じ、それどころではなくなっていた。チャペル・ストリートの目的の家に着き、シーガー夫人から、デニーが在宅だと聞いたときは、救われたようにほっとしていた。

アンドルーを見たデニーは、さすがに少し驚いたようだった。ただ、それを露わにはせず、あくまで不機嫌そうな一瞥を投げてから、無遠慮に言った。

「なんだ、もう誰か殺したのか？」

散らかった部屋の入り口に立ったままアンドルーは、顔を真っ赤にして唇を噛みしめた。忍耐を総動員して、苛立ちと自尊心を抑え込み、真剣な口調で告げた。

「君は正しかった。あれは腸チフスだ。あれが診断できないなんて、私は銃殺刑にされても文句は言えない」

デニーはまたちょっと意外そうな顔をしたが、アンドルーは構わず続けた。

「もう五人患者が出ているんだ。ここには来たくなかったが、ほかに頼みの綱もない。医務官には電話をしたが、まったく相手にされなかった。君の助言がほしい」

デニーは暖炉の傍の椅子にもたれたまま、パイプをくわえて聞いていたが、やがて面倒そうに身振りで中に入るように促した。

それでも戸口で躊躇うアンドルーを見て、急に声を荒らげた。

「とにかく座ってくれ！　そんなところに牧師かなにかのように突っ立ってるもんじゃない。これから葬式でも始めようって顔つきだ。なにか飲むかね？　いらん？　そうだろうよ」

アンドルーは、ぎこちなく腰を下ろすと、敢えて乱暴な手つきで煙草に火をつけた。

デニーはデニーで、結論を急いではいないようだった。座ったまま、破れたスリッパの先でホーキンスをつついていたが、アンドルーが煙草を吸い終わるのを見ると、急に頭を動かして言った。

「よければ、あれを見てくれないか？」

目で示したテーブルの上には、見事なツァイスの顕微鏡と、数枚のスライドガラスが置いてある。アンドルーが立ち上がって顕微鏡にスライドを載せ、ゆっくりと焦点を合わせると、すぐに多数の桿菌《かんきん》が見えてきた。

「もちろん、あまりできは良くない検体だがね」

反論を封じるように、素早く皮肉っぽく告げた。

「実際、染色状態も最悪だ。ありがたいことに、ここは実験室じゃない、専門業者もいない。おまけに俺は外科医だ。しかしこのどうにもならん環境では、なんでも屋になるしかない。そいつは肉眼でもわかるくらいだろう。俺が自分で培養したんだ」

アンドルーは驚いた。

「君のところにも患者がいるということか？」

「四人だ。みんな君の患者と同じ地区さ」

デニーは軽く煙を吐き出してから、

「そして、その検体はグリダー広場の井戸から採取したものだ」

アンドルーは目を見張った。

聞きたいことは山ほどあった。この男がただ者ではないということもわかってきた。しかし何よりも、この感染症の発生源が見えてきたことは朗報だった。

「いいか」とデニーは、例によって冷ややかで苦みを含んだ口調で続けた。

「チフスはここじゃ、風土病みたいなもんなんだ。しかし近いうちに、それもかなり近いうちに、ひどい感染状況になるだろう。原因は……」

デニーがふいにパイプを持ち上げた。

「下水管だ」

言いながらパイプを少し傾けると、こぼれた灰が舞いながら床に散っていく。

「古い下水管から漏れ出した下水が、町の中でも標高の低い地区の井戸に流れ込んでいる。そいつが感染源だ。グリフィスには何度も言っているんだがな。あいつは、怠け者で小心者で、無能で偽善面の豚野郎だ。この前電話したときに、次に会ったらぶん殴ってやるって言っておいた。今日、君の電話をごまかしたのも、それが効いているのかもしれんな」

「なんて恥知らずな奴だ！」

アンドルーは思わず大声を上げていた。

デニーは肩をすくめて見せた。

「町の評議会にこの話を持ち出せば当然費用がかかる。奴はそのために、自分の月給が減らされるんじゃないかって、恐れてるんだよ」

ふいに沈黙が戻ってきた。

不思議な男だと、アンドルーは戸惑いつつも相手を見返した。好意は持てそうになかったが、しかし彼の持つ、独特の懐疑的な言動と、計算された冷淡な態度には、奇妙に惹きつけられる魅力があった。

しかし原因がわかれば、無闇と長居をする理由はない。アンドルーは、色々な思いは胸の内に仕舞って、椅子から立ち上がった。堅苦しいなりに、感謝の言葉だけは忘れなかった。

「貴重な情報をありがとう。何が起こっているかは理解できたよ。患者は治療できるとしても、感染源がわからなければ、病人は増える一方だと心配していたんだ。しかし君が井戸だと突き止めてくれたおかげで、対処は簡単だ。グリダー広場の井戸水は、すべて煮沸《しゃふつ》させることにする」

「煮沸しなけりゃならんのは、グリフィスの方さ」

立ち上がりながら、投げやりに言ったデニーは、すぐに皮肉なユーモアを取り戻して続けた。

「仰々しい礼はいらんよ、先生。この感染が収まるまでは、お互いまだまだ忍耐が必要だろうからな。いつでもまた来てくれればいい。この田舎町には、ほかに華やかな社交場があるわけじゃないんだ」

最後にちらりと犬を眺めやって、締めくくった。

「スコットランド人の堅苦しい医者が来たって、ちゃんと歓迎するさ。そうだろ、ホーキンス卿」

ジョン・ホーキンス卿は、だらしなく赤い舌を出したまま、尻尾で絨毯を軽く叩いた。

アンドルーは、すぐにグリダー広場に向かい、地区の人々に対して、水の使用に関する厳重な指示を伝えた。

家に帰ってきたときには、デニーに対する不快感がほとんど消えていることに、自分でも驚いていた。

第四話　デニーの荒療治

アンドルーは、持ち前の情熱のすべてを注ぎ込んで、腸チフス対策に乗り出した。

彼は仕事が好きだった。医者になって早々に、こんな機会が与えられたことを幸運だとさえ考えて、数週間もの期間、全力で駆け回った。一般診療を平常通りこなした上で、それが終わると勇躍《ゆうやく》してチフス患者のもとに駆けつけた。

この初陣《ういじん》において、おそらく彼は幸運だったのだろう。一ヶ月ほどの間に、チフス患者は皆回復に向かい、感染の拡大も見られなかった。

感染予防策は徹底していた。井戸水の煮沸、消毒と隔離の徹底、消毒用フェノールに浸した布の各戸配布、さらにはページ医師と費用を分担して大量の次亜塩素酸カルシウムの粉末を購入し、グリダー広場の下水管に投入した。そういったことを思い返したとき、アンドルーは得意な気持ちを抑えきれなかった。

――順調だ。もちろんひとりで全部やったわけじゃない。でも俺だからここまでできたことは確かだ。

彼は自分の患者がデニーの患者より早く回復していることを知ると、思わずそっとほくそ笑み、慌ててそんな自分を戒めることもあった。

デニーは相変わらず、アンドルーをからかい、ときには怒らせるようなことを口にした。互いに担当患者が近いため、しばしば現場で顔を合わせたが、そのつどデニーは容赦なく、しかも楽しげに、自分たちの努力を皮肉った。「チフス菌に対する残忍なまでの殲滅戦《せんめつせん》」などと浮薄な文句を口にしながら、その背景には、いつも疾患に対する怜悧《れいり》な考察が垣間見えた。

「忘れるなよ、マンスン先生。俺たちは実に偉大な、名誉ある職業に従事しているんだ」

そんな風に皮肉と冷笑で着飾りながら、しかし彼は患者のもとに通い、ベッドの傍に腰かけ、その手を握り、何時間でも病室で過ごしているようだった。

ときにアンドルーは、デニーのちょっとした照れ隠しや無邪気な真面目さに気が付いて、好意を感じることもあるのだが、デニーの方はたちまち不機嫌な顔に嘲笑を浮かべて、そんな感情をぶち壊してしまうのだ。

しかしあるとき、何気なく「全国医師名鑑」を開いたアンドルーは愕然《がくぜん》とした。その分厚い書籍はページ医師の書棚にあった五年前のものだが、デニーに関する驚くべき情報が載っていた。デニーはケンブリッジ大学、およびガイ病院の名誉ある奨学生であり、医学博士の学位も持っていた。のみならず当時は、リーバラー公爵領の名誉外科医の地位にあると記載されていたのである。

十一月十日、デニーが思いがけなく電話をかけてきた。

「マンスン、ちょっと会いたいんだ。三時に来てくれないか。大事な用件だ」

「わかった。午後には行こう」

気軽に答えたものの、アンドルーは昼食を食べている間ずっとデニーの用件が気になっていた。そしてそんなアンドルーに、ブロードウェンは探るような目を向けていた。

「誰からの電話？　デニーね？　あんな男には近づかない方がいいですよ。なんの役にも立たないどうしようもない男なんだから」

「反対ですよ」

彼はカッテージパイを食べながら無遠慮に応じた。

「彼はとても立派な男です」

「そう思うなら好きにしてもらっていいけどね、先生」

ブロードウェンはいくらか気圧されつつも続けた。

「彼は変人よ。第一ほとんど薬を処方しないんだから。ずっと薬に頼ってきたリース・モーガンに向かって、つまらない薬なんて全部やめて毎日山道を三キロ歩けって言ったのよ。そのままの言葉でね。おかげでリースは私たちの方に来るようになって、それ以来ジェンキンスが素晴らしいお薬を出してあげてる。それだけじゃない。あの男、どこかに奥さんがいるらしいけど、一緒に住んでもいないのよ。おまけに、ひどい酒飲みなの。あんな男には近づかないに越したことはない。あなたも、自分がページ先生の助手だってことを忘れないでね」

長々と聞いているうちに、アンドルーは段々と腹が立ってきた。

彼は最大限ブロードウェンのために力を尽くしているつもりだったが、先方はことあるごとに不満ばかりぶつけてくるのである。

彼女は、口癖のように「ページ先生のため」と言いながら、診療所の収入をごっそり懐に収めていた。しかも、これだけ働かせておきながら、最初の月給さえ三日遅れてまだ支払われていないのだ。アンドルーにとっては迷惑な話であった。そんな状況で、彼女は厚かましくも自信たっぷりにデニーの悪口を並べ立てるのである。

とうとう彼は吐き出すように言った。

「ページ先生のために働いていることは忘れませんよ。ちゃんと月給さえいただければね」

彼女ははっと口をつぐみ、すぐに顔を赤くした。どうやらうっかり忘れていただけのような反応だった。やがてブロードウェンは精一杯に胸を張りながら、

「当然ね。わかっていますとも」

そう言ったあとは、食事中も一言も話さなくなった。

アンドルーの方も、いささか不用意な発言をしたことは自覚した。迂闊《うかつ》な言動は、自分の立場を悪くするだけであろう。言うまでもなく、アンドルーとブロードウェンは、価値観がまったく違うのである。そして、認めるのは憂鬱な話だが、自分の方が耐えるべき立場に違いない。

ブロードウェンの倹約ぶりは、確かに度が過ぎている。だがそれを責めることはできまい。彼女は、この小さな谷で、兄の介護をしながらひとりで生計を立てているのである。しかも病床の兄に対する態度は、確かに誠実であった。彼女なりに最善を尽くしているように見えた。要するに、倹約と質素に対する考え方が、違い過ぎるだけなのであろう。

昼食を終えて席を立ったあと、しばらくして彼は居間にいるブロードウェンに呼ばれた。彼女はもう落ち着いて堂々としていた。

「あなたの給料よ、先生。助手の先生方は現金で支払われる方がいいでしょう。構いませんね。座ってください、確認しますから」

ビロードの肘掛け椅子に座ったブロードウェンの膝の上には、ポンド紙幣と黒い革財布があった。

紙幣を手に取って、彼女は注意深く数えながらアンドルーに手渡した。彼女は二十枚数えたあと、財布を開いて、同じ正確さで十六シリングと八ペンスを数えた。

「一ヶ月分の給料です、先生。年二百五十ポンドでしたね」

「間違いありません」

アンドルーはいくらか決まり悪げに言った。

そこに一瞥を投げかけて、ブロードウェンは付け加えた。

「あなたをごまかすつもりはありませんでした。それだけは言っておきますよ、先生」


アンドルーはため息とともに家を出た。

息苦しいやりとりに、ひどく疲れた気分だった。

とにかく郵便局へ行き、現金書留でグレン奨学金に二十ポンドを送金し、コインはそのままポケットに入れた。そして外に出たところで、ちょうど登録医のひとりであるブラムウェル医師が近づいてくるのに気付いて、いくらか気分が明るくなった。

ブラムウェルは大股でゆっくりと歩いていた。貧弱な体をまっすぐに伸ばし、伸び放題の白い髪は襟の後ろになびかせながら、手元の本に視線を落としていた。途中でアンドルーには気付いた様子だったが、近くに来てから初めて気付いたように芝居じみた声を上げた。

「やあ、マンスン、我が友人よ。本に夢中だったから、あやうく通り過ぎるところだったよ」

アンドルーは笑った。

もうひとりの登録医であるニコルと異なり、ブラムウェルは、赴任時に心から歓迎してくれた人物だ。ブラムウェルの診療所は小さかったので、助手を雇うほどの余裕はなかったが、物腰は穏やかで、いかにも立派な医師と思えるような悠揚《ゆうよう》たる態度の持ち主であった。

彼は指で慎重に読みかけのページの隅を折り、もう一方の手を、いかにも大仰に色あせたコートの胸元に当てた。芝居じみた動作は、まるで劇場の舞台の上のようだったが、ここは間違いなくブライネリの大通りだ。デニーが「へぼ役者」と名付ける所以である。

「調子はどうかね、我らの小さな町を気に入ってくれただろうか、我が友よ。以前、君を我が家に招待したときに言ったと思うが、見た目ほど悪くはないだろう。我々には才能があり、教養がある。私は妻とともに、それを大切に守り、育てている。我々はいわば、この荒野を照らす聖火なのだ。君がまた訪ねてきてくれれば、聖火は一層明るさを増すと思うのだが、どうかね？」

アンドルーは、ほとんど笑いをこらえるのに懸命だった。

ブラムウェルは調子よく続けた。

「もちろん腸チフスに闘いを挑んだ君の活躍は、よく知っている。君はブライネリの誇りだよ。私にもそんなチャンスがあれば、と思うくらいだ。何かできることがあれば、いつでも呼んでくれたまえ」

こんな大先輩を面白がっている自分に、さすがに良心の呵責を感じたアンドルーは、すぐに真面目な顔をして答えた。

「実はブラムウェル先生、私のもとに、非常に興味深い二次性縦隔炎《じゅうかくえん》の患者がいるのです。非典型的な症例です。もしお時間があれば、一緒に診ていただけませんか」

「なるほど」

ブラムウェルの声からは、若干ながら熱が引いたようであった。

「しかし君を邪魔するようなことになってはいけないと思うが」

「そこの角を曲がったところなんです」

アンドルーは丁寧に道の先を示した。

「このあとデニー先生に会う予定ですが、それまで三十分ほど時間があります。すぐですよ」

ブラムウェルは、ほとんど断りそうなくらい長く逡巡《しゅんじゅん》していたが、やがて控え目に頷いて見せた。

グリダー広場のその患者は、胸腺《きょうせん》が残存していることも含めて、きわめて珍しく、かつ興味深い一例であった。彼は自分でこれが診断できたことを誇りに思っており、興奮を分かち合い、活発な議論を交わしたいと思って、ブラムウェルを誘ったのだ。

しかしブラムウェルは、口で言うほどの熱意も興味も示さなかった。アンドルーに促されるまま、気乗りのしない様子で部屋に入っていくと、息を止め、やたらと距離をとったまま、素早く診察を済ませてしまった。ほとんど、あっという間と言ってもよかった。家から出ると、途端に新鮮な空気を吸うように大きく深呼吸してから笑顔を向けた。

「一緒に診察させてくれてありがとう」

そこから先は、にわかに普段の雄弁さを取り戻した。

「君のおかげだ。危険な感染症からも絶対に逃げるわけにはいかないという医師としての職責を、改めて感じることができた。加えて、科学の進歩を目の当たりに見る機会ももらった。信じてもらえんかもしれんが、私でさえ、これほど完璧な二次性膵炎の症例を診たのは初めてなんだよ」

そう言ってアンドルーに握手すると、ほとんど逃げ出すように足早に去って行った。

――膵炎……？

アンドルーは呆然としていた。ブラムウェルはちょっと口をすべらせて、言い間違えたのではない。彼の行動のすべてが無知をさらけ出していた。

要するに、何も知らないのである。

アンドルーは立ち尽くしたまま、額の汗を拭っていた。何百人もの人命を預かる立場にある医師が、膵臓《すいぞう》と胸腺の違いがわからないのだ。一方は腹にあり、一方は胸にあるというのに。こんなでたらめなことがあっていいのだろうか。

アンドルーはデニーの下宿への道をゆっくりと歩きながら、医療に対する自分の常識的な概念が根底から覆されるのを感じた。自分が未熟で、トレーニングは不十分で、間違いを犯す可能性があることは十分に承知している。しかしブラムウェルは自分のような新米医師ではない。つまり、その無知は弁解の余地がないのだ。

無意識にアンドルーは、いつも嘲笑を浮かべているデニーの発言について考えていた。彼はしばしば呆れた主張を口にするのだ。「イギリス全土に、患者をだますしか能がないか、もしくはまったく無能な、何千人もの腐りきった医者がいる」と。

アンドルーはそのたびに猛烈に怒ったものだが、しかしデニーの言葉にもいくらかの真実が含まれているのではないだろうか。デニーにもう一度聞いてみるべきだと彼は考えざるを得なかった。

しかし、デニーの部屋へ行くと、そんな議論をしている場合ではないということがすぐにわかった。デニーは、息詰まるような沈黙の中で、憂鬱な目をして待っていた。

アンドルーの顔を見ると、押し殺した声で彼は言った。

「若いジョーンズが朝の七時に死んだ。腸穿孔《ちょうせんこう》だ」

声には凍りつくような、冷たい怒りがこもっていた。腸穿孔は、しばしば重症の腸チフス患者に見られる危険な合併症だ。

「それだけじゃない。イスタッド通りで新たに二人腸チフスが出た」

アンドルーは視線を落とした。

言うべき言葉を持たなかった。

「安っぽい同情をするなよ」

デニーは苦々しく告げる。

「俺の患者が悪くなって、君のところが良くなってるんだ。さぞかしいい気分だろうが、しかし、あの忌々しい下水が君のところに漏れれば、おんなじことが起こるんだぜ」

「そんなことを考えるわけがない。本当に心から残念だと思っている」

アンドルーは首を振って、続けた。

「このままでは駄目だ。保健省へ手紙を書こう」

「手紙なら、一ダースでも書けるさ。そして半年後にようやく役人たちが、よちよち歩きでやってくるのを、丁重にお迎えするんだろうな。馬鹿馬鹿しい。そんなことは俺だって全部考えた」

吐き捨てるように言ったデニーは、わずかに間を置いてから低い声を響かせた。

「俺は奴らに、新しい下水道を造らせる唯一の方法を思いついた」

「唯一の方法？」

「古い下水道を爆破すればいい」

アンドルーは仰天した。一瞬、デニーの気が狂ったのかと思ったが、そうではなかった。まるで下水道をぶち壊すためだけに生まれてきたかのような、凄みのある顔だった。

「それは無茶だ。見つかったらどうするんだ」

「やる気がないなら、付き合う必要はない」

突き放すようなデニーの言葉に、アンドルーはほとんど反射的に答えていた。

「一緒に行くさ、ほうっておけるわけないだろう」

そんな言葉を口にするのが、精一杯だった。

しかしその日の午後、診療しながら、アンドルーはもう後悔していた。

正気とは思えない。遅かれ早かれ、深刻な事態を引き起こすに違いない。下水道の爆破など、万が一見つかれば裁判所行きで、医師免許も剝奪《はくだつ》されるはずだ。そうなれば、地位や名誉やその他多くの可能性に溢れているはずの、華やかな自分の未来は、完全に破壊されてしまう。

アンドルーは恐ろしくなって身震いした。デニーを呪いながら煩悶《はんもん》したが、しかしもうあとに引くことはできなくなっていた。

夜十一時、デニーとアンドルーはホーキンスを連れて、チャペル・ストリートの外れに向かった。真っ暗な夜で、曲がり角まで来ると、激しい風雨が吹き付けてきた。デニーは綿密に計画を立て、夜勤に入る鉱員たちの交代時間も確認していた。町外れのトマス爺さんの家に、数人の若者がたむろしている気配があったが、ほかに人影はなく、通りは静まり返っていた。

二人と一匹は静かに歩いて行った。デニーのコートのポケットには、ダイナマイトが六本、入っている。下宿のシーガー夫人の息子のトム・シーガーが、こっそり採掘場から盗み出してきた代物だ。アンドルーの方は、蓋に穴を開けたココアの缶六つと懐中電灯、導火線を運んでいた。前かがみになり、外套の襟を立て、恐る恐る辺りを見回しながら、デニーのちょっとした合図にもぶっきらぼうに答えるばかりだ。罪悪感とともに、ふいにラムプラウ教授の温和な横顔が思い浮かんだ。あの良識派の教授が、今夜の非常識な冒険を知ったらどう思うだろうか。

すぐに彼らはグリダー広場の一番大きなマンホールに辿り着いた。コンクリートはぼろぼろで、蓋もサビだらけだ。何年も放置されたままだった蓋を、なんとかこじ開けると、猛烈な臭気が漂い出た。中を懐中電灯で照らすと、崩れかけた石造りの水路にどろどろの下水が流れていた。

「ひどいもんだ」

デニーが吐き捨てるように言った。

「あの大きな亀裂も、崩れたレンガもしっかり見ておけよ。見納めになるんだからな、マンスン」

それ以上会話はなかった。

いつのまにか、アンドルーの気持ちも変わり始めていた。

ぼろぼろの下水道を見ているうちに、デニーと同じように沸々と怒りが湧いてきたのだ。多くの人が、この不潔な下水のために命を落とし、しかも役人たちは何も手を打とうとしない。原因を指摘しても、素知らぬ顔で放置しているのだ。迷いは遠ざかり、決意に変わっていった。もはや、生真面目にベッドサイドに足を運んだり、律儀《りちぎ》に薬を調合したりしているときではないのである。

彼らは素早く準備を進めた。ココア缶にダイナマイトを入れ、長さを測って導火線を切り、それを結びつけた。マッチに火をつけると、デニーの青白い顔と震える手が浮かび上がった。とうとう導火線に火がつけられた。一番長い導火線のココア缶から順々に火をつけて、次々とどろどろの下水に流していく。アンドルーはもう何も考えなかった。緊張と興奮で心臓が躍っていた。

最後の缶が流れていったとき、ふいにホーキンスがネズミを見つけてマンホールに首を突っ込んだ。犬はネズミに夢中で吠え立てたが、足下はいつ爆発が起こるかわからない状態だ。

息詰まるような緊迫感の中、ホーキンスをなんとか引き離し、マンホールの蓋を戻した二人は、一目散に大通りを三十メートルほど駆け上った。

かろうじてラドナー街の曲がり角まで辿り着いたとき、最初の爆発音が鳴り響いた。

「始まった……」

アンドルーは思わずつぶやいた。

すぐに、鈍い地鳴りのような音が続いた。二、三、四、五……。最後の爆音は、谷のかなり底の方で、ほとんど優雅なまでの響きを帯びていた。

「やったぞ、デニー」

思わず両手を握って、大声で叫びたいくらいだった。今やアンドルーはこの男に友情さえ感じていた。

「ああ、終わったな」

デニーが静かに告げた。彼は、長い間抑え込んでいた怒りをまとめて吐き出すようにつぶやいた。

「これで腐った世の中の、ひとかけらくらいは吹き飛ばせただろう」

そんな言葉が終わらぬうちに、大騒動が始まった。町中のドアも窓もことごとく開いて、真っ暗な大通りはたちまち眩い光に溢れた。人々が飛び出してきて、大通りはすぐに人だかりで埋もれた。

「鉱山で爆発だ！」

「いや、谷の底の方から聞こえたぞ」

そんな声とともに議論が巻き起こり、憶測が飛び交い、ランタンを手にした男たちがすぐに確認に出て行った。喧噪と混乱が満ち溢れる中、アンドルーとデニーは、暗い裏道を通って、そっと帰宅した。

アンドルーの胸には勝利の凱歌《がいか》が鳴り響いていた。

翌日の朝八時前、太った牛のような医務官のグリフィスが、慌てふためいて到着した。温かいベッドの中にいたところを、町の評議員のグリン・モーガンに叩き起こされたのだ。診療所の医師の要請は躊躇なく断るグリフィスも、怒ったグリン・モーガンにはかなわなかったらしい。
実際モーガンが怒るのも当然だった。評議員の新しい別荘は谷から一キロほど下ったところにあり、一夜にして凄まじい汚物の濁流に飲み込まれてしまったのである。支持者のハマー・デイヴィスやダウン・ロバーツを引き連れた評議員は、大勢の人々のいる前で、容赦なく医務官を罵倒した
ようやく評議員から解放されたグリフィスは、野次馬の中に立っていたデニーとアンドル

ーのもとに、額を拭いながら、ふらふらと歩み寄ってきた。

アンドルーはといえば、冷たい早朝の光の下で壊れた道路を見ると、さすがに不安を覚え、昨夜のような高揚感はなくなっていた。だから近づいてくるグリフィスを見て、動揺を抑えきれなかったが、しかし医務官の方はまったく疑う様子もなく、「君、君」とデニーに震える声を投げてきた。

「大変なことになった。すぐに新しい下水道を造り直さなければいけない」

デニーは無表情で頷いただけだ。

「しかし、なんでこんなことに……」

「私は何ヶ月も前から警告してきたはずですよ、早く下水道を直した方がいいと。お忘れですか？」

「そうだ、確かにその通りだ。しかし、こんなとんでもないことになるとは思いもしなかったんだ。いったい何が起こったんだ？」

「公衆衛生の基本的な知識ですよ、グリフィス先生」

デニーは冷ややかに続けた。

「老朽化した下水には、引火性のガスが溜まりやすいんです。わかりきったことじゃないですか」

次の月曜日には、もう新しい下水道の工事が始まっていた。

第五話　バーロウ先生

三月のある晴れた日の午後だった。

デニーの荒療治から三ヶ月が過ぎていた。山々から吹いてくる風にはすでに春の気配があり、積み上げられた廃材や、掘り返された山肌のはざまには、柔らかな緑が広がり始めていた。爽やかな空の下、鉱山町のブライネリでさえ美しく見える季節が近づいていた。

アンドルーは急な依頼を受けて、リスキン・ストリートの三番地に往診に出てきたところだった。多忙であっても、心は明るく弾んでいたのは、この町にもだいぶ慣れてきたからだ。

もちろん町そのものの雰囲気は相変わらずである。辺鄙《へんぴ》で、時代遅れで、山々の中に閉じ込められるように孤立した鉱山町には、娯楽といっても映画館ひとつなく、ただ荒涼たる山肌と採石場と精錬所があるばかりで、ほかにはいくつかの教会と沢山のわびしげな家々が並んでいるだけだ。

アンドルーにとっては、土地はもとより人も風変わりに見えた。

商人や牧師などの少数の例外を除けば、ほとんどの人が鉱山会社に雇用されていた。各業種の交代時間が来ると、静まり返っていた大通りはたちまち喧噪に包まれる。堅い鋲底靴の足音がこだまし、まるで軍隊の行進のように活気づいた。赤鉄鉱の採掘工たちは、衣服、靴、手袋から顔まで、赤い粉だらけになっていた。採石工は綿入れのズボンを穿き、膝から下にはゲートルを巻いている。錬鉄工たちは、鮮やかな青いズボンが目印だ。

そういった異質な人々に、しかしアンドルーは少しずつ親しみを持ち始めていた。彼らは無口であったが、話すと活気のあるウェールズ訛りが聞こえた。寡黙《かもく》で無関心に見えるが、親切だった。楽しみといえば単純なもので、自宅でくつろぐか、教会へ行くか、町の高台でラグビーをするくらいだ。もっとも好まれているのは音楽であり、その中でも古めかしいクラシックが生活に根付いていた。夜通りを歩いているときに、貧しい町並みの一角からベートーヴェンのソナタやショパンのプレリュードが聞こえてくることも珍しくない。美しい旋律は、静かな通りを流れ、ゆったりと広がり、はるかな山々も越えて響いていくのである。

町におけるページ医師の診療所の位置づけについても、アンドルーは段々理解してきた。エドワード・ページが現場に戻ることはどう考えても不可能だったが、町のために三十年以上尽力してきたこの偉大な医師の診療所が閉鎖されてしまうことは、誰も望まなかった。そんな空気の中で、妹のブロードウェンは、労働者たちの医療分担金を管理している鉱山管理人のワトキンズにかけあい、兄を会社の嘱託医《しょくたくい》の地位にとどめることに成功していた。その結果、どうやらアンドルーの六倍という大きな収入を受け取り続けることができているらしい。ブロードウェンは思いのほか抜け目のない女性のようだった。

アンドルーはページに対しては敬意を払うとともに、深く同情した。ページは紳士であり、誠実であり、独身であった。格別の趣味も持たぬまま、この過酷な谷で、一途に医師としての義務を遂行してきたが、病に倒れ、今は無力な寝たきり患者になっていた。そんなページを、ブロードウェンは確かに大切にしていたが、他人がページと親しくなることは喜ばなかった。

アンドルーがページの傍にしばらく座って話し込んだりすると、彼女は部屋に入ってきて、大きな声で言うのだ。

「あら、二人で何を話し込んでいるの」

笑顔の片隅に、探りを入れるような妙な緊張がにじんでいるのである。

実際、町の人々が敬愛する通り、ページは愛すべき人物であった。思いやりがあり、謙虚で、寝たきりの生活に疲れ切ってはいても、妹に対してわがままも言わなかった。

本来なら、彼はブライネリにとどまっている必要はなかった。彼自身、なんとなくだが、暖かく快適な土地へ行きたいと口にすることもあった。一度アンドルーが「何かしたいことはありますか、先生」と尋ねたとき、

「ここを離れたいね。この前カプリ島について本を読んだんだが、あそこには鳥獣保護区が

あるそうだよ」

そんな風に寂しげにページは答えた。

診療については、ほとんど何も語らなかった。

「別に特別な理想があったわけではない。ただ自分なりに最善を尽くしてきただけなんだ」

わずかにそんな言葉を漏らしたくらいで、あとはアニーが毎朝、パンとベーコンなどの朝食を置いていく日の当たる窓辺を、じっと身じろぎもせず、何時間も見つめているのだった。

日曜日の朝になると、老鉱員のイノック・デイヴィスが、白シャツに色あせた黒の上着姿という堅苦しい正装で訪ねてきた。そして二人はものも言わずに鳥を眺めていた。あるときアンドルーは、イノックが興奮して階段を下りてくるのに出会った。

「やあ、若先生。今朝えらく珍しいことがあったんだ。アオガラが二羽も飛んできて、しかも一時間ばかり窓辺で遊んでいったんだよ」

イノックはページの唯一の友人であった。彼は鉱員仲間では大きな影響力を持っており、「自分が生きている限りは絶対にページ先生を首にはさせない」と、心から誓っていた。そういう友情が、病身のページにとってどれほど大きな負担になっているかは、まったく気付いていないようだった。

一方で、西部銀行支店長のアニューリン・リースがしばしば訪ねてきた。背が高く頭髪の薄い無愛想な男で、アンドルーは最初に会ったときから、なんとなく好意を持てなかった。

リースは町の多くの人々から頼りにされていたが、話していてもほとんど視線を合わせない人物だ。彼はページの部屋で申し訳程度に五分ほど過ごしたのち、ブロードウェンの部屋にこもって一時間以上話し込んでいった。二人して熱心に資産運用について話し合っている様子で、実際ブロードウェンは多額の金を堅実な株に投資し、リースの隙のない指示のもとで、確実に財産を殖やしているようだった。

　金は、今のアンドルーにとってたいして意味のあるものではなく、定期的に奨学金の返済ができれば、それで十分だった。ポケットには煙草のための数シリングを持っていたが、それ以外には、仕事さえあればなんの問題もなかった。

　アンドルーは以前にもまして、臨床という仕事が自分にとってどれほど大きな意味を持っているのかを実感し始めていた。疲れ切ったときでも、憂鬱なときでも、困惑のさなかにあっても、医学への熱意は彼の内側で炎のように燃えていた。最近では、彼の中に新しい価値観が生まれつつあった。医者として、彼は自分の頭で考えるようになり始めたのだ。おそらくこれは、徹底的で、ときには破壊的な考え方をするデニーの影響が大きいだろう。デニーの言うことは、アンドルーが教わったあらゆる事柄と、文字通り正反対で、その信念を一言で額縁に収めてベッドサイドに掲げるとすればこうなる。

「我は信ぜず」

　アンドルーは医学校で模範的な教育を受け、重厚な教科書を手に将来へ向かって歩み出したところだった。物理学、化学、生物学の知識を片っ端から詰め込み、ミミズの解剖までやってきた。その上、数々の学説を問答無用で叩き込まれた。あらゆる疾患の典型的な症状と基本的な治療法も学んだ。例えば痛風《つうふう》は、コルヒチンで治すことができる。にわかにラムプラウ教授が学生たちに向かって穏やかに講義している姿が思い浮かぶ。

「諸君、コルヒチンが十から二十ミリグラムもあれば、痛風は完全に抑え込める」

しかし本当にそうだろうか？

この問いかけこそが、彼の内側に新しく生まれた態度であった。

実際一ヶ月前、彼は激痛に苦しむ哀れな痛風患者に、コルヒチンを極量まで使用してみたが、結果は惨憺《さんたん》たるものだったのだ。

では、あの分厚い薬局方《やっきょくほう》に載っているほかの治療薬はどうであろう。今度は薬理学のエリオット博士の声が聞こえてきた。

「では諸君、次はエレミについて述べよう。これは植物から採取される樹液を精製したものだ。植物について断定はできないが、おそらくカナリアの木の一種であるカナリウム・コムーネだろう。おもにマニラから輸入され、五倍に希釈して軟膏として用いると、創部《そうぶ》に対して顕著な消炎および殺菌作用を示す」

馬鹿馬鹿しい！　完璧なまでに馬鹿馬鹿しい。

今では彼もわかっていた。エリオット博士は一度でもエレミ軟膏を使ったことがあるのか。

ないに違いない。あの博学な知識はすべて書物の上だけのものだ。それも中世から延々と書き写されてきた古びた書物を書き写しただけのものだ。カナリウム・コムーネ？　それが患者の痛みになんの関係がある。

デニーは、初めて会ったあの晩、真剣に調剤しているアンドルーを見てあざ笑った。あの晩に限らず、デニーはいつも、薬を調剤する者も、これをやたらに服用する者も、まとめて嘲笑した。デニーに言わせれば、本当に効果のある薬など半ダースあるかないかで、あとはみんなペテンに分類されるのだ。

夜ひとりで真剣にデニーの言葉を考えていると、明確には言えないものの、そこにはある種の、柔軟で革新的な態度があるように思われてくるのである。

あれこれと、そんな思案を重ねているうちに、彼は往診先のリスキン・ストリート三号住宅に辿り着いていた。そこにはジョーイ・ハウエルズという九歳の少年がいて、麻疹《ましん》にかかっていた。

少年の病状は軽いものだったが、貧しい家であったため、大変だったのは母親の方である。もともと父親のハウエルズは採石場の日雇い労働者だったが、胸膜炎で倒れ、補償金も受け取れないまま、三ヶ月も寝込んでいた。このためハウエルズ夫人は、ベセスダ教会の清掃の仕事をしつつ、夫の看護にも奔走していたのだが、ここにいたって、もうひとり看護すべき病人が増えたわけである。小柄な夫人はすっかり疲れ切り、痩せた手は真っ赤になり、指の節はすっかり腫れ上がっていた。

診察を終えたあと、アンドルーは玄関口に立って、気の毒そうに告げた。

「本当に大変だね。でも麻疹である以上、イドリスも学校を欠席させないといけない」

イドリスというのはジョーイの弟で、まだ七歳だ。家にいれば、母親にとってさらなる負担となるが、感染対策上はやむを得ない。

アンドルーの言葉を聞くと、夫人は急に顔を上げてはっきりとした口調で答えた。

「でもバーロウ先生は、学校を欠席しなくてもいいって言ってくれました」

自分の指示をあっさりと否定されて、アンドルーは微妙な苛立ちを覚えた。

「バーロウ先生というのは？」

「バンク・ストリート小学校の先生です」

夫人はその先生を信頼しきっている様子である。

「今朝様子を見に来てくださって、私があんまり大変なのを見て、イドリスは学校に来ていいと言ってくださいました。本当に助かります」

アンドルーはむっとして聞いていた。

無知な教師ではなく、自分に従うべきだとハウエルズ夫人に言いかけたが、夫人が悪いわけではない。彼は何も言わずに家を出たが、リスキン・ストリートを歩いているうちに、段々怒りが収まらなくなってきた。

彼は自分の仕事に干渉されるのが嫌いだった。特に素人が医療に口を出してくることは、絶対に不愉快だった。兄が麻疹になっているのに、弟を学校に出席させていいわけがない。考えれば考えるほど腹が立ってきた。彼はとうとう、お節介な教師を直接訪ねて、間違いを正してやろうと決意した。

リスキン・ストリートからバンク・ストリートまではわずか五分だ。坂を上って小学校に着くと、管理人に聞いて一年生の教室までやってきた。そして教室の後ろのドアを軽くノックしてから中に入った。

広々とした教室の片隅では、暖炉に暖かな火が灯っていた。子供たちはちょうど午後の休憩時間にコップ一杯ずつの牛乳を飲んでいたところだ。学校には、鉱山労働組合の寄付で牛乳が支給されているのである。黒板に向かって忙しそうに文字を書いていた教師が、ふいにアンドルーに気が付いて振り返った。

アンドルーはおおいに困惑した。

無知で出しゃばりの教師の姿を、色々と想像していたのだが、教壇に立っていた人物はまったく想像と違っていたのだ。若い、細身の女性だった。その鳶色《とびいろ》の瞳にびっくりした様子があったので、一層アンドルーの方が居心地の悪さを感じた。彼は思わず赤くなりながらも口を開いた。

「バーロウ先生ですか？」

「はい」

バーロウは、ほっそりとした肢体を白いブラウスと、瞳の色と同じ色のスカートに包み、ウールのストッキングと丈夫そうな靴を履いていた。年齢は彼と同じかいくらか若い。二十二歳くらいであろう。バーロウは、少し不安げに見返したが、やがてそっと微笑した。この気持ちよく晴れた春の日に、不思議な訪問者を迎えたことを、楽しく感じたのかもしれない。

「今度いらっしゃった、ページ先生の助手の先生ですね？」

「確かに私は医師のアンドルー・マンスンです。しかしそんなことはどうでもいい」

彼は口早に答えた。

「ここにイドリス・ハウエルズという少年がいるでしょう。彼の兄が麻疹を発症していることをあなたはご存じのはずだ」

少しの間があった。アンドルーの態度にもかかわらず、彼女はまだ親しげな目を向けていた。バーロウは軽く髪を掻き上げながら頷いた。

「はい、知っています」

自分が訪ねて来たことの重大さをまったく理解していない相手の様子に、アンドルーはますます怒りがこみあげてきた。

「イドリスをここに置いておくことが規則違反だと知らないのですか？」

　その激しい口調に、彼女はさっと顔を赤くした。と同時に、親しげな空気は消し飛んでいた。

　バーロウのみずみずしい右の頬には愛らしいほくろがひとつあった。白いブラウス姿は儚《はかな》げに見え、少女のような雰囲気さえあった。彼女の呼吸はいくらか速くなっていたが、ゆっくりとした口調で答えた。

「ハウエルズさんは体力的にもう限界でした。そしてここにいる子供たちのほとんどは麻疹を済ませています。そうでなくても、遅かれ早かれみんなかかります。それにイドリスは欠席すると、牛乳も飲めなくなります。イドリスのような貧しい家の子供たちは、牛乳を飲めるだけでも体力がつくと思うんです」

「牛乳の話をしているんじゃない」

　アンドルーは手厳しく応じた。

「彼には隔離が必要なんです」

「隔離はしています。できる限り」

　彼女も負けずに答えた。

「疑うならご自分で確認してください」

彼女の視線の先を追うと、みんなから離れた暖炉の傍にぽつんと小さな机があって、そこに座って、とても楽しそうにしている幼い少年が見えた。満足そうに牛乳の入ったコップを握りしめたまま、明るい瞳をきょろきょろさせている。周りの窓を開けてあるのは、換気のために違いない。

しかし一連の様子は、かえってアンドルーを激怒させた。とげのある冷笑がひらめいた。

「これがあなたの言う隔離ですか。私の思っている隔離とはずいぶん違う。すぐにこの子を家に帰すべきだ」

彼女の瞳にも小さな光がきらめいた。

「ここは教室で、私はこのクラスの担任です。もっと高尚な人たちの集まりなら、先生の指示も通るかもしれませんが、ここでは私が責任者です」

揺るぎない反論に、アンドルーは相手を睨み付けた。

「あなたはルールを破っているんです。あの少年をここに置いておくわけにはいきません。いい加減にしないと、この件を私は報告しなければいけなくなる」

硬い沈黙が訪れた。

彼女はチョークをしっかりと握りしめていた。そういう態度に一層アンドルーは苛立った。いや、苛立ったのは自分自身に対してだったかもしれない。

バーロウは物怖じせずに答えた。

「どうぞ報告してください。そうすれば私は逮捕されますね。きっとあなたは大満足なのでしょう」

どうしようもなく腹立たしかったが、彼は答える言葉を持たなかった。こういう展開になるとはまったく思っていなかったのだ。彼は、なんとか相手を圧倒しようと、冷たく輝いているバーロウの瞳を睨み返した。おかげで彼女の白い首筋や美しく光る歯までがはっきりと見えた。

バーロウは告げた。

「ご用件は済みましたか？」

彼女はくるりと生徒たちに向き直って続けた。

「さあ皆さん、立ってご挨拶しましょう。『さようなら、マンスン先生。来てくださってありがとうございました』」

子供たちは一斉にがたがたと立ち上がり、その皮肉な挨拶を可愛らしい口調で繰り返した。耳まで真っ赤になっている彼を、バーロウは戸口まで送り出した。

アンドルーの完敗だった。

怒り心頭に発していたがどうにもならなかった。しかも、どこまでも自制している彼女に対して、自分は怒りに我を忘れて情けない大声を上げていたのである。腹立ち紛れに、せめて何か最後に手厳しい脅し文句でも言ってやろうと考えているうちに、すぐ後ろで静かに扉が閉まっていた。

第六話　「隠れ家荘」の夕食会

その夜アンドルーは、怒りにまかせて医務官宛に悪意に満ちた手紙を書いた。そして三通書いて三通とも破り捨てていた。いくらか自分の気持ちが整理されてみると、かえって自分自身に腹が立ってきた。どうやら学校に入る前に、バンク・ストリートで、ユーモアの精神を落っことしてしまったらしい。スコットランド人特有の頑固なプライドと格闘しながらも、彼は自分が間違っていたこと、そして、この件を「偉大なるグリフィス先生」に報告するなど、愚劣きわまりないことだと認めないわけにはいかなかった。ゆえにこの一件をすべて忘れることにしたのだが、困ったことに、クリスティン・バーロウの姿だけは、心の中から追い出すことができなくなっていた。

アンドルーは自分が女性に対して、恥ずかしがり屋で不器用であることは自覚していた。だからといって、たかが一度話しただけの、小学校の先生のことばかり考えるようになるなど、あり得ないことだった。まして彼女が自分をどう思っているのか悩むなど、馬鹿げた話だった。

しかし、小学校の一件以来、妙に不安で苛々することが多くなったことは確かだ。ちょっと気が緩んでいるとき、例えば夜眠りに落ちようとした瞬間など、あの教室での出来事がふいに鮮やかに思い出されて、彼はベッドの中で顔をしかめることがあった。今でも、チョークをしっかりと握りしめ、鳶色の瞳に怒りを燃え立たせている彼女の姿が見えるのだ。白いブラウスには真珠のような小さなボタンが三つ並んでいた。痩せていても、しなやかな肢体は、彼女が子供時代に、夢中になって野原を駆け回っていたことを思わせた。彼女が魅力的かどうか、彼は敢えて考えなかった。ただ、心の中にいつも彼女が生き生きと立っていた。経験したことのない感情の波にのまれていくことを、アンドルーはどうすることもできなかった。


二週間後、アンドルーがチャペル・ストリートを歩いていると、駅前通りの角で、ブラムウェル医師の妻であるグラディスと行き合った。彼は気付かぬふりをして通り過ぎようとしたが、夫人の方から晴れやかな笑顔で話しかけてきた。

「まあ、マンスン先生。探していたんですよ。今晩、我が家でちょっとした夕食会を開くんです。是非とも来ていただけませんか？」

グラディス・ブラムウェルは、青い目と亜麻色の髪に、無邪気な雰囲気を漂わせた、三十五歳の女性である。彼女は自分のことを、夫に尽くす献身的な妻だと口癖のように言っていたが、ブライネリの世評はだいぶ違っていた。彼女が、トニグランに住む「派手好き医者」のギャベルと浮気していることは、なかば公然の秘密で、妻を溺愛しているブラムウェル医師だけが、気付いていないのである。

アンドルーは慌てて言い訳を探した。

「申し訳ない、グラディスさん。今夜はどうしても忙しいんです」

「でも来るべきよ、先生。だってとても素敵な人たちを呼んでいるんだから。鉱山管理人のワトキンズ夫妻でしょ、それからトニグランのギャベル先生」

彼女のわざとらしい微笑に、もちろんアンドルーは何も口を挟まない。

「ああそれから忘れるところだった。小学校のクリスティン・バーロウ先生もね」

突然雷に打たれたようだった。

アンドルーはほとんど反射的に笑みを作って答えていた。

「それはもちろん行かないといけませんね、グラディスさん。お招きありがとうございます」

アンドルーは彼女が立ち去るまで、とにかく会話だけは続けた。ただし頭の中は、クリスティン・バーロウにまた会えるということ以外、何も考えられなくなっていた。

グラディスの夕食会は、午後九時開始だった。遅い時間だったが、診療している医師たちのために、こういう時間を設定したらしい。実際アンドルーの仕事が終わったのも九時十五分だった。急いで診療所の流しで顔と手を洗い、乱れた髪を整え、ブラムウェルの家へ向かった。「隠れ家荘」と名付けられたその小さなレンガ造りの家は、名前に反して町の中心部に建っていた。アンドルーは客の中では最後の到着だったが、グラディスはにこやかに迎え入れ、夫と客人たちのいる食卓へ導いた。

　立派なオーク材のテーブルの上には紙ナプキンが敷かれ、冷めた肉料理の軽食が並んでいた。女主人として座を切り回すことが、グラディスにとっては自慢のようで、沢山話して沢山笑えば、より一層世間から賞賛されると思っているようだった。彼女はブラムウェル医師と結婚する前は相当裕福な生活をしていたらしく、こんなパーティーは手慣れたものだという雰囲気を醸し出していた。

　今夜、皆が席についた食卓で、彼女はひときわ晴れがましい様子で声を響かせた。

「ではみなさん、お好きなものをどうぞ！」

　急いでやってきて息が上がっていたアンドルーは、最初は恥ずかしくてまったく落ち着かず、十分ほどは敢えてクリスティンの方にも視線を向けなかった。ずっと目を伏せていたが、食卓の端で、ギャベル医師と鉱山管理人のワトキンズの間に座っている彼女を強く意識していた。ギャベル医師は、浅黒い肌の、縞のズボンと真珠のピンをさした洒落た服装の男で、ワトキンズは、頭髪の薄い、飾り気のない服装をした年配の人物である。ワトキンズはクリスティンに気さくに声をかけていたが、やがて「君は相変わらず可愛い田舎娘さんだね、クリスティン」と笑ったときには、思わず嫉妬で顔を上げていた。しかし、親しげに微笑を返しているクリスティンを見て、たちまち打ちひしがれたように目を伏せてしまった。白い襟とカフスのついた淡いグレーのドレスがとても似合っていた。

ほとんど何を言っているのか、自分でもわからないまま、アンドルーは隣席で編み物をしているワトキンズ夫人と話していた。食事の間中、彼はほかに話したい人がいるのに、別の人と話すという苦痛に耐え続けることしかできなかった。やがてブラムウェル医師が、空いた皿を満足げに眺めて、ナポレオンのように誇らしげに告げた。

「食事が済んだようですな。客間へ移るとしようかね」

アンドルーは救われたような気分だった。

客間に移ってそれぞれの席に着くと、夕食会の順序として音楽が始まるのが習わしである。ブラムウェルは、妻を優しくピアノの方へいざなった。

「今夜の一曲目は何を披露するかね」

鼻歌交じりに、彼がピアノの上の楽譜に指を伸ばせば、「『教会の鐘』がいいね」とギャベルがリクエストした。

「あの曲は何度聞いても飽きることがないんですよ、グラディスさん」

グラディスは椅子に腰を下ろしてピアノを弾きながら歌い、夫のブラムウェルは傍に立って片手を妻の背中へ回し、もう片方の手で楽譜をめくった。グラディスは、豊かなアルトを響かせ、胸の奥から朗々と歌い上げた。「恋歌」が終わると、「彷徨いて」と「乙女のように」を聞かせた。

拍手喝采となり、ブラムウェルは低い声で「今夜も素晴らしい歌声だ」とつぶやいていた。

今度はギャベルが皆に勧められてピアノの前に歩み出た。この気取った男は、指輪をいじり、オイルをつけても整わない髪を撫でながら、仰々しく女主人に一礼し、両手を胸元で握って「美しきセビリアの恋」を歌った。アンコールで「トレアドル（闘牛士）」も歌った。

「あなたの歌うスペインの歌は本当に素晴らしいわ、ギャベル先生」

嬉しそうにグラディスが告げると、

「きっと私にはスペイン人の血が流れているのでしょうね」

ギャベルは控え目に笑って、椅子に戻った。

アンドルーは、ワトキンズが、いたずらっぽい目でそれらを眺めていることに気が付いた。ウェールズは「歌の国」と言われる土地柄であり、この老管理人は生粋のウェールズ人である。音楽に関する造詣が深く、昨年は、部下たちを集めて、まだ世に出ていないヴェルディのオペラを上演させたくらいだ。今、彼はパイプをくゆらせながら、ひとり密やかに面白がっている様子だった。田舎者たちがセンチメンタルな歌を歌って教養をひけらかしている様は、ワトキンズにとって滑稽な風景に違いない。クリスティンがピアノを断っているのを見たワトキンズは、そっと彼女にささやいた。

「君も私と同じだろう。本当にピアノが好きなら、ここで弾く気にはならんだろうね」

それから夕食会のハイライトとなった。ブラムウェルは部屋の中央に立つと、咳払いをしてから、片足をずらし、頭をそらして、芝居のように手を胸の前に置いた。

そして誇らしげに宣言した。

「紳士淑女の皆様、ただいまより『転落の名女優』独白劇の上演を開始します」

グラディスは即興で伴奏を始め、ブラムウェルはそれに合わせて演じ始めた。

朗読は、かつての有名女優がその地位を失い、貧しい生活に落ちていく様を描いたもので、執拗《しつよう》なまでに感傷的で、しかもブラムウェルはそれを悲痛な声で情熱的に演じてみせた。劇が盛り上がると、グラディスは低音を叩き、哀愁漂う場面では高音を響かせた。いよいよクライマックスまでくると、ブラムウェルは嗄《か》れんばかりに声を張り上げた。

「ああ、ここに至って彼女はついに……」沈黙を置いて「どん底に身を落としたのでありました」さらに長い沈黙。「転落の名女優……」

ワトキンズ夫人は編み物を床に落として涙にくれていた。

「悲劇だわ。なんて悲劇かしら。ブラムウェル先生、何度聞いても美しい物語ですわ」

赤ワインのグラスが運ばれてきて、雰囲気は落ち着きを取り戻していったが、もう十一時を過ぎていた。ブラムウェルの熱演のあとは何をやっても興ざめになることは暗黙の了解なのだろう。笑い声や感謝の言葉とともに夕食会は解散となった。そんな中で、コートに腕を通しながら、アンドルーは結局クリスティンと一言も言葉を交わさなかったことを惨めな気持ちで思い返した。

外に出ると、彼は門の前で立ち止まった。

彼女と話さなければいけなかった。二人の間のわだかまりを今夜こそ、簡単に、愉快に解消してしまおうと思っていたのに、無駄に時間だけが過ぎてしまったのだ。クリスティンはこちらに注意を向けていなかったが、少なくとも、同じ部屋のすぐ傍にはいたのである。それなのに自分の靴ばかり睨み付けて過ごしてしまった。ろくでなしだ。「転落の名女優」どころじゃない。さっさと帰って寝た方が、まだましだった。

しかしアンドルーは帰らなかった。そのとき、クリスティンが家を出て、ひとりで近づいてくるのに気付いて、脈が跳ね上がった。

彼は全身全霊を込めて、口ごもりながら声をかけた。

「バーロウさん、家までお送りしてもよいですか？」

「すみません、私……」

彼女は少し言葉を切ってから、

「ワトキンズ夫妻を待っていると、お約束してきたところなんです」

彼の心は負け犬のごとく沈んだ。しかしまだ何かが彼を引き留めていた。顔は青白く、頬も硬く緊張していた。ふいに次々と言葉が転がり出た。

「私はただ、ハウエルズのことで、謝りたかっただけなんです。法律みたいな安っぽい権威を振りかざして、蹴飛ばされても文句は言えません。あなたがあの少年にしたことは、間違いなく素晴らしいことです。大切なのは、法律の文言ではなく、その精神なのでしょう。こんなことでお邪魔をして申し訳ない。ただどうしてもお伝えしたかったんです。それではおやすみなさい」

相手の顔は見なかった。返事も聞かなかった。すぐに身を翻して歩き出しながら、何日かぶりで、初めて彼は心が安まるのを感じた。

第七話　星明かりの下で

診療所の半年分の報酬が、鉱山会社から届いた。そのことでブロードウェンはある深刻な不安を抱え、銀行支店長のアニューリン・リースに相談を持ちかけていた。報酬は減ったのではなかった。過去十八ヶ月で初めて上向いていた。アンドルーが来たことによって、診療所の登録患者が七十人以上増えたのである。

しかし収入の増加は、必ずしもブロードウェンを安心させなかった。

ブラムウェル夫人の夕食会があったあとの水曜日、昼食の折に、アンドルーは、彼女が探るような目を自分に向けていることに気付いた。

「この際、言っておいた方がいいことがあるのよ、先生」

彼女は、大きな声でアンドルーに言った。

「あなたがここに来て半年ね。先生の働きはそんなに悪くはないし、私も不満はない。でもページ先生には及ばないってことを忘れないで。そうそう、前にワトキンズさんも言っていたことだけど、みんなページ先生が復帰してくれるのを心待ちにしてるの。本当に立派な先生だから、代わりに別の人を雇うなんてこともまったくあり得ないって、ワトキンズさんも言っていたくらい」

兄がいかに優れた医師であったか、彼女は語調を強めて続けた。自分が見た美しい絵をなんとか伝えようとするような態度だ。

「きっと信じられないだろうけど、ページ先生にできない治療はなかったし、今後も多分ない。特に手術よ。あなたに見せたかった。彼は間違いなくこの谷でもっとも優れた医師なの」

アンドルーは答えなかった。

ブロードウェンが何を言いたいのかは明らかだ。彼女は確かに兄を尊敬しているのだろう。だがそれ以上に、ページが復帰できないまま、アンドルーのもとに患者が集まることを恐れているに違いない。だからこそ彼女は、ことあるごとにアンドルーに向かって「ページ先生のおかげだ」と繰り返すのである。

ブロードウェンは、自分の言葉の効果を見定めるように、アンドルーに目を向けた。

「いずれページ先生の復帰を祝って、ブライネリで盛大な祝典が開かれる。もうすぐの話よ。きっと夏くらいね。その頃には、ページ先生は現場に復帰するってワトキンズさんにも言っておいたから」

いかにも楽しげなブロードウェンの声に、アンドルーは何も言わず、ただ黙然《もくぜん》とパンのかけらを口に運んでいた。

その週のある夕方、彼が往診を終えて帰ってくると、驚くべき光景が待っていた。

玄関脇のポーチに、きっちりと服装を整え、帽子もかぶり、膝に毛布をかけたエドワード・ページが座っていたのだ。春とはいえ、ブライネリはまだ、ときおり刺すような鋭い風が吹き抜ける季節だ。哀れなページを包む四月の陽光も、頼りなく寒々としていた。

「ほら、どう？」

ページの横に立っていたブロードウェンが勝ち誇ったように、顔を輝かせていた。

「見てごらんなさい。先生が起きたのよ。今ワトキンズさんに、先生が元気になってきたって電話をしたところなの。もうすぐ復帰できるのよ、言った通りでしょ」

アンドルーは頭に血が上るのを感じた。

肉の落ちたページの頰は、疲労と寒さで硬く強張り、動く方の右手は小刻みに震えている。

「誰が先生をここに下ろしたんですか？」

「私よ。なぜ駄目なの？　私の兄なのよ。彼にとっても、この方がいいに決まってる」

「先生は起き上がっていい状態じゃない。まったくそういう病状じゃないんですよ」

アンドルーはかろうじて押し殺した声で続けた。

「私の言う通りにしてください。すぐに先生をベッドに戻すんです」

「ああ、そうしてくれ……」

ページが力なく言った。

「ベッドに戻してくれ。寒い、とても無理だ。ひどく……調子が悪いんだ……」

ページの声は、ほとんど嘆願するような響きを帯びていた。突然、ブロードウェンの目に涙が浮かんだ。力なく膝をつき、兄の震える体に腕を回して泣き出した。

「ごめんなさい、すぐにベッドに帰りましょう。私が間違ってた。大丈夫、心配しないで」

そう言って、ページの血の気を失った頬にキスをした。

半時間後、エドワードは二階に戻り、安心したように眠り出した。大きな徒労感を抱えて下りてきたアンドルーは、食堂へは入らず、アニーのいるキッチンに足を運んだ。

今ではアニーは、アンドルーの大切な友人になっていた。このキッチンで互いに相談事を分かち合い、アンドルーが空腹のときは、アニーがリンゴや、干しぶどうや、焼き菓子を用意してくれた。賄いの食事はかなり質素なものであったから、若いアンドルーにとって、これはとてもありがたかった。ときには彼女が、魚を町から仕入れてきてくれて、食器洗い場に鑞燭を灯し、二人でちょっと贅沢な夜食を楽しんだこともある。

アニーはもう二十年近くもページの家に勤めてきたという。ブライネリには多くの親戚があり、身を寄せる場所は沢山あったが、それでもここで働き続けているのは、長く医療に身を捧げてきたページへの、敬意と感謝の気持ちからだった。

「お茶をもらっていいかい、アニー」

キッチンに入りながら、アンドルーはため息交じりに愚痴をこぼした。

「ブロードウェンとうまくやっていくのは、僕には無理だよ」

そう言ったあとに、アンドルーはキッチンに客人がいることに気付いた。アニーの妹のグレイスとその夫のエムリン・ヒューズの姿があった。すでに何度か顔を合わせたことのある二人で、エムリンはブライネリ鉱山の上層坑道の発破係をしている、がっしりした体格の、律儀で気のいい男だった。

アンドルーは口をつぐんだが、妹のグレイスは黒い瞳を明るく輝かせて答えた。

「気にしないで座ってください、先生。私たちもちょうど先生のお話をしていたところなんですから」

「大丈夫かい？」

「全然大丈夫」

グレイスは姉の方をちらっと見た。

「そんな目で私を見ても駄目よ、アニー。私、なんでも話しちゃうんだから。マンスン先生。世間ではね、マンスン先生みたいな立派な先生は初めてだってみんな言っているんです。本当にとても丁寧に診てくださるし。嘘だとお思いなら、エムリンにも聞いてみてください。

だからみんなブロードウェンさんのやり方には怒っていて、先生は独立するべきだって言っているんです。気を付けて。ブロードウェンは、いまだに老先生は必ず復帰するって信じているんです。誰かが、復帰は無理だって言ってあげないといけないのに」

お茶を飲み終えて、アンドルーはキッチンを出た。

グレイスの率直な意見は、先行きの困難を思わせて、気分を暗いものにした。それでもブライネリの人々が自分に好意を持っているという話は、嬉しいことだった。そんな町の評判の証拠なのだろうか。数日後、赤鉄鉱の採掘監督であるジョー・モーガンが妻とともに訪ねてきた。

モーガン夫妻は結婚して二十年近くが経つ中年の夫婦で、裕福ではなかったが、町では多くの人の尊敬を集めていた。アンドルーも、モーガンがヨハネスブルグ金山に雇われる契約があって、近々、南アフリカへ渡るという話を聞いていた。腕のいい採掘工が、より給金のいい南アフリカの金山に引き抜かれていくことは珍しい話ではない。モーガンが妻のスーザンと診察室の椅子に座り、照れくさそうに来院理由を話したとき、アンドルーは心底驚いた。

「実は先生。とうとううまくいったようで、赤ん坊ができたみたいなんだ。十九年かかったが、こんな嬉しい話はない」

小柄な妻のお腹に優しげな目を向けながら、採掘監督は落ち着いた声で続けた。

「それで生まれるまでは出発を延期しようと決めたんだが、どの先生に診てもらうかが問題だった。二人で色々話し合ったんだが、こんなことをお願いできるのは先生しかいないということになった。こいつは俺たちにとって大仕事だし、先生にとっても大変な仕事だろう。妻は四十三歳だからな。しかし先生ならきっとなんとかしてくれると思ってここに来たわけだ」

　アンドルーは光栄に思い、この難しい症例を喜んで引き受けた。それは、物質的な満足感とは違い、澄み切った不思議な感覚で、しかも今の彼の状況にとっては、より一層ありがたいことだった。彼は最近、奇妙な孤独感にとらわれ、まったく憂鬱になることがあったのだ。唐突な大きな感情の流れが、彼の心をかき乱し、混乱させることもあった。医師として冷静に考えればあり得ないことだったが、心臓に妙な鈍い痛みを感じることさえあった。

　アンドルーはこれまで、恋愛について真剣に考えたことは一度もなかった。医学生時代は、とても貧しく、服装も見窄らしいままで、試験に通ることに必死であったため、異性について考える機会など微塵もなかった。セント・アンドルーズ大学にいる間に、友人のフレディ・ハムソンのように、ダンスをしたりパーティーに参加したりして、社交性を身につけるべきだったのかもしれない。しかし彼はそういった事柄と無縁だった。ハムソンとの友情は別としても、洒落たクラブに足を運ぶような人たちと縁はなく、コートの襟を立て、猛勉強をし、煙草を吹かしながら、ときどき気晴らしといえば下町の薄汚れたビリヤード場に足を運ぶような生活であったのだ。

学生時代にも、ロマンチックな空想が、しばしば頭の中を占領したことはあった。貧乏のためか、空想はかえって豪奢できらびやかな雰囲気さえまとっていた。しかし今、彼はブライネリの古びた診療所の窓から、鉱山の薄汚れた山肌をぼんやり眺め、小学校の痩せた女性教師に思い焦がれているのである。そんな安っぽい感傷を、彼は笑わずにはいられなかった。

彼はいつも、自分が現実的で、きわめて慎重であることを誇りにしていた。ゆえに自分の感情について、断固たる意志で、徹底的に分析しようと試みるとともに、クリスティンの欠点について、冷淡に、かつ論理的に検討してみた。彼女は美人ではなく、小柄だし痩せ過ぎている。頬にはほくろがあるし、微笑んだときには唇の上に細い皺ができる。頑固で無遠慮で、そして何よりも、おそらく彼女は自分を嫌っている。

そんなことを考えながらも、すっかり自分が弱々しく病的になっていることが、彼は腹立たしかった。もっと仕事に専念するべきなのだ。自分はまだ一介の助手に過ぎないではないか。仕事を始めたばかりの、もっとも大事な時期に、彼女の将来を邪魔するような、そして自分の仕事に深刻な影響が出るような感情にとらわれるとは、それでも医師といえるだろうか。

彼は仕事から気をそらさないために、気持ちを落ち着かせる抜け道を作り出した。セント・アンドルーズ大学の友人を懐かしがっているのだと自分に言い聞かせ、ロンドンの病院に勤務しているフレディ・ハムソンに長い手紙を書いた。ときにデニーも頼りにしたが、しかしこの友人は、好意的なときもあれば、しばしば冷淡で疑い深く、人生にひどく痛めつけられた人のように、投げやりで皮肉な態度をとることも多かった。

アンドルーはクリスティンを忘れようと努力したが、彼女を切実に思う気持ちを払いのけることはできなかった。彼女は自分のことをどう思っているのだろう。ときおりそんな思いが頭をもたげてくるのだが、あの「隠れ家荘」の門で話して以来、彼女に会う機会はなかった。バンク・ストリートを歩くときなどは、無心に辺りを探すのだが、彼女を見かけることはなく、もう会えないのだと落ち込むばかりだった。

しかし五月二十五日の土曜日の午後、もうほとんど彼が諦めかけていたとき、彼は突然の手紙を受け取った。

マンスン先生

明日の日曜日の夜、ワトキンズ夫妻が夕食に来られます。もしお時間があれば、いらっしゃいませんか。七時半の予定です。お待ちしています。

クリスティン・バーロウ

アンドルーは、思わず大声を上げていた。アニーがキッチンから驚いて飛び出してきたくらいだ。

「まあ、先生。ときどき先生は変になりますね」

そんな呆れ声に、彼は興奮したまま答えた。

「アニー、すまない。でももう馬鹿な声は出さないよ。聞いてくれ、アニー。明日までにズボンにアイロンをかけておいてくれないか。今夜、扉の外に吊しておくから」


翌日、午後の診療はなかったため、彼は震えるような期待とともに、クリスティンが下宿しているハーバード夫人の家に出かけた。早過ぎる時間だったが、どうにも待っていられなかったのだ。

家に着くと、クリスティンが自分でドアを開け、嬉しそうな笑顔で迎え入れてくれた。

そう、彼女は笑顔だった。

間違いなく笑顔だった。

それなのに自分は、嫌われていると思っていたのだ。アンドルーは緊張で、ほとんど口がきけなかった。

「今日はいいお天気でしたね」

彼女のあとについて居間に向かいながら、アンドルーはなんとかそれだけを口にした。

「そうですね」

彼女は頷きながら、

「だから私、午後にとても素敵な散歩をしてきたんです。森の方まで行って、キンポウゲの花を見つけたんですよ」

アンドルーは、散歩は楽しかったか尋ねようとしたが、そんな気の利かない質問をすぐに思いとどまった。その間にクリスティンの方が言葉を続けた。

「ワトキンズご夫妻から言づてがあるんです。お二人とも少し遅れるようです。事務所に立ち寄らないといけなくなったみたいで。少しだけ待ってもいいですか？」

——少しだけ！

——いいですか？

彼は幸せ過ぎて大声で笑いそうになった。どんなにこの日を待ち続けたか。二人でいることがどれほど幸せなのか、彼女が知ったらどう思うだろうか。

椅子に腰を下ろしながら、彼はそっと周りを見回した。家具の並んだ居間は、彼がブライネリで訪れたどんな部屋とも違っていた。派手でもきらびやかでもなく、豪華な絨毯も、ブラムウェル夫人の居間にこれ見よがしに置かれていた立派なソファもない。床はよく磨かれてあり、暖炉の前には飾り気のない茶色い敷物が敷かれてあるだけで、調度品も質素そのものだ。テーブルには夕食の準備がされていたが、真ん中の水を張った白いお皿には、彼女が摘んできたキンポウゲの花が浮かんでいた。簡素でありながら、美しかった。窓際に置かれた木の菓子箱には、土が詰められ、緑の苗木が育っていた。暖炉の上には、赤い子供の椅子だけが描かれた、一風変わった絵がかけられていた。アンドルーには、ずいぶん下手な絵に見えた。

　その絵に彼が首をかしげている様子に気付いたクリスティンは、楽しげに笑った。

「本物だなんて、思わないでくださいね」

　戸惑うアンドルーは、なんと答えてよいかわからなかった。

　部屋を通して、彼女の人柄が伝わってくるとともに、彼女が自分よりも、はるかに色々な物事を知っている様子がわかってきて、アンドルーはおおいに困惑した。と同時に、彼女に対する興味は一層強くなった。いつのまにか自分の不器用さも、陳腐な天気の話題も忘れて、彼女自身について色々なことを尋ねていた。

　彼女は手短に答えた。

　生まれはヨークシャーであること、母親は十五歳のときに亡くなったこと。当時、父親は大オーレン炭鉱のひとつで副監督をしていて、兄のジョンは、同じ炭鉱で鉱山技師の修業をしていたことなどである。五年後、彼女が十九歳で高等学校を卒業した年、父は、この谷から三十キロほど下ったところにあるポース炭鉱の監督に任命されたため、彼女と兄は、父とともに南ウェールズに引っ越してきた。そして六ヶ月後、ポース炭鉱で爆発事故が起こった。ジョンは坑内にいて即死だった。惨事を聞いた父はすぐに地下に降りていったが、黒い水蒸気に巻き込まれてひとたまりもなかった。一週間後、父とジョンの遺体がようやく運び出されてきたのである。

話が終わって、沈黙が舞い降りた。

「お気の毒です」

アンドルーが心からそう告げると、クリスティンは落ち着いて答えた。

「皆、親切にしてくれました。特にワトキンズ夫妻のおかげで、小学校の先生の仕事にもつけましたし」

そこで少し口をつぐんだが、すぐに明るい顔を上げた。

「でも私もあなたと同じです。まだよそ者みたい。この谷に慣れるのには、まだ時間が必要なのでしょうね」

アンドルーは彼女を見つめたまま、少しでも自分の気持ちを伝えられるような言葉はないか探した。機転《きてん》が利いていて、気持ちが明るくなるような言葉だ。

「わかります。ここではときどき寂しい気持ちになることがあります。私もそうなんです。誰かと話がしたいと思うことが、よくあるんです」

彼女は微笑した。

「どんな話がしたくなるんですか？」

急に問い詰められたような気がして、アンドルーは赤くなった。

「仕事のこととかじゃないかな、そんな気がします」

辿々《たどたど》しく口ごもったが、もう少し説明する必要がある気がして、彼は続けた。

「最近、うまくいかないことが多いんです。次から次へと問題が起きて、その間を走り回っているみたいで」

「難しい病気の患者さんがいるということですか？」

「そうじゃないんです」

躊躇いがちに、アンドルーは続けた。

「私は今日まで、教科書通りの診断や治療法を、山ほど頭に詰め込んできたんです。みんなが信じている治療、いや信じているふりをしている治療といってもいい。関節が腫れていればリウマチ、リウマチならサリチル酸というわけです。当たり前の話ですから、あなたもご存じでしょう。でも私は、そのうちのいくつかが間違っているということに気付きました。処方もそうです。薬といっても、あるものは、治すどころか害になることさえある。制度や慣習に問題があるんです。ある患者が診療所にやってくる。患者は迷わず薬を希望する。希望通り薬は手に入るんですが、それは砂糖や重曹や、ただの水という場合さえあるんです。処方箋がなぜラテン語で書かれてると思いますか。そうすれば、患者たちが読めないからです。こんなの間違っています。非科学的でもある。ほかにもあります。私には多くの医師たちが治療を行うのに、あまりにも経験だけに頼り過ぎているように見えるんです。しかも、患者の症状を個別にばらばらに扱っている。複数の症状があればそれを組み合わせて考えて、確固たる診断に辿り着かないといけないのに……。医師はみんな忙しいから早口で言うんです。『頭痛？　それなら頭痛薬だ』『貧血？　じゃあ鉄剤を出そう』。でも、本当は頭痛や貧血の原因を考えなければいけない」

　そこまで言って、ふいにアンドルーは口をつぐんだ。

「ああ、すみません。こんな退屈な話ばかりして」

「いいえ、いいえ」

　彼女は首を振った。

「とても面白い話だと思います」

「私はまだ駆け出しの医者ですが、少しずつ自分が何をすべきかわかり始めているんです」

　彼は、耳を傾ける彼女の様子に嬉しくなりながら続けた。

「正直なところ、私が学んできた教科書の知識さえ、あまりに古く保守的なものばかりなんです。役に立たない治療や、中世期の誰かが強引に分類した病気。こんなことは診療所にいる普通の町医者には関係のない話だと思われるかもしれない。でも町医者はただ、湿布を処方したり薬を調合したりするだけでいいんでしょうか。もっと科学を、医療の現場に持ち込むべき時代なんです。多くの人は、科学なんてものは、せいぜい試験管の底に沈んでいるようなものだと思っています。でも市井《しせい》の医者にこそ、もっとも科学に貢献するあらゆる機会があるんです。新しい疾患の初期症状を観察する好機を持っているのは、大病院の医師ではなく、診療所の医者です。患者が大病院に運び込まれるときには、たいてい初期症状は過ぎているんですから」

彼女がすぐに何か答えようとしたとき、ちょうどドアベルが鳴り響いた。言おうとした言葉をとどめた彼女は、代わりに立ち上がりながら微笑した。

「また別のときに、続きを聞かせてください。約束ですよ」

ワトキンズ夫妻は遅れたことを謝罪しながら入ってきた。すぐに食事が始まった。

以前にブラムウェル夫人宅で食べた冷たい料理とはずいぶん違っていた。子牛肉の鍋煮込みとバターを載せたマッシュポテト、クリーム入りの新鮮なルバーブタルトに、チーズと珈琲が続いた。贅沢なものではなかったが、美味しく、十分な量があった。ブロードウェンが用意する冷たく硬い肉料理で過ごしてきたアンドルーにとっては、間違いなくご馳走で、思わずため息が漏れていた。

「こんな夕食を出してくれる下宿にいて、あなたは幸せですよ、バーロウさん。ハーバード夫人は、素晴らしい料理人なんですね」

ワトキンズは、食事に夢中になっているアンドルーに訝《いぶか》るような目を向けたが、やがて吹き出すように声を上げて大笑いした。

「こいつはいい！」

ワトキンズは妻を顧みた。

「お前、聞いたか。ハーバード夫人が素晴らしい料理人だそうだ」

クリスティンが顔を赤らめた。

「気にしないでね」

不思議そうな顔をしているアンドルーに向かって言う。

「こんなに褒められたのは初めて。だって、あなたはそんなつもりで言ったんじゃないんでしょうけど、今夜の夕食は私が料理したんですから。ハーバードさんのキッチンを使わせてもらったんです。料理は好きだから、慣れていることなんですけど」

彼女の言葉で、鉱山管理人はいよいよ楽しげに笑い声を上げた。ブラムウェル宅で、冷ややかに口をつぐんでピアノを聞いていた人とは別人のようだった。おおらかで、気取った様子もなく、タルトを食べ、テーブルに肘をつき、邪気のない笑い話まで披露した。

この夜は、時間が過ぎるのが早かった。ふと時計を見るともう十一時近くになっていたことにアンドルーは驚いた。ブレイナ地区の患者を十時半までに往診する約束をしていたのである。

名残惜しそうにアンドルーが立ち上がると、クリスティンは戸口まで付き添ってくれた。狭い廊下で偶然腕が彼女に触れたとき、体に電気が走り抜けたようだった。彼女は彼が知るあらゆる女性と異なっていた。穏やかで、物静かで、鳶色の知的な瞳が見返していた。この女性を、貧弱で頑固な女だと決めつけた自分を、今からでも撃ち殺したいくらいだった。

息を弾ませながら、彼は告げた。

「今夜呼んでもらって、お礼の言いようもありません。また会ってくれますか。いつも仕事の話ばかりするわけじゃありません。よければクリスティン……よければ今度トニグランに映画でも観に行きませんか」

彼女の目が優しく見上げていた。

その目に、かすかに恥じらうような光が見えた。

「私を誘ってくれるんですね」

星明かりの下、入り口の階段の上で、長い静寂が続いた。露を含んだ冷たい外気が、彼の熱い頬を撫でていった。彼女の息づかいがすぐ傍にあった。なおしばらくアンドルーは彼女を見つめていたが、やがて不器用に彼女の手を握ると、素早く身を翻した。あとは、何百万人もの人々が繰り返し歩いてきた、あの「ありふれた帰り道」を歩いていくだけだ。自分だけは特別で、素晴らしい運命に導かれ、幸福が約束されていると信じながら、躍るように帰って行ったあの道である。

——ああ、なんて素晴らしい女性だ！

難しい医療の話を、彼女は真剣に聞いて理解してくれたのだ。とても知的な女性だ。そして料理のなんと美味しかったことか！　そんな彼女を、自分はクリスティンと呼んだのだ！

第八話　慎重に、ゆっくりと、確実に

アンドルーの頭の中は、以前にも増してクリスティンのことでいっぱいだったが、気持ちの在り方はすっかり変わっていた。もう落ち込んだりしなかった。のみならず、幸せで、喜びに溢れ、希望に満ちていた。そんな変化はすぐに仕事にも現れた。若さというものだろう。

彼はいつもクリスティンが自分を見てくれているのだと空想した。自分が注意深く患者を診察し、誠実に検査を進め、診断の精度を上げるために努力している姿に、彼女が感嘆する様子を想像した。往診をいい加減に済ませたり、聴診もせずに診断をつけてしまおうとする誘惑に駆られたりしたときも、すぐに自分に言い聞かせた。

――駄目だ。そんなことをすれば、彼女はどう思うんだ。

一度ならず、デニーが意味ありげで皮肉な目を向けてきたが、彼は気にしなかった。彼は自分の志とクリスティンを理想の中で強く結びつけ、彼女の存在を、この未知の世界における日々の闘いの大きな励みとした。

彼は自分がまだまだ未熟であることを知っていた。だからこそ、自分の頭で考えること、そして、ある明確な症候を観察したときでも、その背後にある原因まで徹底して追究する態度を、自分自身に課した。これまで科学的思考に、これほど強く惹きつけられたことはなかった。ずさんな診療をすること、金目当てに行動すること、安易な結論に飛びつくこと、そして「前回と同処方」などと処方箋に記載することなどが絶対ないように、彼は努めた。探究し、科学的に振る舞うことによって、クリスティンにふさわしい存在になることを願った。

　こうした純粋な熱意の前には、診療所の仕事が急に些末で退屈なものに思えてきた。彼は峻厳《しゅんげん》な理想の高みを目指したかった。しかし、診察室に座る彼の前には、つまらない低い丘が連なるばかりだった。診療所に来るのは、どこまでも平凡で退屈な症例ばかりだった。ありふれた捻挫、指の切創《せっそう》、風邪に伴う頭痛……。うんざりしたことの最たるものが、谷を三キロほど下った場所にある、老女の家に往診したときのことだ。老女は、フランネルの帽子の下から黄色い顔を覗かせて、魚《うお》の目《め》を切ってくれと頼んだのである。

　嵐や暴風を期待する彼は、馬鹿馬鹿しく感じ、苛立つこともしばしばだった。

　こんな辺鄙な田舎町で働いていては、ケチでくだらない町医者以上のものにはなれないのではないか。そんな不安を抱えた日々にすっかり嫌気がさしていた中で、ふいに彼の信念の水銀柱《すいぎんちゅう》が再び急上昇するような出来事が巻き起こった。

六月の半ばころ、アンドルーは駅の陸橋でばったりとブラムウェル医師に出くわした。ブライネリの「名俳優」は、手の甲で唇を拭きながら、駅ホテルの裏口からこっそり出てきたところだった。グラディスが綺麗に着飾って、不可解な「買い物」のためにトニグランへ出かけて行った日は、ブラムウェルは気分を紛らわすために、こっそり一、二本のビールを飲みに行く習慣があったのだ。

ブラムウェルはアンドルーに見られてまごついたが、すぐにわざとらしく手を上げて、その場を繕った。

「やあ、マンスン君。いいところで会ったね。ちょうどプリチャードの往診をしてきたところなんだ」

プリチャードというのは、駅ホテルの支配人である。アンドルーはほんの五分前に、プリチャード本人が犬のブル・テリアの散歩をしていたのを見たところであったが、そんなことは口に出さなかった。アンドルーは相変わらずこの「名俳優」に好意を持っていた。ブラムウェルの大げさな話し方や芝居がかった振る舞いによる煩わしさも、その臆病で優しい性格や、グラディスが縫い忘れた靴下の穴などによって帳消しになってしまうのだ。

二人で一緒に歩いているうちに、仕事の話になっていた。ブラムウェルは、よく自分の患者の話をするのだが、今日も重々しい口調で、アニーの義理の弟にあたるエムリン・ヒューズを診察していると話した。彼の話では、エムリンが最近奇妙な行動をとることが多いのだという。訳もわからず暴力的になることがあり、しばしば鉱山で苦情が出ているというのだ。

「どうも良くないんだよ、マンスン君」

ブラムウェルは悩ましげに首を振った。

「私は以前に精神疾患を診たことがあるのだが、珍しいことながら、彼もそうらしい」

アンドルーは興味を覚えた。ヒューズは、いくらか鈍いところもあるが、気のいい男である。彼は数日前、アニーが不安そうにしているのを見て、どうしたのか問うたことを思い出していた。元来がアニーは家族についてあまり話したがらない性格だったが、義弟に関する噂のことで悩んでいることは確かだった。アンドルーはブラムウェルに、早く良くなることを祈ると伝えて別れを告げた。

しかしその週の金曜日の朝六時、彼は寝室のドアをノックする音で目覚めた。アニーだった。早朝なのにすっかり着替えており、目を赤くして差し出した手紙は、ブラムウェル医師からの伝言だった。


すぐ来てくれ。危険な精神障害だと認定するのに、君の助けが必要だ

アニーは涙を浮かべていた。

「エムリンのことです、先生。ひどいことになっています。すぐに行ってくれませんか」

アンドルーは三分で支度した。

表通りに出ながら、アニーはエムリンの状態について知っている限り詳しく説明した。ここ三週間ほど、エムリンはひときわ調子が悪そうだったが、昨夜、すっかり別人のように人が変わり、ひどく暴力的になったあげく、パン切り包丁を妻に向けたのだという。グレイスは夜の町に飛び出してなんとか逃れたそうだ。早朝の黎明《れいめい》の中を急ぎながら、あまりにも衝撃的な話を聞いて、アンドルーは慰める言葉を持たなかった。

やがてヒューズの家に着いた。家に入ると髭も剃らず、ネクタイもつけていないブラムウェルが、真剣な顔でテーブルの前に座り、ペンを持っていた。テーブルの上には、半分ほど書きかけの見慣れない書類が置いてあった。

「ああ、マンスン君。さっそく来てくれて感謝する。嫌な仕事だが、すぐに済むよ」

「どんな状況なんですか？」

「ヒューズが発狂したんだ。先週君にも話したと思うが、心配していた通りになった。まったく私は正しかったんだ。急性の躁鬱病だよ」

ブラムウェルはいつもの大げさな口調に、痛ましさと重々しさを加えて告げた。

「いわゆる自傷他害の恐れがある危険な状態だ。殺人だって起こしかねん。すぐにポンティニュードにある精神科病院に強制入院させなきゃならん。そのための証明書には医師二人の署名が必要だが、ここの家族が君を呼んでくれと言うんでね。手続きは知っとるだろう？」

「そうですね」

アンドルーは頷いた。

「診断の根拠は揃っていますか？」

ブラムウェルは書類に書いた内容を、朗々と読み上げた。最近一週間のヒューズの行動を細かくまとめたものだが、そのすべてが危険な精神症状と判断すべき内容だった。読み終えてブラムウェルが顔を上げた。

「診断は確定だと思うがね？」

「かなり深刻ですね」

疑問の余地はなさそうだった。

「少し彼を診てきます」

「ありがとう、マンスン君。終わるまで、待っているよ」

ブラムウェルはそう言うと、書類に向かって、より一層細かく書き加え始めた。

エムリン・ヒューズはベッドに横になっていた。万が一、拘束《こうそく》が必要になった場合のためだろう。ベッドサイドに二人の鉱山仲間が座っていた。いつもは無邪気で快活なグレイスが、涙を浮かべたまま青白い顔で、ベッドの足下に立っていた。彼女は疲れ切っていたし、薄暗い室内には緊迫した空気が漂っていた。異様な雰囲気に、アンドルーはほとんど戦慄に近いものを感じた。

エムリンは確かに、別人のように変わっていた。見た目は確かに本人だが、ぼんやりとした目つきで、顔はむくみ、唇も腫れていた。呼吸は荒く、皮膚はむくみのためか艶やかに見える。全体的にひどく無気力な印象で横たわっており、話しかけても、意味のわからない言葉が返ってくるだけだ。ブラムウェルの言う通り、隔離する以外に方法はなさそうだった。

しばしの沈黙が続いた。結論を出すべき状態だった。しかし何かがアンドルーの心に引っかかっていた。

——なぜだ？

彼は自らに問いかけた。

——なぜヒューズは突然こんな状態になったのか？

——気が狂ったというのなら、その原因はなんだ？

ヒューズはごく普通の幸福な男だった。大きな心配もなく、気楽に生活し、穏やかな性格だった。明確な理由もなく、突然こんな風におかしくなるだろうか？

——理由があるはずだ。

アンドルーは忍耐強く考え続けた。症状には必ず原因があるはずだ。横たわるヒューズを見つめたまま、答えを探して懸命に頭を働かせた。ほとんど無意識のうちにアンドルーは手を伸ばして、ヒューズの腫れた顔に触れた。むくんだ頬は、指で押してもほとんどくぼまず、指のあとも残らなかった。次の瞬間、電流のような衝撃が頭の頂まで駆け抜けた。

――なぜ圧痕《あっこん》が残らない？　普通の浮腫ならあとが残るはずだ。

――なぜなら――、
心臓が跳ね上がった。

――なぜなら、ただの浮腫ではないからだ！　粘液水腫《ねんえきすいしゅ》だ。そうだ。そういうことだ！

いやいや、待て、慌てるな。

アンドルーは必死に自分を落ち着かせた。無闇に結論に飛びついてはいけない。慎重に、ゆっくりと、確実に、行くべきなのだ。

彼は冷静にエムリンの手を持ち上げた。皮膚は乾いて荒れており、指の関節は腫れていた。熱はなく、むしろ少し低いくらいだ。波のように押し寄せてくる高揚感と戦いながら、彼は詳細に、かつ整然と診察した。すべての所見、すべての症状が、複雑なジグソーパズルのピースのように完璧に収まっていた。乾燥した皮膚、関節の腫れ、顔のむくみ、嗄声《させい》、記憶力の低下、無気力と、暴力を伴うほどの急な興奮……。ああ！　完全な勝利だ。ほとんど崇高《すうこう》なほどだった。

アンドルーは立ち上がると、部屋を出て客間に戻っていった。ブラムウェルは、暖炉を背にして立っていた。

「どうだい、納得したかね。ペンはテーブルの上にあるよ」

「待ってください、ブラムウェル先生」

アンドルーは視線をそらしたまま、声に勝ち誇った調子が出ないよう懸命に努力しつつ続けた。

「ヒューズの書類にサインすべきではありません」

「え、なんだって？」

ブラムウェルの顔には、事務的な表情に変わって、驚きと不快の念が現れた。

「彼は発狂しているんだぞ」

「そうではないと思います」

アンドルーは、なお興奮と高揚とを押さえ込むように、押し殺した口調で続けた。診断だけがゴールではなかった。ブラムウェルを落ち着かせ、敵に回さないようにうまく説明しなければいけない。

「あくまで私見ですが、ヒューズは単純な双極症ではなく、器質的な疾患が隠れているように思うのです。これは、甲状腺《こうじょうせん》機能低下症《きのうていかしょう》です。明らかな粘液水腫の所見があるんです」

ブラムウェルは呆然と見返していた。実際彼は、呆気にとられているようだった。何か懸命に話そうとしていたが、屋根から雪が落ちる音のような、ぼそぼそという妙な声が聞こえてくるだけだった。

「とにかく……」

アンドルーは敷物に視線を落としたまま、説得の言葉を探し続けた。

「ポンティニュードの病院は、台所のシンクのようなものです。一度そこに流したら、二度と戻ってくることはできません。万が一戻ってこられても、一生汚名《おめい》を背負うことになるでしょう。まずは、甲状腺の治療を試みてみるべきではありませんか」

「なぜかね、先生」

ブラムウェルは震える声で続けた。

「私には、そんな風に見えないが……」

「ご自身の信用にかかわるんですよ」

アンドルーは素早く遮った。

「彼を治療できるかもしれない。やってみる価値はあるんじゃないですか。これからヒューズ夫人を呼びます。彼女は夫が連れて行かれるんだと思って涙にくれています。これから新しい治療を始めるんだと、先生なら説明できるはずです」

ブラムウェルが反論する前に、アンドルーは客間を出て行った。数分後、ヒューズ夫人を連れて戻ってきたとき、「名俳優」は落ち着きを取り戻していた。暖炉の前に立ち、穏やかな口調で「まだわずかながら希望があるかもしれない」とグレイスに説明した。その背後で、アンドルーは強制入院の書類をしっかりと握りつぶして、暖炉の中に放り込んだ。そしてカーディフに電話して、甲状腺の治療薬を手配した。

治療薬が効果を発揮するまでには、数日が必要だった。言うまでもなく、不安と懸念に震えるような数日だ。しかしいったん効果が現れると、あとは魔法のように改善した。エムリンは二週間でベッドから出られるようになり、一ヶ月後には、職場に復帰していた。ある夕方、ヒューズはアンドルーの診療所にやってきた。むくみもなく、活力があり、笑顔のグレイスが付き添っていた。そして、これまでにないほど調子がいいと、ヒューズは告げた。

　グレイスが言った。

「あなたのおかげです、先生。主治医をブラムウェル先生からあなたに替えたい。エムリンは、私と結婚前に、すでにブラムウェル先生の名簿に登録されていたんです。でも彼はただの役立たずの年寄りです。もし先生がいなかったら、エムリンはどうなっていたか……。全部先生がやってくれたんですから」

「替えるのはいけないよ、グレイス」

　アンドルーは答えた。

「それじゃ、みんな台無しになってしまう」

　彼はいつもの生真面目な顔で言ったあと、急に朗らかに笑って付け加えた。

「そんなことをしたら、今度は私がパン切り包丁を持ってあなたを追いかけるよ」

　ブラムウェルは通りでアンドルーに会うと陽気に話しかけてきた。

「やあ、マンスン君。ヒューズの様子を見てくれたかね。ハハハ、二人とも心底感謝してくれてるよ。こんなにうまくいった症例はない。私も誇りに思う」

一方で、アニーは呆れ顔である。

「あの老ブラムウェルは、まるで町一番の大物って顔で通りを歩いているんですよ。なんにも知らないんだから。奥さんだってそう。あんな風だから、使用人も居つかないんでしょうね」

ブロードウェンはというと、いつものごとく繰り返した。

「先生、忘れちゃいけませんよ。あなたはページ先生のために働いているんですからね」

デニーのコメントは相変わらず辛辣《しんらつ》だ。

「マンスン、今の君は調子に乗っていて、付き合い切れん。必ずいずれ大失敗をやらかすぞ。それもすぐにだ。あっという間にな」

しかしアンドルーは科学的手法の勝利に興奮して、クリスティンのもとへ急いでいた。胸の内には、彼女に話したいことを山のように抱えて。

第九話　カーディフの学会

　その年の七月、英国医師会の年次総会がカーディフで開かれた。ラムプラウ教授が毎年の最終講義で学生たちに話したところによれば、英国医師会は、志のある医師であれば必ず所属すべき組織なのだが、特にその華やかな総会が有名であった。

　医師会の会員やその家族たちには、スポーツや社交の会場が用意され、科学技術を駆使した様々な催し物を楽しむことができた。さらには、特別料金で一流ホテルを使用し、近くの修道院跡地を見学する無料の観光バスに乗ることができた上、記念の美しい小冊子や、製薬会社や医療機器メーカーが土産に用意した日記帳、近くの温泉施設の入場券などが進呈された。前年の総会では、開催期間の最終日に、動物性脂肪不使用のビスケットを詰めたサンプルの箱が、医師とその妻全員に贈られた。

　アンドルーは医師会の会員ではなかった。年五ギニーという会費は、彼にはまだ維持できなかったのだ。ただ距離をとって、羨望の眼差しを向けるしかなかった。ブライネリはこの華やかな世界の外に位置し、彼は孤独を感じざるを得なかった。地方紙には学会の写真が載っていたが、医師たちが、旗にうずまった駅のホームで歓迎の挨拶を受けている様子や、ペンアルスのゴルフ場でファーストショットを打ったり、カーディフの対岸にあるウェストン＝スーパー＝メアへの観光汽船に乗り込んでいく写真は、一層アンドルーの孤独感を強めた。

しかし学会週間のなかごろになって、カーディフのホテルから届いた手紙が、アンドルーを喜ばせた。友人のフレディ・ハムソンからで、彼はやはり総会に出席しており、マンスンに是非会いたいというのだ。土曜日の夕食はどうかと書いてあった。

アンドルーはこの手紙をクリスティンに見せた。今ではアンドルーは、何事も当たり前のようにクリスティンに相談するようになっていた。二ヶ月前のあの夕食に招待された夜以来、ますます彼女に心を惹かれていた。しばしばアンドルーはクリスティンに会いに行き、会うたびに彼女の嬉しそうな笑顔に自信をもらい、ますます幸福を感じていた。彼女は、きわめて現実的で、率直で、媚びるところのない女性だった。苛立ちや心配事を抱えていても、彼女に会うと、アンドルーは落ち着きを取り戻した。クリスティンは、彼が話したいことに静かに耳を傾けることを知っていて、しかも適切で機転《きてん》の利いた助言をした。優れたユーモア感覚の持ち主でありながら、同時に、けして彼をおだてたりはしなかった。

彼女はいつも穏やかだったが、それでもしばしば議論になることがあったのは、彼女の中に、しっかりとした芯が通っていたからだ。彼女は笑って言ったものである。

「私の議論好きは、スコットランド人の祖母から受け継いだんだと思う」

その自立心もそうなのだろう。彼女の揺るぎない勇気に触れると、アンドルーは心を打たれ、彼女を守ってあげたいと感じることもあった。ブリドリントンの病弱な叔母を除くと、彼女はひとりぼっちだったのだ。

土曜日か日曜日の午後の晴れた日などは、二人はパンディ街道の向こうまで散歩に出かけた。チャップリンの映画「ゴールドラッシュ」を観に行ったこともあれば、彼女の希望でトニグランまでオーケストラのコンサートに行ったこともある。しかしもっとも楽しいのは、ワトキンズ夫人が夕方に訪ねてきたときで、アンドルーもこのクリスティンの友人と愉快に言葉を交わすことができた。二人の議論が始まるのはそういうときで、ワトキンズ夫人はいつも編み物をしながら、愛すべき緩衝地帯としての役目を果たし続けた。しかも、二人の討論会が終わる前に編み物ができあがってしまわないように、夫人はいつも編む速度を調整しているようであった。

今、カーディフに出かけるに当たって、アンドルーは、クリスティンと一緒に行きたいと考えていた。週末にはバンク・ストリート小学校は夏休みに入り、クリスティンはブリドリントンの叔母のもとで休みを過ごす予定だったから、その前に、二人の特別な時間を作りたいと思ったのだった。

クリスティンが手紙を読み終えたところで、彼は勢い込んで尋ねた。

「一緒に行きませんか。汽車でたったの一時間半です。診療所の方は、土曜の夕方から休みをもらうつもりです。学会のイベントがいくつか見られるかもしれません。それだけでなく、あなたにはハムソンに会ってほしいんです」

彼女は頷いた。

アンドルーは大喜びし、ブロードウェンに相談する前に、もう診療所の窓に「土曜日の午後は休診」と張り紙を掲示し、意気揚々と帰宅した。

「ブロードウェンさん。労働契約書を読んだんですが、私には年に半日休暇をとる権利があります。土曜日にもらってもいいですか。カーディフに行くんです」

「急になんなの、先生」

ブロードウェンは、あまりに突然の要求に驚いたようだが、しばし不機嫌な顔で黙ったあと、しぶしぶ受け入れた。

「わかりました。行ってくるといいでしょう」

そこまで言ってふいに何かを思いついたように目を輝かせた。

「先生、パーリーのケーキ屋さんで、なにか買ってきてくれる？　あの店のケーキは、私の大好物なの」

土曜日の四時過ぎ、クリスティンとアンドルーはカーディフ行きの汽車に乗り込んだ。アンドルーは上機嫌で、改札の駅員にまで親しげに声をかけ、向かい側に腰かけたクリスティンを笑顔で見つめていた。クリスティンは紺色のコートとスカート姿で、いつも以上に美しく、品のよい黒い靴がよく似合っていた。彼女の瞳には、この特別な旅行への感謝と喜びが溢れていた。

彼女を見ているだけで愛情が深まり、もっと近づきたいという気持ちが募っていった。互いの友情は確かに素晴らしかった。けれどもアンドルーはそれ以上のものがほしかった。彼女を抱き寄せ、腕の中に包み、ぬくもりと息づかいを感じたいと思った。

汽車の中で、彼は思わず口を開いていた。

「この夏、君が行ってしまったら、僕はとても耐えられないかもしれない」

クリスティンの頬がかすかに染まった。彼女は窓の外へ顔をそらしたが、彼はそのまま語を継いだ。

「こんなこと、言わない方がよかった?」

「いいえ、とても嬉しい」

彼女は視線を伏せたまま答えた。

アンドルーは、彼女を愛しているということを伝えたかった。そして、まだ半人前で不安定な地位であっても結婚してくれないかと尋ねる言葉が、喉元まで出かかった。それはもう、二人の運命なのだと、ほとんど確信していたのだ。しかし、直感的な何かが、まだそのタイミングではないと告げていた。この気持ちは帰りの汽車で伝えようと決心したアンドルーは、代わりに色々なことを話し続けた。

「きっと今日の夕食会は楽しいと思うよ。ハムソンはいい奴なんだ。頭は切れるし、粋なところもある。一度こんなことがあったんだよ」

アンドルーは思い出に目を細めた。

「ダンディ市の病院で、チャリティーイベントがあったときの話だ。君も知っているような、有名な俳優も沢山出演したんだけど、ハムソンが登壇して、歌や踊りを披露したら、たちまち拍手喝采だよ」

「お医者さんというより、役者さんみたいな人ね」

クリスティンが笑った。

「そんな気取った奴じゃないんだよ、クリス。フレディはいい奴なんだ」

汽車は六時十五分にカーディフに到着し、二人はすぐにパレスホテルに向かった。ハムソンとはそこで六時半に会う約束だったが、二人がラウンジに着いたときには、まだ彼は来ていなかった。

二人は並んで辺りを見回した。ラウンジは、多くの医師とその妻たちで混み合い、親しげな話し声や笑い声が行き交っていた。

「スミス先生！　今夜は奥さんともども、帰しませんよ！」

「やあ先生、映画のチケットは、いりませんか？」

胸元に会員証のバッジをつけた紳士たちが、モザイク模様の床の上を、盛んに往来していた。部屋の反対側の戸口では、学会スタッフが単調な声で「耳鼻咽喉科のブースはこちらでございます」とアナウンスを繰り返している。

また別棟につながる廊下の壁には、「医療器具展示会」の張り紙が大きく貼られており、シュロの木の鉢植えの向こうからは、弦楽団の演奏も聞こえてきた。

「ずいぶん賑やかだね」

アンドルーは、いささか圧倒されつつも、そんなことを言った。

「フレディはまた遅れるみたいだ。困った奴だよ。ちょっと展示会を見に行こう」

展示会場を少し歩いて回っただけで、彼の両手はすぐにきらびやかな小冊子でいっぱいになった。アンドルーはパンフレットのひとつをクリスティンに見せて笑った。

「先生！　あなたの診療所は患者が少なくないですか？　我々がすぐに満員にしてみせますよ！」

ほかにも十九冊のファイルがあった。すべて種類の異なる、最新の鎮静剤や鎮痛剤の宣伝冊子だった。

「最近は麻酔薬関係が話題になっているみたいだ」

彼は肩をすくめてつぶやいた。

出口に立っていた若い男が、きらびやかな時計のような機械を片手に如才《じょさい》なく、歩み寄ってきた。

「先生、新しい測定器があるんです。きっと興味をもたれると思いますよ。最新の多彩な機能がついていて、ベッドサイドに置いておくだけで高級感が生まれます。たった二ギニーですよ。見てください、先生。このメモリで潜伏期間がわかり、ダイヤルを回すと発症後の感染期間がわかるんです。しかも中はですね……」

　男は機械の裏側を開けた。

「精密なヘモグロビン色素表、裏も情報が満載でして……」

「祖父もそういうものを持っていたよ」

　アンドルーは歯切れ良く遮った。

「でもなくしてしまったらしい」

　ラウンジへの廊下を戻りながら、クリスティンは笑いをこらえていた。

「可哀想な人、あの素敵な機械を笑った人なんて、ほかにいないんじゃない？」

　ラウンジに戻ると、フレディ・ハムソンが来ていた。タクシーから飛び降り、ボーイにゴルフバッグを持たせてホテルに入ってきたところだった。二人を見つけたハムソンは、満面の笑みで歩み寄ってきた。

「やあ、よく来てくれた。遅れてすまん。リスターカップに出る約束をしていた相手がいてね。ゴルフの腕前は微妙だが、運だけはいい奴だった。アンドルー、また会えて嬉しいぞ。昔のままのマンスンだな、ハハハ。なぜ新しい帽子を買わない？」

　彼は古い友達同士の気さくな挨拶とともにアンドルーの背中を叩きながら、クリスティンの方に晴れやかな笑みを向けた。

「ぼんやりしてないで紹介しろよ。寝ぼけてるのか？」

　彼らは丸テーブルのひとつに腰を下ろした。ハムソンは指をならしてウェイターを呼び、アンドルーとクリスティンの分までシェリー酒を注文した。そしてゴルフの試合の話や、相手が五番アイアンを芝に打ち込んでいる間に、自分が圧勝した話などを披露した。

　生き生きとした顔色、整髪料で撫でつけたブロンドの髪、立派な仕立てのスーツ、袖口から覗いている黒いオパールのカフスボタン……。冴えない学生が、見事な身なりの紳士に変わっていた。もともと容貌はごく平凡だったが、明るい性格で、頭のいい男だった。努力して魅力的な人間になってきたことに、彼なりの自負があるようだった。

　ハムソンは学生時代から誰とでもすぐに友人になる男だった。病理学者で皮肉屋のミュール博士は、講義中に彼に向かって冷ややかな口調で言ったものだ。

「君の頭の中はからっぽだね、ハムソン君。君の風船みたいな頭の中はエゴイズムでいっぱいだ。しかし心配いらない。君がここで試験という名の子供だましのゲームに勝ちさえすれば、君には華やかで輝かしい未来が約束されるだろう」

　彼らは誰も正装していなかったので、夕食は気楽なレストランで摂ることにした。ただ、フレディは、夜には燕尾服に着替える予定だと話した。面倒きわまりないダンスパーティーがあるらしい。

卓上のメニューには、でたらめな名前が並んでいた。「パスツールのポタージュ」「キュリー夫人の魚料理」「医師会のテンダーロインステーキ」……。ハムソンはその中から平然と注文して、熱心に昔話を始めた。

「考えたこともなかったよ」

ハムソンは大げさに頭を振りながら、

「あのマンスンが、南ウェールズの谷底に身を埋めてしまうなんてさ」

「本当に埋もれているなんて思いますか？」

和やかな口調ではあったが、クリスティンの微笑はかすかに強張っていた。

ハムソンは気にした様子もなく、混み合ったフロアを見渡し、アンドルーににやりと笑った。

「総会をどう思う？」

「そうだな」

アンドルーは控え目に答えた。

「最新の情報を得るためには、有効なイベントだよ」

「最新だって？　冗談だろ。くだらない会議には、俺はひとつも出ていないぜ。そいつは頭が固過ぎるってもんだ。重要なのは多くの人間と接点を持つことだ。人と会って、人脈を作る。この一週間で俺がどれだけ影響力のある人間たちと会ったか、お前には想像もつかんだろう。家に帰ったら、そいつらに電話をしてゴルフに行く。これがつまり……覚えておけよ、商売ってやつなんだ」

「俺にはよくわからない話だよ、フレディ」

アンドルーは苦笑するばかりだ。

「なぜだ？　丸太が落ちるのと同じくらい簡単な話だ。俺は今でこそ勤務医をやっているが、ウエストエンドの洒落た小さな部屋に目をつけてる。その戸口のよく見える場所に、『医学士フレディ・ハムソン』と彫り込んだ真鍮《しんちゅう》のプレートを掲げるつもりだ。看板を出せば、さっき言った連中がすぐに患者を紹介してくれる。何と言うか知ってるか？『お互い様』ってやつだ。お前が俺の背中を掻いてくれれば、俺もお前の背中を掻いてやるってわけだ」

フレディは、ゆったりとした動作で、うまそうに白ワインを傾ける。

「これとは別の話だが、田舎の、しがない診療所の医者たちと付き合うことも大事だ。ときには奴らも仕事を回してくれる。お前だってそうだ。一、二年のうちにはお前が根城《ねじろ》にしているその田舎町から患者を紹介してくれるだろうさ。そのブライ……なんて言ったっけ、町の名は」

クリスティンはちらりとハムソンを見て、何か言おうとしたが、すぐにやめてしまった。あとは目の前の皿に視線を落としたまま顔を上げなくなった。

「それで、お前の方はどんな調子なんだ、親友」

フレディは笑いながら続ける。

「いい調子でやってるのか？」

「いや、特に変わりはないよ。小さな木造の診療所で、一日三十人ばかり診察してる。ほとんどが鉱山の鉱員とその家族だ」

「あんまりいい話じゃなさそうだな」

フレディは、気の毒そうに首を振った。

「いや、楽しんでるよ」

アンドルーは穏やかに答えると、クリスティンがすぐに続けた。

「あなたはとても立派な仕事をしていると思う」

「そのつもりだ。実際、とても興味深い症例にも出会ったんだ。論文にまとめて学会誌にも送ったよ」

アンドルーはハムソンに、エムリン・ヒューズの症例を手短に説明した。ハムソンはいかにも真剣に聞いているふりを装っていたが、その目は部屋を見回してばかりいた。

「そいつはすごい」

アンドルーが話し終わった途端、ハムソンは答えた。

「甲状腺腫なんて、スイスかどこかでしか目にしないと思っていたんだ。ともかくちゃんとそれなりの金額を請求したんだろうな。おっと、それで思い出した。今日、ある男が効率よく稼ぐ、最高にいい方法を教えてくれたんだ」

彼はそこでまた、誰かから教わったという、すべての報酬を現金で支払わせる方法について話し始めた。その果てしない論述が終わる前に、夕食の方が終わっていた。ハムソンはナプキンを置いて立ち上がった。

「珈琲は向こうで飲もう。続きはラウンジだ」

十時前に、煙草の火が燃え尽きるとともに、話のタネもようやく尽き始めた。彼は軽くあくびをしながら、プラチナの腕時計に目を向けた。

そのわずかな隙に、クリスティンは素早くアンドルーに視線を投げかけた。

「もう帰りの汽車の時間じゃない？」

アンドルーがまだ三十分はあると答えようとしたとき、フレディが言った。

「俺も面倒なパーティーに行かなきゃならない時間だ。すっぽかすわけにもいかんからな」

フレディはホテルの回転ドアのところまで二人を送ってくると、名残惜しげに別れの握手を交わした。

「じゃあな、相棒」

フレディは親しげに肩を叩き、もう一度しっかりと握手をしながらささやいた。

「ウエストエンドに看板を掲げたときには、必ず連絡するよ」

暖かな夜の下、アンドルーとクリスティンは、黙ってパーク・ストリートに沿って歩き出した。夜の町がひどく静かに感じられたのは、学会会場やレストランがあまりに騒がしかったからかもしれない。今夜の出来事は、思っていたような楽しいイベントにはならず、クリスティンの期待にも反してしまったのだと、アンドルーはぼんやり考えていた。彼女が何か言ってくれるのを待っていたが、何も言葉は聞かれなかったから、とうとう彼の方からすまなそうに告げた。

「退屈な夜になったね。何もかも病院の話ばかりだったし」

「いいえ」

彼女は答えた。

「少なくとも、退屈だとは思わなかった」

ちょっと窺うように黙ってからアンドルーは答えた。

「ハムソンは好きになれなかった？」

「そんなにはね」

答えた彼女の目元には、抑えきれない率直な怒りがにじんでいた。

「だってあの人、べたべたにした頭と安っぽい笑顔で、ずっとあなたを馬鹿にしたような態度でいるんだから」

「僕を馬鹿に？」

驚いてアンドルーは繰り返したが、クリスティンははっきりと頷いた。

「耐えられなかった。『ある男が効率よく稼ぐ、最高にいい方法を教えてくれたんだ』」

ハムソンの口まねをしてからクリスティンは激しく首を振った。

「あなたが、あの感動的な甲状腺の症例について話した直後に、そんなことを言うのよ。しかも甲状腺腫だなんて。私でさえ、腺腫と機能低下症は全然違う病気だってことくらいわかるのに。それに、あなたの患者を紹介しろって言ったあの態度……」

彼女は薄い唇をゆがめた。

「あの見下したような態度、本当に耐えられない」

「あいつは別に僕を見下していたわけじゃないと思うよ」

アンドルーは戸惑いがちに答えた。

「あいつが自分の話ばかりしていたことは確かだ。よっぽど上機嫌だったんだろう。でも、あいつは君を会わせたくなるようないい奴だよ。大学では親友だったし、一緒に勉強もしたんだ」

「きっとあの人は、あなたが自分の役に立つと思ったのね」

クリスティンの口調は、いつになく手厳しかった。

「彼の仕事に、あなたを使えるんじゃないかって考えたのよ」

アンドルーはため息交じりに首を振った。

「もうこれくらいにしよう、クリス」

「あなたもね」

彼女ははっきりと応じた。その目には、怒りと涙の両方が浮かんでいた。

「あなたはあんな人に近づくべきじゃない。この小さな旅行を、あの人が滅茶苦茶にしちゃったじゃない。彼に会って、彼が話し始めるまでは、本当に素敵な時間だったのに。ヴィクトリアホールの最高のコンサートだって、行こうと思えば行けたの。でも彼のおかげで間に合わなかった。あの人は、つまらないダンスパーティーに間に合ったのに」

二人は少し離れて駅までの道を歩いた。

アンドルーはクリスティンが怒っている姿を初めて見た。彼自身も怒っていた、自分自身に、ハムソンに、そしてクリスティンにさえ――。しかし、彼女の言ったことは間違っていない。愉快とはとても言えない夜になったのだ。彼女の蒼白で強張った横顔を見て、彼はすっかり落胆してしまった。

駅に着いて、上りのホームに出たとき、アンドルーは反対側のホームに立つ一組のカップルを目にした。グラディスとギャベル医師だった。そう気付いたときには、ポースコール行きの下り汽車が走り込んできた。グラディスとギャベル医師は、互いに微笑み合いながら、海辺の美しい町に向かうその汽車に乗り込んでいき、やがて汽笛とともに、汽車は滑り出していった。

どっと疲労感が溢れ出た。クリスティンがあの二人に気付かなかったことを祈りながら、そっと視線を投げかけた。二人は今朝方ブラムウェル医師に会ったばかりで、そのとき、老医師は晴れた天気の話をしてから、この週末は妻が実家に戻って母と一緒に過ごしているんだと、満足そうに話してくれたのだ。グラディスの実家は、カーディフよりはるか北のシュールズベリーであった。

アンドルーは、視線を落として、黙って立ち尽くしていた。彼は今、クリスティンを愛していた。だからこそ、今見た風景が暗示するものが、ひどく彼を傷つけた。気分が悪くなるほどだった。ただでさえ憂鬱な空気が、暗澹《あんたん》たるものと化していた。旅に出発したときの楽しい気分は完全にひっくり返り、弾むような明るい心持ちは消え去っていた。

静かに落ち着いてクリスティンと話し合い、気持ちを打ち明け、このくだらない気まずい空気を元に戻したいと、アンドルーは思った。何よりも、彼女と二人だけになりたかった。しかしホームに入ってきた渓谷行きの汽車は満員だった。二人は、大声でラグビーの試合について語り合う鉱員たちと一緒に、狭い車室に詰め込まれることとなった。

ブライネリに着いたのはもう遅い時間で、クリスティンもすっかり疲れ切っていた。その様子から彼女もグラディスとギャベル医師を見たのだと、アンドルーはほとんど確信せざるを得なかった。そして、彼女にうまく声をかけることができないまま、ハーバード夫人の下宿まで送り届け、短く「おやすみ」と告げるのが精一杯であった。

第十話　夜更けの死闘

アンドルーが下宿に帰ってきたのは、もう夜中であったが、診療所の前ではジョー・モーガンが待っていた。診療所と隣の家の前をうろうろと往復していたらしいモーガンは、アンドルーを見つけると、そのたくましい鉱員の顔に、ほっとしたような安堵の色を浮かべた。

「ああ、先生、待っていたんだ。もう一時間ばかり、ここを行ったり来たりしていた。妻の様子が……予定よりだいぶ早いんだが……」

アンドルーは急に我に返った心地で、モーガンに待っているように告げた。鞄を取りに家に入り、すぐに一緒にブレイナ地区の十二号に向かった。夜風は冷たく、辺りは不思議なほど静まり返っていた。

いつもは勘の鋭いアンドルーも、疲労と脱力感にとらわれていたためか、この深夜の往診が、普段とは異なる展開を引き起こすことになるとは、予感もしていなかった。ましてやブライネリでの彼の将来に大きく影響することになるなど、考えるはずもないことであった。

二人は黙って歩き続け、やがて十二号住宅の前に着いたとき、モーガンは短く言った。

「俺は中には入りません」

その声は緊張に満ちていた。

「先生が、すべてうまくやってくれると、俺は信じているんです」

アンドルーはひとりで玄関に入り、狭い階段を上って二階の寝室のドアを開けた。粗末だがさっぱりとした家具が置かれた中に、石油ランプの火が揺れていた。ベッドには産婦のスーザンが横になっており、すぐ傍にスーザンの母親と、年配の助産師が付き添っていた。母親は七十歳くらいの背の高い白髪の女性で、部屋に入ってきたアンドルーを見て、わずかな沈黙を置いてから口を開いた。

「お茶を淹れましょうか、若先生」

アンドルーは小さく笑った。老母は経験が豊富で、色々なことを知っているのだろう。まだ待ち時間があると判断したアンドルーが「あとで来る」と言って、帰ってしまうことを心配しているのだ。

「大丈夫ですよ、お母さん。逃げ出したりしませんから」

いったんキッチンに下りて、彼はお茶をもらった。かなり疲れていたが、家に帰ったところで一時間と眠れないことはわかっていた。しかも、この患者は、集中力を総動員する必要があるのだ。けだるい疲労感がのしかかっていたが、それでもすべてが終わるまでここに残ると決意していた。

一時間後、アンドルーは二階に上がって経過を確認し、またキッチンの暖炉の前に戻った。暖炉の火床《ほど》で木がはぜる音と、時計の針の音だけが聞こえていた。いやもうひとつ音が聞こえていた。家の前の通りをモーガンが行ったり来たりする靴音だ。黒い服を着た母親はほとんど動かなかった。その目は鋭く、冷静で、推し量るようにアンドルーを見つめていた。

アンドルーの頭の中は、重い想念に取り巻かれていた。カーディフの駅で見たあの光景が、執拗にこびりついていた。あんな女性とも知らず夢中になっているブラムウェル医師や、妻と別居したまま陰気な生活をしているデニーのことを考えずにはいられなかった。いずれも結婚というものが目も当てられない失敗だったことを示していた。そんな惨状が、彼の身をすくませていた。

アンドルーにとって、結婚とはのどかで幸福なものであり、あるいはクリスティンそのものであった。彼女が彼に向ける明るい瞳には、それ以外の結論はないと告げていた。考えれば考えるほど、疑念にとらわれた理性と、自然に溢れてくる感情とが衝突した。その混乱と焦燥の中で、アンドルーはじっと暖炉の火を見つめて動かなかった。

そんな風に、結婚のことや、クリスティンで頭がいっぱいであったため、老母が急に声をかけるまで、彼はすっかり物思いに沈んでいた。無論同じように沈黙していた老母が考えていたことは、まったく別のことだった。

「スーザンは赤ちゃんに害があるから、クロロホルムは使わないでほしいって言ってました。

あの子は、赤ちゃんのことをとても心配していたんです、若先生」

母親の老いた目がふいに強い光を帯びた。

「正直なところ、私たちもみんな、そう思っているんです」

落ち着いて答えるには、いくらかの自制心が必要だった。

「麻酔薬は、害になりませんよ」

できるだけ穏やかに続けた。

「大丈夫です」

ふいに二階から助産師の声が聞こえた。ちらりと時計を見れば三時半だ。すぐに二階に駆け上がった。仕事が始まったのだ。

それから一時間、長く過酷な闘いが続いた。そして黎明の澄んだ光が、壊れたカーテンレールの隙間から差し込んできたとき、赤ちゃんは生まれた。

呼吸をしていなかった。

動かぬ小さな体を見つめるアンドルーを、恐怖の戦慄が襲った。

——あれほど約束したというのに！

過酷な闘いでほてった頬が急速に冷えていった。

まだ危険な状態にある母親の処置を続けるべきか、赤ちゃんの蘇生《そせい》処置を試みるべきか、アンドルーは躊躇したが、猶予《ゆうよ》はなかった。考えている場合ではなかった。ほとんど本能的に、彼は赤ちゃんを助産師に預け、スーザンの処置に向かった。スーザンの意識レベルは低下し、脈拍も弱くなっていたのだ。

アンドルーは、確実に衰弱していくスーザンの体力と、死に物狂いの競争を開始した。子宮収縮薬のアンプルを叩き割り、注射するのも一瞬だった。注射器を放り捨て、弱っていく女性を引き戻すべく、持ちうるすべての力を動員した。数分後、必死の努力の成果で彼女の心臓はようやく力強く拍動し始めた。もう安全だと判断したアンドルーは、汗で額に張り付いた髪を払って背後を振り返った。

「赤ちゃんはどこだ？」

助産師はおおいに驚いた。もう駄目だと思って、その小さな体をベッドの下に置いていたのだ。

アンドルーは傍に膝をついて、濡れた新聞紙から小さな体を持ち上げた。男の子だった。体はちゃんと育っていた。まだ温かな体は、白く柔らかで、皮膚は優しい手触りで、急いで切ったへその緒がまだつながっていた。しかし頭はだらりと垂れて、手足は骨がないようだった。

アンドルーは膝をついたまま、鋭い目で赤ちゃんの体を観察した。皮膚が真っ白に見える。理由はただひとつ、新生児仮死《かし》だ。異様なまでに研ぎ澄まされたアンドルーの頭の中に、かつてチャリティー団体のサマリア人協会で、一度だけ目にした治療法がひらめいた。彼はすぐに立ち上がった。

「熱い湯と冷水を持ってきてくれ」

助産師を顧みた。

「それから盥《たらい》もだ。今すぐに！」

「でも先生……」

助産師は口ごもった。その目は青白い男の子の体に向けられていた。

「早くしろ！」

彼は叫びながら、毛布をひったくり、赤ちゃんを寝かせた。

盥、水差し、大きな薬缶が届くと、彼は脇目も振らず、その特殊な蘇生処置を開始した。一方の盥に冷水を注ぎ、もう一方に手をつけられる程度の湯を注ぎ込み、気の狂った手品師のように赤ちゃんを交互に、冷水につけたり、湯の中に入れたりし始めたのだ。

十五分が過ぎた。汗が目に流れ込み、まともに見えなくなっていた。シャツの袖からは汗の滴《しずく》が滴《したた》り落ち、息も切れ切れだった。それでも赤ちゃんのぐったりした体に呼吸は戻ってこなかった。

絶望的な敗北感が、彼を押しつぶそうとしていた。助産師が呆然と見つめているのを感じた。その間、老母は、壁を背にして立ち、喉元を手で押さえ、一言も発することなく燃えるような目をアンドルーに向けていた。彼女が、娘に劣らず、孫の誕生を待ち望んでいたことを、彼は知っていた。だがあらゆる治療にもかかわらず、すべては無駄だった。

床は足の踏み場もないほど散らかっていた。アンドルーはびしょ濡れのタオルにつまずいて、手の中にいる、白い魚のような濡れた赤ん坊を、もう少しで取り落とすところだった。

「どうぞ、お願いです、先生」

助産師が泣きそうな声で言った。

「死産ですから」

アンドルーは応じなかった。打ち砕かれ、絶望し、無駄を重ねて、なお彼は諦めなかった。乾いたタオルでこすったり、小さな胸を手で押さえたり緩めたりして、そのぐったりした体に息を吹き込もうと頑張り続けた。

そのときだった。

奇跡だった。アンドルーの手の中で、ふいに小さな胸がけいれんするように短く上下したのだ。またひとつ。そしてもうひとつ。

アンドルーはめまいを覚えた。無意味に見えた努力の果てに、ふいに指の中で弾み始めた命の気配はこの上なく素晴らしいもので、ほとんど気が遠くなるほどだった。彼は無心になって、さらに処置を続けた。赤ちゃんは呼吸を始めた、しっかりと、深く――。可愛らしい鼻孔から粘液状の泡が吹き出た。大丈夫だ。手足はもうだらりと垂れてはいない。無気力だった頭も動き出した。青白い皮膚は確実に赤みを取り戻しつつある。そしてついに赤ちゃんは泣き始めた。美しく優雅な泣き声が、部屋に響き渡った。

「ああ……神様……」

老いた助産師が、激しくむせび泣いていた。

「戻ってきた……生き返りました……！」

助産師に赤ちゃんを渡したときには、アンドルーはすっかり疲れ果て、ぼうっとしていた。見回せば、部屋はひどい散らかりようだった。毛布、タオル、盥、汚れた器具、床に突き刺さった注射器、倒れた水差し、水たまりにひっくり返った薬缶。ベッドの上では母親がまだ、麻酔の中で静かに寝息を立てていた。老母はずっと壁を背に立ち尽くしていた。両手を合わせたまま、唇が震えるように動いていた。祈っていたのだ。

機械的にアンドルーはまくり上げた袖を下ろし、上着を着た。

「鞄はまたあとで取りに来る」

そう言って階段を下り、キッチンの奥の流し台へ向かった。からからに渇いた喉に、たっぷり水を流し込み、帽子と外套を取った。

外の歩道では、緊張と期待に満ちたジョーが待っていた。

「うまくいったよ、ジョー」

声も嗄《か》れていた。

「二人とも大丈夫だ」

外は明るくなり始めていた。

いつのまにか朝の五時前で、夜勤の鉱員との、最初の交代時間なのだろう。もう数人の鉱員たちが、通りを歩いていた。朝日の下、彼らに混じって歩きながら、ただひとつの思いを胸の内で繰り返していた。

――やり遂げた。とうとう俺は本当に大事なことをやり遂げたんだ。

これまでブライネリで積み重ねてきたその他の仕事など全部忘れ、ただその思いだけが胸に溢れていた。

第十一話　ジョーの五ギニー

帰宅して髭を剃り、風呂に入ったアンドルーは、それほど疲れを感じていなかった。激闘の末に勝ち取った成果が、彼に新たな活力を注いだに違いない。

しかしブロードウェンは、彼が寝ていないことに気付いて、朝の食卓でさっそく皮肉を投げかけた。その嫌みな言葉を、アンドルーが静かに受け流したため、さらに皮肉は鋭くなった。

「まあ、今朝はまったく病人のように見えるわね、先生。目の下にクマができてる。カーディフからは朝帰り？　パーリーのケーキも買い忘れたみたいね。どこで寝てきたのか知らないけど、私をごまかすことはできませんよ。でき過ぎだと思ってた。あなたもこれまでの助手の先生たちと同じ。みんな酒飲みで、なにかしら間違いをしでかす人ばかり」

午前の診療と往診を済ませると、ちょうど十二時半だった。

アンドルーがモーガンの家に立ち寄るべくブレイナ地区に入ると、途中の家の戸口に数人の女性たちが集まって立ち話をしているのが見えた。女性たちは、アンドルーに気付くと、話をやめ、笑顔を向けて「おはようございます」と親しげに挨拶した。十二号住宅が見えてくると、その窓際に誰かの顔が見えたような気がした。いや実際、一家は彼を待ちかねて、ずっと窓辺を行き来していたようだ。彼が戸口の石段に足をかけた途端にドアが開いて老母が顔を見せた。その皺だらけの顔は、これ以上はないほど明るく輝いていた。

老母はなんとかアンドルーをもてなそうと懸命で、まともに口もきけないほどだった。とりあえず客間で一服するよう勧めたが、彼がやんわりと断ると、震える手で二階に案内しながら続けた。

「いいです、いいです、若先生。おっしゃる通りで構いません。また下りてきたら、お菓子のひとつくらい食べていってください」

アンドルーは小さな寝室に入った。昨夜散らかり放題になっていた部屋は、完全に片付けられ、ピカピカになるほど拭き掃除がされていた。彼が置いていった医療器具は、ニス塗りの化粧台の上に美しく並べられて光っており、鞄も丁寧に油脂で磨かれ、留め金も手入れされて銀細工のように光っていた。ベッドには真新しいリネンが敷かれ、母親になったスーザンは、幸福に満ちた目をアンドルーに向けていた。その胸の上で赤ちゃんは、静かに心地よさそうに母乳を吸っていた。

「ああ、先生」

ベッドサイドに座っていた助産師が、満面の笑みで立ち上がった。

「二人とも順調ですよ、若先生。昨日はうちらがどんな大変な目に遭ったか、二人とも知りはしないんですが。まあ、それでいいんでしょうねぇ」

スーザンは、感謝の気持ちを伝えようとしていたが、穏やかな目を向けるだけで何と言っていいかわからないようだった。

「ああ、大丈夫、心配いりませんよ」

助産師がちゃんとわかっているという様子で頷きながら、

「でも忘れちゃいけません。お前さんの年だと、もう次の子供は無理だったんだから。今回限りか、まったくないか、どっちかだったんです」

「ちゃんとわかってますとも」

戸口に立っていた老母がわざわざ口を挟んだ。

そんな老母の声に元気づけられたように、スーザンがようやく口を開いた。

「先生、ジョーにはもう会いましたか？　まだでしたら、もうすぐ帰ってくるはずです。本当に喜んでいました。私たち、もし南アフリカに行っていて、先生のお力を借りられなかったら、きっとうまくいかなかっただろうって。そんなことばかり話していたんです」

アンドルーは、シードケーキと自家製のニワトコ酒の歓待を受け、十分に元気をもらって家を出た。老母の様子から、孫の出産を祝う乾杯を断ることなど、到底できなかったのだ。

往診に回るアンドルーの胸には、温かなものが満ちていた。もし自分がイギリス国王だったとしても、彼らがこれほど歓待してくれることはなかっただろう。この一件は、カーディフの駅で見た不快な光景の毒消しになった。モーガン家を満たしている幸福を思えば、結婚というものが、けして悪いことばかりではないことは確かなのだ。

それから二週間して、アンドルーが最後の往診に十二号住宅へ行くと、ジョー・モーガンが彼に会うために急いで帰ってきた。ジョーの態度は、ひどく物々しく大仰で、何か必死に言葉を探している様子だったが、急に矢継ぎ早に話し出した。

「すまない、先生。俺は話が苦手なんだ。おまけに、十分なお礼をするだけの金もない。だけど、妻も同じ気持ちだ。ほんの気持ち程度だが、これを受け取ってもらいたい」

そのまま彼は、一枚の紙片をアンドルーの手に握らせた。それは五ギニーの建設組合の小切手だった。

アンドルーは小切手をじっと見つめた。モーガンは、この土地の名士と言ってよい人物だが、けして裕福ではない。まして、色々と費用のかさむ旅立ち間近ということを考えれば、この金額はけして気楽なものではなく、貴重な心遣いに違いない。

感動してアンドルーは言った。

「これは受け取れないよ、ジョー」

「受け取るべきです」

ジョーは真剣に告げて、アンドルーの手を包み込むように握った。

「受け取ってもらわないことには、俺も妻も気が済まないんだ。これは先生へのお礼だ。ページ先生じゃない。ページ先生には、もう何年もちゃんと支払いをしてきたし、迷惑をかけたことだって一度もない。今回もちゃんと支払った。こいつはあなた――先生――へのお礼なんです。いいですね」

「わかったよ、ジョー」

アンドルーは笑って頷いた。

彼は小切手を畳んで、胸ポケットへ入れたが、数日の間は忘れてしまっていた。翌週の火曜日に西部銀行の前を通ったとき、ふいに思い出して立ち止まり、それから中に入った。ブロードウェンはいつも彼に現金で給与を渡していて、奨学金の支払いも現金書留で送っていたため、銀行口座さえ彼は持っていなかった。しかし今、この心温まる思い出を機会に、ジョーの贈り物で口座を作ることにしたのである。

彼は小切手と書類に必要事項を書き込み、若い受付事務員に手渡しながら、笑って告げた。

「たいした金額ではないんだが、とりあえずこれで頼むよ」

そうして待っている間に、支店長のアニューリン・リースが奥の方をうろうろ歩きながら、こちらを窺っていることに気が付いた。彼が帰ろうとしたとき、支店長はカウンターの前まで出てきて声をかけた。その手には小切手が握られており、リースは、紙の皺を丁寧に伸ばしながら、眼鏡の奥からちらりと一瞥を投げかけた。

「こんにちは、マンスン先生、お元気ですか？」

　型どおりの挨拶をしてから、黄色い歯の間から息を吸って続けた。

「ええと……、これをあなたの新しい口座に入れるんですよね？」

「そうです」

　マンスンは戸惑いがちに問うた。

「口座を開くには少な過ぎますか？」

「いいえ、先生。金額のことじゃないんです。我々としては先生と仕事ができて嬉しい限りです」

　リースは小切手を調べていたが、すぐに探るような目をアンドルーに向けて、

「ええ……あなたご自身の名前で良いのですね？」

「もちろんですよ。なぜです？」

「いえ、いいんです。大丈夫ですよ、先生」

　彼は急に、湿り気のある笑みを浮かべて頷いた。

「私はただ不思議に思って、確認したかっただけなんです。この季節にしては良い天気ですね。良い一日を、マンスン先生。それでは」

　マンスンは、あの禿頭のスーツを着た小悪党が、何を言っているのかと困惑しながら外に

出た。疑問の答えが出たのは数日後だった。

第十二話　急転

クリスティンが休暇でブライネリからいなくなって、一週間が過ぎていた。モーガンの件にかかりきりであったため、クリスティンとは出発前に少し会えただけである。そのときは十分話すことができず、おかげで行ってしまったあとは、すぐに会いたくてたまらなくなっていた。

夏の暑さはひどいものだった。春の美しかった新緑は、もう色あせて黄色く濁っていた。山々も、うだるような熱気に包まれ、毎日坑道や採石場から発破の爆音が響くたびに、音のドームに覆われたように、谷全体の空気が震えた。鉱員たちは、顔中錆びたように、鉄くずや埃だらけになって鉱山から帰ってきた。子供たちも暑さにうんざりしながら遊んでいた。御者のトマス爺さんが黄疸《おうだん》になったため、アンドルーは歩いて往診せざるを得なくなっていたのだが、焼け付く通りを重い足取りで歩くアンドルーの頭は、いつもクリスティンでいっぱいだった。

彼女はどうしているだろう？　ときには少しくらい自分のことを思い出してくれているだ

ろうか。将来をどう考えているだろう。二人で幸せになる機会はあるのだろうか。

そんなとき、思いがけずアンドルーは、ワトキンズから会社の事務所まで来てもらいたいという手紙を受け取った。

彼が訪ねていくと、この鉱山管理人は穏やかに迎え入れ、椅子に座るように言いながら、机の上の煙草まで勧めてくれた。

「さっそくだが先生」

その口調も親しげだった。

「実はあなたと話したいと思っていたんだ。今年の報告書を作る前に、伝えた方がいいことがあってね」

彼はちょっと言葉を切って、舌にくっついた煙草紙の切れ端をつまみ出した。

「おもにエムリン・ヒューズやエド・ウイリアムズが中心になっているんだが、それなりの数の鉱員連中が集まって、君を会社の正式な登録医師にしてほしいと要望してきている」

思わずアンドルーは身を硬くした。と同時に喜びと興奮が湧き起こった。

「私がページ先生の診療所を引き継ぐという意味ですか？」

「いや、正確にはそうではない」

ワトキンズは言葉を選ぶように、慎重に続けた。

「色々と難しいことは、先生もわかると思う。雇用の問題は相当慎重にやらないといけないからね。ページ医師の登録を消すことはできない。多くの人がそんなことは望まないんだ。だから私の言わんとしていることは、これが一番いい方法だと思うんだが、君をそっと会社の名簿に入れてしまうということなんだ。そうすれば、君は登録医師として自分の診療所を持てるようになる。ページ医師から君のもとへ動きたい連中は、すぐにそうすることができるというわけだ」

アンドルーの熱意と喜びは急にしぼんでいった。顔をしかめ、緊張したまま答えた。

「しかしそれが難しいことは、おわかりいただけるでしょう。私はページ先生の助手としてここに来たんです。それが、独立して対抗するような地位につくなんて……。そんな身勝手なことはできません」

「しかしほかに方法はないんだよ」

「なぜ、診療所を引き継がせてもらえないんですか？」

アンドルーは踏み込んで問うた。

「私は喜んで、そのための費用を支払います。受け取る診療報酬とは別に払うつもりです」

ワトキンズは大きく首を振った。

「ブロードウェンがそれを許さないさ。前に一度彼女にこの件を提示したことがあるんだがね。彼女は自分の立場が強いことを自覚している。イノック・デイヴィスのような年配の鉱員は、皆ページ医師に心酔している。彼らはページが戻ってくると信じているんだ。もし彼を登録医からはずして、代わりにあなたを入れたりしたら、私がひどい目に遭うだろうな」

　ワトキンズは軽く肩をすくめてから、

「明日までに考えておいてくれ、先生。スウォンジーに新しい登録名簿を送るのは、そのあとにするから。一度送ったら、一年間は書き換えられないからね」

　アンドルーはつかの間足下を見つめていたが、やがてゆっくりと首を左右に振った。ついさっきまでの喜びは、完全に床に打ち捨てられていた。

「待っていただいても無駄です。私にはできない。たとえ一週間考えても同じことです」

　言うまでもなく、ワトキンズの特別な計らいを拒否することは、とてつもなく苦痛だった。だが自分がページの助手としてブライネリに呼ばれたことは確かだ。どれほど特殊な状況であろうと、信頼を裏切るようなことは絶対にできなかった。万が一にもページが現場に復帰できたとき、この老医師が再び患者を取り戻すために必死になる姿を、どの面下げて見守ることができようか。無理だった。絶対に受け入れられないことだった。

　結局その日一日、彼はやりきれない思いを抱えたまま過ごすことになった。ブロードウェンの強引なやり方や、自分のどうにもならない立場に苛立ち、こんな申し出など最初から聞かなければ良かったと、投げやりに考えるばかりだった。

　夜の八時、彼は気持ちの沈んだまま、久しぶりにデニーを訪ねることにした。しばらく会っていなかったが、デニーなら、お前は正しい判断をしたと言って、元気づけてくれるかもしれないと思ったのだ。八時半にデニーの下宿に着き、いつもの習慣で声もかけずに中に入った。

デニーはソファに横になっていた。薄暗い部屋の中で、最初アンドルーは、デニーが仕事で疲れ切って休んでいるのかと思ったが、しかしまったく仕事などしていないことにすぐ気が付いた。顔に腕をのせ、大いびきをかきながら、彼はだらしなく寝そべっていた。泥酔していたのである。

アンドルーが振り向くと、下宿のシーガー夫人が、心配そうな目をデニーに向けながら歩み寄ってきた。

「足音が聞こえたものですから、先生。あの人、一日中この有り様なんです。何も食べていませんし、手のつけようがないんです」

アンドルーは答えようがなかった。

デニーのだらしなく眠っている姿を見ながら、彼は初めて彼に会った夜、あの診療所でデニーが言った皮肉を思い出していた。

――ロマンに溢れた空想と、この土地の現実は一致しない。

「もう十ヶ月くらいは、こんなこともなかったんですけど……」

シーガー夫人は躊躇いがちに言った。

「ずっとお酒には手を触れなかったんです。でもいったん始まると、どうにもならなくなるんです。しかもニコル先生が休暇でお出かけ中だから、なおのこと大変。電報で知らせなきゃいけません」

「トムを呼んできてくれますか？　ベッドに寝かせましょう」

アンドルーはようやくそう答えた。

シーガー夫人の息子のトムは、部屋の中を見て、ちょっとした冗談ごとだと思ったらしい。笑ってデニーを着替えさせ、そのぐったりとして重たい体を寝室まで運ぶのを手伝ってくれた。

「大事なことは、もう絶対飲ませないということです。いいですね。必要だったら、ドアに鍵をかけてしまいなさい」

そう言いながらデニーの部屋から出てくると、シーガー夫人に問うた。

「今日の往診リストを見せてくれますか？」

玄関脇にかかっていた石板に、デニーがその日往診する予定だった患者の一覧が書かれていた。アンドルーはそれを書き写すとすぐに家を出た。急いで回ったので、夜の十一時にはなんとか終わらせることができた。

翌日、午前の診療を終えてすぐにデニーの下宿へ向かうと、シーガー夫人が両手を固く握りしめて待っていた。

「どこから手に入れるのか、わからないんです。私は差し上げてはいませんよ。できることは全部やっているのに……」

デニーは前夜以上にひどく飲んでいて、呼んでもまったく起きなかった。散々体を揺すぶったり、濃い珈琲で目覚めさせる努力をしたが、かえって珈琲はひっくり返され、ベッドを汚すばかりだ。結局アンドルーは、またもデニーに代わって往診をせざるを得なかった。夏の暑さと蠅と、トマス爺さんの黄疸と、デニーの有り様と、その他あらゆる不都合に悪態をつきながら、彼はその日も二人分の仕事をこなしたのである。

夜遅く帰って来たときには、彼も疲労困憊《こんぱい》だった。さすがに頭にきていたから、今度こそデニーを叩き起こすと心に決めて家を出た。しかし下宿の部屋に行くと、デニーは寝間着のまま椅子にまたがって、まだ酔っ払いながら、シーガー夫人とトムに長々と演説をぶっていた。アンドルーが入ってくると、デニーはちょっと口をつぐんでから、すぐに見下すような嘲笑を浮かべ、呂律の回らぬ口調でしゃべり出した。

「よお、物好きなる我が友よ。俺の代わりに往診までやってくれたってな。なんて高貴な親友だ。しかしなぜお前がやるんだ？　なぜ間抜けのニコルが気楽に出かけて、俺たちは休みなく働かなきゃならんのだ？」

「そんなこと知るものか」

アンドルーの忍耐も限界に達していた。

「僕が知っているのは、君がやるべきことをやれば、それで済む話だということだ」

「俺は外科医だぜ。ひからびた一般の開業医じゃない。総合診療医？　笑わせる。そいつがどういう意味かわかるか？　少しでも考えたことはあるか。なかろう。いいだろう、俺が説明してやる。こいつは人間が作り出した中でも、もっとも陳腐にして時代錯誤な制度だ。何でもできる『偉大なる総合診療』よ。まるで『愛すべき英国民衆』といった響きじゃないか、ハハハ」

　デニーは嘲笑を響かせると、いきなり椅子を揺らして歌い出した。

「民衆はつくり、民衆は愛し、民衆は嘆く」

　椅子をガタガタいわせて歌ってから、急にまた赤くなった目に不機嫌な苦みを加えて、まくし立てた。

「あの間抜けな悪党どもに何ができるって言うんだ。親愛なる総合診療医諸君！　親愛なる老いさらばえたやぶ医者ども！　奴らのほとんどは医師免許を手にして、二十年は過ぎている。だがそれが三十年になったところで、なんでも診られる総合診療なんてできると思うか？　内科学に産科学、細菌学に薬学に耳鼻科に眼科、その他あらゆる日進月歩の現代科学。そうだ、外科を忘れちゃいけない。ときには奴らも診療所の片隅でちょっとした手術もやるだろうからな。ハハハハ」

　愉快げな冷笑が響き渡った。

「『乳様突起《にゅうようとっき》』と聞けば、下ネタまがいの話で二時間半は盛り上がる。たまに膿瘍《のうよう》を見つければ、たちまち人類の救世主。見落とせば、患者がくたばるだけ」

声が一段と高くなっていた。とめどない怒りが吹き出していた。

「ちくしょう、マンスン。こんなことが何百年も続いてきたんだぞ。だがこの制度を誰も変えようとしない。何の役に立つ、何の役に立つんだよ、マンスン。頼む、ウイスキーをもう一杯くれ。俺たちはみんなおかしいんだ。どうやら俺は酔っ払ってるんだ……」

わずかの間だが、静寂が戻ってきた。

アンドルーはできるだけ抑えた口調で告げた。

「もう遅い時間だ。ベッドに行くべきじゃないか。手伝うよ」

デニーが手を振った。

「ひとりにしてくれ」

「俺にまで、そんな馬鹿げた医者のまねはやめてくれ。俺だって散々やってきたんだ、こんな感じだろ？」

デニーはふいに立ち上がると、ふらつく足取りのままシーガー夫人の肩を摑んで椅子に座らせ、おびえている夫人に馬鹿丁寧な態度で話しかけた。

「ご機嫌いかがですか、奥様。少し良いようですね。脈もしっかりしていますよ。よく眠れていますか？　なるほど、では少しばかり鎮静剤を処方いたしましょう、ハハハ」

馬鹿馬鹿しい景色だった。だが馬鹿馬鹿しいだけではなく、一種の不気味さがあった。がっしりした体格の、無精髭の伸びた寝間着姿のデニーが、貴族のお抱え医師のごとく、媚びへつらうような口調でシーガー夫人に話しかけている。いや、実際にお抱え医師だったことのある男なのである。そこには、ある異様な迫力があった。トムが引きつった笑い声を上げた。その途端、デニーが振り返って、その頬を乱暴に叩いた。

「そうだ、笑え、いくらでも笑え。だが俺は、公爵閣下のもとで、五年間もこんなことをやってきたんだ。思い出しただけで死にたくなる！」

彼は一同を睨み付けると、いきなり暖炉の上にあった一対の花瓶の片方を摑んで、床に叩きつけた。次の瞬間には、もうひとつにも手を伸ばし、今度は壁に投げつけて粉々にしてしまった。その目は怒りと苛立ちで真っ赤になっていた。

「どうか、もうやめてください……誰か止めて……」

シーガー夫人が泣き出していた。

アンドルーとトムは、酔っ払って手に負えないデニーをなんとか鎮めようと椅子に押さえつけようとしたが、その途端、彼は急にぐったりとなり、アンドルーの肩にもたれたまま、情けない声を上げ始めた。

「マンスン……お前はいい奴だよ。俺は自分の兄弟よりお前の方が好きだ。お前と俺……二人が力を合わせれば、この腐りきった医療を救うことができると思わないか……」

デニーの目は焦点も定まらず、うつろになっていた。そしてアンドルーに促されるままに隣室へ行き、ベッドに転がり込むと、嘆願するような調子で言った。

「ひとつ約束してくれ、マンスン。上流階級の女とは結婚しないでくれ。お前がひどい目に遭うだけだから……」

翌朝、彼はさらにひどく酔っていた。アンドルーもお手上げだった。トムがこっそり酒を持ち込んでいるようだったが、問い質《ただ》してみても、青い顔でそんなことはしていないと答えるだけだった。

その週、アンドルーは自分の仕事に加えてデニーの分まで引き受け、町中を駆け回った。かつてないほど多忙な一週間になったが、それをなんとか乗り越えた日曜日の昼食後、アンドルーは再びチャペル・ストリートの下宿を訪ねた。

デニーは起きていた。やつれた顔をしていたが、髭を剃り服も着替えて、酒も抜けていた。

「マンスン、君は俺の分まで働いてくれていたらしいな」

いつもの親しげな口調ではなく、その態度は不自然で堅苦しかった。おかげでアンドルーの返答もぎこちなくなった。

「たいしたことじゃない」

「反対だろう。大変な迷惑をかけたんだろうな」

デニーの傲然《ごうぜん》たる言い方に、アンドルーもむっとした。横柄で投げやりな会話をする前に、礼のひとつくらい言うものではないか。勢いのままにアンドルーは吐き出した。

「事実を知りたいなら教えよう。地獄のように大変だったよ」

「何かしら、礼はするさ」

「俺をなんだと思ってるんだ⁉」

アンドルーは怒鳴り返した。

「チップを期待しているタクシー運転手とでも思っているのか？　俺がいなければ、シーガー夫人はニコル先生に電報で知らせただろう。そうなれば君は首だ。だいたい君は、傲慢で、中途半端なエセ君子だ。チップなんていらないから、今すぐ顔面を一発殴らせてくれ」

デニーは冷ややかに笑いながら、煙草に火をつけた。その指はひどく震えていて、マッチを取り落としそうだった。

「こんなときには、拳で語り合おうってわけかい。スコットランド人らしい粋な選択だ。またいずれ、酔いが覚めたらお相手つかまつるよ」

「へらず口を叩くな。ここに君の往診リストがある。印がついているのが、月曜日に回る患者だ」

彼はリストを、床に叩きつけて家を出た。

――くそっ、なんて奴だ。神様にでもなったつもりか。まるで俺がお願いして働かせてもらっているみたいじゃないか。

しかし帰路を歩くうちに、怒りもゆっくりと冷めてきた。

アンドルーはデニーが嫌いではなかった。照れ屋で、繊細で、傷つきやすい彼の複雑な性格を、今ではよくわかっていた。この性格のために、彼は自分の周りに硬い殻を作っているのだ。つい先日の、酔って暴れたことや、心の内をぶちまけてしまったことを思い出して、ひどい自己嫌悪に陥っているに違いない。

あれだけ優秀な医師が、辺鄙なブライネリのような土地に埋もれているというのは、ひどい矛盾であろう。デニーはまれに見る切れ者だ。しかもアンドルーは麻酔の手伝いをしながら、デニーの見事な手術を見たことがある。デニーは、額や腕に汗をにじませながら、鉱員の家のキッチンで、迅速かつ的確に胆嚢《たんのう》切除術をやり遂げたのだ。それだけの仕事ができる男なのである。

そんなことを考えつつも、しかし不快な苛立ちは簡単には消えなかった。だから家に着いて、帽子掛けに帽子を引っ掛けたときに、ブロードウェンの呼ぶ声が聞こえたが、とても応じる気分にはなれなかった。

「先生？　マンスン先生ね。こっちに来てください」

アンドルーはなんとか聞こえないふりをして、階段を上っていこうとしたが、ブロードウェンの鋭い声が、一段と大きくなって追いかけてきた。

「先生！　マンスン先生！　来てください」

アンドルーが振り返ると、怒りで青白い顔をしたブロードウェンが居間から出てくるところであった。

「あなた、耳が悪くなったの？　こっちに来てって言っているじゃない」

「何ですか、ブロードウェンさん」

アンドルーも苛立ち紛れに応じた。

「何ですかって？　呆れた。あなたがそれを聞くの？　聞きたいのは私の方よ、マンスン大先生」

「だから何なんですか？」

アンドルーは声を荒らげた。その態度に、ブロードウェンは一層甲高い声を張り上げた。

「これのことよ。いい？　小賢しい大先生。ちゃんと説明してくれるのよね」

彼女は手に持っていた紙片を示し、目の前でこれ見よがしにひらひらさせて見せた。ジョー・モーガンの小切手だった。視線を動かすと、ブロードウェンの後ろに、扉の陰に隠れるようにしてアニューリン・リースが立っているのが見えた。

「さあ、よく見なさい！」

ブロードウェンが詰め寄った。

「これは何？　これはページ先生のお金よね。なのにどうしてあなたの名義で銀行に入れたか、今すぐ説明してもらえる？」

アンドルーは一気に脳天まで血が上るのを自覚した。

「それは私のものです。ジョー・モーガンが私に贈り物としてくれたんです」

「贈り物？　なんて呆れた話。彼はもういないんだから、何とでも言えるものね」

彼は絞り出すように答えた。

「疑うなら、手紙を書いて確認すればいいでしょう」

「あんな地の果てに手紙を書くよりも、やるべきことがあるわ」

ほとんど叫ぶような口調でブロードウェンはまくし立てた。

「そんな言葉を信じる馬鹿がどこにいるの。よっぽどご自分が賢いと思っているの？　笑わせないで。ページ先生のためにここに来たっていうのに、もう自分ひとりで仕事ができると思っているみたいだけど、これであなたがどういう人かわかった。人のお金を平然と盗み出すような人よ。自分さえ良ければいいわけね」

ブロードウェンは言い捨てると、同意を求めるかのように戸口のリースを振り返ったが、リースの方は、むしろブロードウェンを制止しようと何か言いかけたまま、血の気の引いた顔で突っ立っているだけだった。

アンドルーは、この一件の発端となった男を睨み付けた。リースはおそらく数日間色々迷った末に、ブロードウェンのもとに駆け込んだに違いない。アンドルーは両手を激しく握りしめたまま、上りかけた二段の階段を下りて二人に向き直った。顔は怒りに青ざめ、完全に忍耐の限界を突破していた。

「ブロードウェンさん」

彼は重苦しい声で告げた。

「あなたは私を泥棒呼ばわりしましたね。二分以内に今の発言を取り消して謝罪しなければ、名誉毀損《きそん》で告訴します。あなたがどこからその話を聞いてきたのか、法廷に出ればはっきりするでしょう。おそらく銀行の重役たちも、守るべき職場の機密事項がなぜ漏れていたのか、熱心に聞いてくれると思いますよ」

「私は……」

支店長が、ただでさえ血の気の薄い顔を土気色にして告げた。

「私はただ自分の義務を果たしただけで……」

「ブロードウェンさん、二分以上は待ちません」

アンドルーの威圧的な声が響いた。

「返事がもらえないようなら、支店長殿は何もかも失うことになります」

ブロードウェンも、自分が言い過ぎたということに気が付いたようだった。アンドルーの怒りと険悪な態度に、我に返ると同時に、ほとんど反射的に金のことを考えていた。

――大損害だ。そんなことをされたら大変だ。お金を全部持って行かれてしまう！

ブロードウェンは息が詰まったように口ごもりながら、すぐに言った。

「と……取り消します。謝ります」

ほとんど喜劇だった。あれほど激怒していた女性が、掌を返したように哀れな顔を見せていた。しかしアンドルーにとっては、もはや喜劇になり得なかった。彼のなけなしの忍耐は完全に底を突いたのである。

「ブロードウェンさん、あなたに言いたいことが一つだけあります。先週の話ですが、きっと興味を持たれるでしょう。多くの鉱員たちが鉱山管理人に交渉し、私を会社の正式な医師として登録するよう要望してくれたのです。もっと面白い話をしましょうか。私はそれを倫理的な理由からお断りしたということです。倫理的と言ってもあなたには理解できないかもしれませんがね」

アンドルーは深く息を吐いた。

「いずれにしてもブロードウェンさん。私はもうあなたにうんざりしました。もうここにいることは不可能です。あなたは立派な女性かもしれない。その生活力は、私など及びもつかない。しかしあなたの勘違いや身勝手さにはもう付き合いきれない。きっと千年話し合ってもわかり合えないでしょう。今日すぐにとは言いません。今月をもって、辞めさせてもらいます」

ブロードウェンはぽかんとして突っ立っていた。その目は、これ以上はないほど見開かれたままだった。やがて突然、堰を切ったように口を開いた。

「いいえ、そんなことはあり得ない。嘘に決まってる。あなたが会社の登録医になるなんて。

しかも辞めるですって？　助手の方から私に辞表を出すなんて、できるわけがない。こんな無礼で厚かましい話、聞いたこともない！　私の方から言います。私があなたを首にするんです、首よ、首！　絶対に首！」

金切り声が爆発した。散々家中に響き渡ったところで、ふいにブロードウェンが口を開けたまま凍りついた。二階にあるエドワード・ページの部屋のドアがゆっくりと開いたのだ。吹き抜けになった二階の廊下に、ページ医師が、寝間着の下に痩せ細った脛《すね》をさらし、寒々とした格好で姿を見せた。予期せぬ展開に、ブロードウェンは息まで止まったように身じろぎもしなかった。ページが、麻痺した左半身を引きずりながら、なんとか階段の上まで歩いてくる間、ブロードウェンだけでなく、リースもアンドルーも、呆然と痛ましい病人を見上げていた。

「もう少し静かにできんのかね」

ページの重い声が響いた。

「どうしたというんだ？」

ブロードウェンははっと息をのむと、すぐ涙ながらに、アンドルーに関する無数の悪口を並べ立てた。そして最後に、

「だから……だから私はこの人を首にしたんです」

アンドルーは何も言わなかった。

「マンスン君が辞めるというのかね」

エドワードが短く問うた。その声が驚きと動揺でかすかに震えていた。手すりを摑む、その痩せた手まで震えた。

「そうよ、エドワード」

ブロードウェンが勢い込んで言った。

「あなたのためにそうしたの。どっちみち、もうすぐあなたが復帰するじゃない」

沈黙が舞い降りた。

エドワードは何か言おうとしたが、結局諦めたようだ。

その目は力なくアンドルーを眺め、リースに移り、またすぐにブロードウェンに戻ったが、ぼんやりとして焦点は定まらなかった。老いと病で疲れ切った硬い顔に、希望は見えなかった。

「いや……」

彼は妹に目を向けたまま、続けた。

「私は二度と復帰できん体だよ。お前ももう気付いているんじゃないか？」

ページはゆっくりと背を向けると、手すりを摑み、壁に手を当て、部屋へ戻っていった。

扉は音もなく閉まった。

第十三話　二通の推薦状

モーガンとのやりとりは、純粋な喜びを与えてくれたが、それがブロードウェンの醜い言葉でたちまち貶《おとし》められてしまった。アンドルーは、ジョー・モーガンに手紙を書いて事実を明白にし、単なる謝罪以上のものをブロードウェンに要求してやろうかと考えたが、しかし憤りつつも、すぐにそれが無意味でくだらない行為だという結論に達した。代わりに、地域でもほとんど活動していない形ばかりの慈善団体を選び出し、そこの事務局に五ギニーを寄付して、領収書はアニューリン・リースに送りつけることにした。リースが領収書を目にする姿を見られれば、なお良かったのだが、それでもこの皮肉を込めた意趣返しで、いくらかは気分が晴れたのである。

　そんなことより、月末には仕事がなくなるということの方が重要だった。新たな仕事を探すべく、ランセットのページをめくり、望みがありそうな求人はすべて申し込んだ。「助手求む」の欄には、多くの広告が載っていた。丁寧に申込書を書き、医師免許証をコピーし、たびたび求められる写真もすぐに送った。しかし、一週間経っても、二週間経っても、ひとつの返事も受け取れなかった。彼はすっかり気落ちしたが、デニーがその理由をいつもの無遠慮な一言で説明した。

「お前がブライネリにいるからさ」

戸惑いつつも、アンドルーもようやく理解し始めていた。

このウェールズの田舎の鉱山町で診療していること自体が、自分を不利にしているのである。「辺鄙な谷底」で働いているような医師など、よほど評判が悪いのだと思われている。だから誰も雇おうとしないのだ。

二週間が無駄に過ぎると、さすがに本気で心配になってきた。いったいどうしたらいいのか。グレン奨学金にはまだ五十ポンド以上借りていた。もちろん返済については、猶予してくれるだろう。しかし、それはそれとして、仕事が見つからなければ、どうやって生活していけばいいのか。現金はわずか二、三ポンドを持っているだけだ。準備もなければ、蓄えもない。ブライネリに来てからスーツの一着も買っていなかったし、今着ている服もこの町に到着したときからのもので、すっかり古びて擦り切れている。このまま極貧生活に落ちるかもしれないと考えると、さすがの彼もぞっとしたものであった。

かかる厳しい状況に陥って、彼は心底クリスティンに会いたくなった。手紙など何の役にも立たなかった。彼には、自分の思いを紙の上に表現する能力に欠けていて、書いたものは、ほとんど間違いなく、実際の思いと違うものになっていた。九月の第一週までクリスティンはブライネリに帰ってこない。彼は苛々してカレンダーを睨み付け、残りの日数を数えた。まだ十二日ある。彼は段々元気がなくなり、職探しなどどうでもよくなって、とにかく早く時間が過ぎてほしいと願うようになっていた。

八月三十日の夕方、すっかり落胆してチャペル・ストリートを歩いていたアンドルーは、偶然デニーに出会った。ブロードウェンに通告してから三週間が過ぎ、もはや薬剤師の仕事を探してみるしかないかと考え始めていた頃だ。二人の間にはここ数週間、すっかり堅苦しくぎこちない空気が漂っていたため、デニーの方から声をかけてきたときには、アンドルーもいささか驚いた。

デニーは、おもむろに片足を上げ、靴の踵にパイプを打ち付けながら、パイプの中の灰を叩き出した。まるでその作業に没頭しているかのような態度のままで口を開いた。

「マンスン、君が行ってしまうのはとても残念だ。君がいてくれたおかげで、ここもずいぶん変わったんだからな」

デニーはなおもパイプの具合を気にしながら、

「今日の午後、耳にしたばかりなんだが、アベララウの医療共済組合が新しい助手の医師を探しているらしい。アベララウはこの谷からちょうど五十キロくらいの場所にある。かなり立派な組合で、組合長のルウェリンも、腕の立つ医師だ。なにより、峡谷にある町だから、峡谷から来た者を拒否することもない。どうして申し込んでみないんだ?」

アンドルーは疑わしげな目をデニーに向けた。彼はここのところ、大きな期待を抱いては、完全に打ち砕かれるということを繰り返してきたため、すっかり自信をなくしてしまっていたのだ。

「まあ、そうだね」

ただ曖昧に頷いただけだ。

「そんな働き口があるんなら、申し込んでみるよ」

数分後、ぽつぽつと雨が降り出した中を、彼は家に向かって歩き出していた。たいして期待もしなかったが、申込書だけは書く気になっていた。

九月六日、アベララウで医療共済組合の委員会が開催された。

最近マレーのゴム農園の職を得て辞任したレスリー医師の後任を決めることが、会議のおもな目的で、七人の就職希望者全員に、出席が指示されていた。

ひどく暑い午後で、厳しい日差しの下、アンドルーはアベララウ広場に立っていた。売店の掛け時計はまもなく四時を示す頃合いだ。広場に面した医療共済組合事務所の前を行ったり来たりと歩きながら、アンドルーは他の六人の希望者に不安な視線を向け、時計の鐘が鳴るのを神経質に待ち構えていた。今では、職を求めてここまで来た以上、自分に自信があろうがなかろうが、とにかくうまくいってほしいと願うようになっていた。

実際に足を運んでみれば、アベララウは美しい土地だった。町はゲスリー渓谷の一番奥にあったが、谷の底にあるというよりは、谷の頂きに広がっているという印象だ。湿気のない風は爽やかで、ブライネリよりはかなり大きく、人口は二万人くらいだとアンドルーは見込んだ。通りや商店は華やかで立派で、二つの映画館があり、郊外にはゆったりとした草原が広がっていた。蒸し暑く、辺鄙なペノウェル渓谷に比べれば、アベララウは楽園のようだった。

――だが、自分にはとても無理だ。

彼は行ったり来たりしながら、思い悩んでいた。

――駄目だ、駄目だ、絶対駄目だ。

そんな幸運などあるはずもない。ほかの希望者たちは皆、彼よりずっと有望に見えた。身なりも立派だし、堂々としていて、特にエドワーズという医師は、いかにも自信に満ち溢れていた。このでっぷりと腹の出た中年男が、アンドルーは気に入らなかった。つい先ほど、事務所の前の何気ない世間話のなかで、この募集に応じるために、渓谷の下流にある自分の診療所を売ってきたのだと、エドワーズはわざわざ披露していた。

――なんて奴だ。

アンドルーは胸の内で舌打ちした。今回の職が確実に手に入ると思っていなければ、そんな安全な地位を売り払ってきたりはしないだろう。

ポケットに両手を突っ込み、頭を垂れて、彼は行ったり来たりを繰り返した。うまくいかなかったらクリスティンはどう思うだろう。クリスティンは今日か明日、ブライネリに帰ってくるはずだ。手紙にははっきりしたことは書かれていなかった。バンク・ストリート小学校は月曜日から始まるのだ。ここへの申し込みについては手紙に書かなかったが、うまくいかなければ、陰鬱な顔を下げていくことになるだろう。それどころか逆に、彼女の穏やかで魅力的な笑顔を見たいと思うあまり、惨めで無意味な空元気を発揮することになるかもしれない。

とうとう四時になった。ちょうどそのタイミングで立派な高級車が広場に優雅に走り込んできて、事務所の前に停まった。後部座席からこざっぱりとした服装の男が、身軽な動作で出てきた。候補者たちに見せた快活な笑顔には、ある種の無頓着な尊大さも混じっていた。男は階段を上ろうとしたところで、エドワーズに気付いて声をかけた。

「やあ、エドワーズ」

そう言ってから、ちょっと声音を落として、

「おそらく大丈夫だと思うよ」

「ありがとうございます。本当に感謝します、ルウェリン先生」

エドワーズは卑屈なほどへりくだって頭を下げた。

――これは無理だ。

アンドルーは心の中で苦々しく吐き出した。

二階の控え室は、会議室に続く短い廊下の端にあり、小さくて飾り気もなく、空気もよどんでいた。アンドルーの面接は三番目で、彼はほとんど傲然たる態度で、大きな会議室に入っていった。この面接の結果が最初から決まっているのなら、今さらへつらう必要をまったく感じなかったのだ。無表情で、与えられた席に着くばかりだった。

室内は、三十人ほどの鉱員たちで満席だった。皆が煙草を吹かしながら、無遠慮な目を向けていたが、必ずしも無関心という様子でもない。小さなテーブルの前に、小柄で落ち着いた印象の男が立っていて、元鉱員で今は委員会の書記をしているオーウェンと名乗った。テーブルの端にゆったりと腰かけて、アンドルーに人のいい笑顔を向けているのが、医師のルウェリンである。

面接が始まった。オーウェンは静かな声で、役職の待遇や条件を説明した。

「このようになっています、先生。我々の組織の下、アベララウには、二つの無煙炭鉱があり、同じ地区内に、製鉄工場がひとつと瀝青《れきせい》炭鉱がひとつです。労働者たちは毎週一定額を賃金のうちから組合に払い、これによって組合は必要な医療設備を整えています。小さな病院や診療所の運営や、薬剤や添え木を含む医療器具の手配などです。加えて組合は医師も配置しています。内科と外科の医長を兼任されているルウェリン先生のほか、四人の助手の先生と歯科医師がおり、先生方にはそれぞれの患者さんの数に従って、均等に報酬をお支払いしています。私の記憶しているところによれば、レスリー先生は退職時、年五百ポンド程度の報酬があったと思います」

彼はちょっと口をつぐんでから続けた。

「つまり、我々はなかなか立派な組織を運営しているわけです」

三十人の出席者たちから、賛同の声が上がった。オーウェンは顔を上げて、彼らの方を見回した。

「では諸君、なにか質問はありますか？」

彼らはアンドルーに向かって質問の矢を浴びせかけた。彼はできるだけ穏やかに、誇張せず、ありのままに答えるよう努めたが、一度だけ語調を強めたときがあった。

「ウェールズ語は話せるんですか、先生」

そんな風にしつこく聞いてきたのは、チェンキンという若い鉱員だった。

「いいえ」

アンドルーは答えた。

「私はゲール語で育ちましたから」

「そいつはここじゃ、何の役にも立ちませんぜ。ろくに通じない」

「だから役に立つんです」

アンドルーは冷ややかに応じた。

「特に患者に皮肉を言いたいときにはね」

あちこちで笑い声が弾け、若者は毒気を抜かれたように座った。

ようやく質問が終わり、オーウェンが頭を下げた。

「ありがとうございました。マンスン先生」

アンドルーはまたあの空気のよどんだ控え室に戻り、残りの希望者が順に出て行くのを見守っていたが、なにか大きな波に激しく揺られているような妙な感じであった。

エドワーズが最後に呼ばれて行ったが、かなり長い時間、出てこなかった。そして戻ってきたときは満面の笑みで、その表情はまるで「すみません、皆さん、これは私のものですよ」と言っているようだった。

それからさらに果てしなく待たされた。しかしとうとう会議室のドアが開いて、もうもうと立ちこめる煙草の煙の中から、書記のオーウェンが出てきた。書記官は書類の束を片手に誰かを探しているようだったが、やがてアンドルーに親切そうな目を向けた。

「すぐ来てくれますか、マンスン先生。委員会はもう一度あなたに面接したいと言っているんです」

アンドルーは激しい動悸と緊張を覚えた。すぐに書記について会議室に入っていった。そんなことがあるだろうか。いやいや、彼らが自分に興味を持つなんてことは、とても考えられない。

先ほどと同じように椅子に座ったが、周りからは笑顔や励ますような会釈が向けられていることに気が付いた。ルウェリン医師だけがアンドルーの方を見向きもしなかった。

司会のオーウェンが口を開いた。

「マンスン先生。我々は率直に申し上げた方が良いでしょう。委員会は今、大変迷っているのです。実際、委員会はルウェリン先生の助言で、ゲスリー渓谷での診療経験が豊かなもうひとりの希望者の採用に大きく傾いています」

「あんなデブのエドワーズは駄目だ」

後ろの方の席から野次が飛んできた。

「マーディ・ヒルの住宅街までどうやって上っていくのか、見てやりてえよ」

笑いの輪が広がったが、緊張しているアンドルーはそれどころではない。オーウェンの次の言葉を固唾を呑んで待つばかりだ。

「しかし今日」と書記が続けた。

「委員会はあなたに非常な感銘を受けたことを、お伝えしなければなりません。委員会は――つい先ほどトム・ケトルズが詩的な言葉で表現したことですが――若く活気のある人物を求めています！」

歓声と笑声とともに「そうだそうだ！」「よく言ったぞ、トム！」といった掛け声が響いた。

「その上、マンスン先生」

　オーウェンが続けた。

「委員会はあなたに関する二通の推薦状を受け取っていて、非常に大きく心を動かされたことをお伝えしなければいけません。いずれも今朝届いたばかりのものですが、あなたが依頼したものではないという事実は、委員会にとって、より一層大きな価値を持つということも申し添えておきます。二通の推薦状はあなたの町、つまりブライネリから届きました。一通はデニー医師からで、医学博士というきわめて高い学位をお持ちの先生ですが、ルウェリン先生もご存じの方だとお認めになりました。もう一通はデニー先生の推薦状に同封されていたページ先生の推薦状です。あなたはこの先生の助手をされていると聞いています。さて、マンスン先生、委員会は推薦状を受け取った経験はありますが、この二通は特にあなたの長所を真摯で誠実な言葉で述べており、委員会にとってとても印象深いものとなったのです」

　アンドルーは思わず唇を噛んで、目を伏せていた。デニーが自分のために力を尽くしてくれたことに、初めて気付いたのである。

「ただ若干の問題点があります。マンスン先生」

　オーウェンは口をつぐみ、いくらか心配そうにテーブルの上に置いた書類の束を触っていた。

「委員会は満場一致であなたを支持する方向に傾いていますが、この地位は――大きな責任を伴うということからも――なにはともあれ既婚者が望ましいのです。ご理解いただけると思いますが、自分たちの家族を託す以上、多くの人が、医師本人にも家族がいてほしいと考えるものです。これを別にしても、この地位には『ヴェール・ビュー』という立派な住宅が提供されます。その名が示す通り緑あふれる美しい谷にありますが、独身者が住むにはいささか大き過ぎる建物です」

窺うような張り詰めた沈黙が来た。

その沈黙の中で、ふいに脳裏にひらめくものがあって、アンドルーは、はっとした。鮮やかな白い光の下にクリスティンが立っていた。室内の全員が、ルウェリンでさえ、アンドルーの返事を待ってじっと見つめていた。無意識のうちに、彼の意志など全然関係なく、口が動き出し、アンドルーは、穏やかに断言する自分の声を聞いていた。

「実際のところ、皆さん。私はブライネリのある人と婚約しているのです。私は……私は今回のような結婚にふさわしい地位を待っていたんです」

オーウェンは満足げに、書類の束で机を叩いた。と同時に、男たちが次々と靴の踵を床に打ち付けて、承認の意を示した。すぐにケトルズが、抑えきれないように大声を上げた。

「いいじゃねえか、アベラウは新婚旅行にはぴったりの場所だぜ」

「では諸君、委員会の合意が得られたと、判断させていただきます」

オーウェンが騒ぎを抑えるように声を張り上げた。

「マンスン先生の採用を、満場一致で承認いたします」

賛意を示す様々な声が上がった。アンドルーは驚きと高揚感の中で呆然としていた。

「いつから職務を開始していただけますか、マンスン先生　委員会としては早いほどありがたい」

「来週には始められます」

マンスンは答えた。答えつつも、ふいに恐ろしい考えが胸をよぎった。

――もしクリスティンが来てくれなかったら……。そしてクリスティンも、この素晴らしい職も、両方失ってしまったら……。

胸の底がひやりと冷たくなったが、表には出さなかった。

「ではそういたしましょう。ありがとう、マンスン先生。委員会は、あなた――とマンスン夫人となられる方――が、この新しい土地であらゆる成功を収められることを願っています」

承認を示す拍手が鳴り響いた。

皆が喝采を送ってくれていた。委員たちも、ルウェリンも、ことにオーウェンは心底嬉しげに握手を求めてきた。控え室に戻るときには、湧き上がる喜びが顔に出ないようにするのが大変だった。もちろんエドワーズの戸惑う顔には気付かないふりを続けた。

しかし、そんな努力も無駄であった。まったく無駄であった。広場から駅舎まで歩いている間に、胸の内の興奮が抑えきれなくなっていった。足取りは、軽やかで弾むようだった。大股で丘を下っていくと、右手には噴水と音楽堂のある緑豊かな公園があった。美しい土地だ！　音楽堂もある！　ブライネリではどれほど周りを見回したところで、鉄くずの山しかないというのに。あそこには映画館、ここには洒落た大きな商店。そして足の下には、岩だらけの砂利道ではなく、きっちりと舗装された大通り。のみならず、オーウェンは病院についても何か言っていた。小さいながらも病院があるというのか。自分の仕事にとって病院という設備がどれほど大きな意味を持っているかに思いを馳せると、アンドルーは深い感激の吐息をついていた。

彼はカーディフ行きの汽車のがら空きの客室に、飛び込むようにして乗り込み、揺れ動く汽車と、圧倒的な高揚感に身を任せた。

第十四話　クリスティン

アベラウからブライネリまで、直線で結べばたいした距離ではなかったが、鉄路は山脈を大きく迂回して走っていた。帰路の下りの汽車は各駅に停まった上、カーディフで乗り換えたペノウェル渓谷行きの汽車は、実にもどかしくのんびりと走っていた。この頃にはアンドルーの気分はすっかり変わっていた。片隅の席に沈み込み、長い帰路に苛立ちと焦りを覚えながら、頭を抱え込んでいた。

彼は初めて、いかに自分が身勝手に考えていたかに気付いたのである。この数ヶ月、彼はあらゆる事柄を自分の立場でのみ考えてきたのだ。結婚に関する様々な不安や、クリスティンに打ち明けることを躊躇っていたことなど、すべて頭の中だけの話であり、クリスティンが自分を受け入れてくれるだろうと当たり前のように考えていた。しかし彼が恐ろしい誤解をしていたとしたらどうだろうか。彼女が自分を愛していなかったとしたら。結婚を拒絶され、陰鬱な気持ちで委員会に対して「やむを得ざる事情」のため約束された地位を受けることができない、という手紙を書く自分を想像してみた。

いつのまにか、クリスティンの姿を生き生きと脳裏に描いていた。そっと窺うような微笑、顎に手を当てる仕草、いつも誠実な光をやどした鳶色の瞳。そのすべてを、なんと細やかに思い出せることだろう。息が詰まるほど切なかった。クリスティン！　もし彼女の傍にいられなくなるのなら、自分の人生などどうでもよくなるに違いない。

　夜九時に、汽車はようやくブライネリに到着した。ホームに降りたアンドルーは、足早に駅前通りを歩き出した。翌朝までクリスティンに会えないことはわかっていた。ただ、彼女はもう帰っているかもしれないと思うと、足は自然にチャペル・ストリートに向かっていた。教会の角を曲がり、ハーバード夫人の下宿の部屋に明かりがついているのを見ると、痛いほどの期待が走り抜けた。夫人が部屋の掃除をしているだけかもしれない。そんな風に自分に言い聞かせながらも、足を止めることができず、そのまま扉を開け、居間に足を運んでいた。

　間違いなかった、クリスティンだった！　クリスティンは部屋の片隅に膝をついて、書棚に本を戻しているところだった。それが済むと、傍の床に散らばっていた紐や紙を片付け始めた。椅子の上には、上着や帽子とともに、スーツケースが置かれていた。ちょうど帰って来たところなのだ。

「クリスティン！」

　その声に、彼女は膝をついたまま振り返った。柔らかな髪が額にかかっていた。彼女は驚きと喜びの声を上げて立ち上がった。

「アンドルー、来てくれたの」

クリスティンは明るい笑顔で歩み寄り、片手を差し出した。しかし彼は両方の手を取って、しっかりと握りしめた。そしてじっと見つめた。アンドルーは、今のスカートとブラウス姿のクリスティンが特に好きだった。この服装のときは、彼女のほっそりとした美しさや、若々しく柔らかな雰囲気がひときわ増すと思うのだ。アンドルーの鼓動は痛いほど激しく打っていた。

「クリス、君に伝えたいことがある」

彼女の目に不安げな色が浮かんだ。彼女は、疲労と緊張の入り交じったアンドルーの顔を心配そうに見つめ返した。

「何かあったの？　ブロードウェンさんとまた何か大きなトラブルでも？　どこかに行ってしまうの？」

クリスティンの小さな手を一層強く握りしめたまま、アンドルーは首を左右に振った。そしてすぐに夢中で話し出した。

「クリスティン、仕事が決まったんだ。それもこれ以上はないくらい最高の条件だよ。アベララウなんだ。今日委員会に呼び出されて、面接に行ってきた。五百ポンドの年収と家がある。家まであるんだよ、クリスティン、ああクリスティン、どうか、僕と結婚してくれないか！」

クリスティンは真っ青になっていた。青白い顔に、目だけが鮮やかに輝いていた。喉が詰まって息もできないようだった。やがて消え入るような声で言った。

「私……私てっきり、とても悪い知らせがあるんだと思って……」

「そうじゃない、違うんだ」

弾けるようにアンドルーは答えた。

「とても素晴らしいニュースなんだ。ああ、君がとにかく一度でもあの土地を見てくれたら。広々としていて、美しい草原に囲まれていて、立派な店や道や公園や……ああ、クリスティン、病院まであるんだ。君が結婚してくれれば、僕らは今すぐにでも始められる。まっすぐに歩き出せるんだ」

彼女の唇は柔らかく震えていた。しかしその目は微笑んでいた。あの不思議な、澄んだ輝きに溢れて、アンドルーに微笑みかけていた。

「それはアベラウの仕事のため？　それとも私のため？」

「君のためだ、クリス。僕が君を愛していることは、君だってわかっているはずじゃないか。しかし、それとも……、君は僕のことなんか考えていないのかい？」

彼女はかすかに何か言ったようだった。そのまま歩み寄ってアンドルーの胸の中に顔を埋めた。アンドルーが抱きしめると、クリスティンはとぎれとぎれに告げた。

「ああ、アンドルー、私もあなたを愛しています。あのときからずっと……」

微笑みを浮かべた頰に、明るい涙が流れた。

「ほら、あなたがあの日、私の教室に入ってきたときから」

第二部

第一話　アベラフウ

ギリアム・ジョン・ロシンの運転するおんぼろトラックは、大きな音をたてながら、喘ぐようにして山道を上っていた。

壊れたドアステップや錆び付いたナンバープレート、とっくに使えなくなった石油ランプなどを、まとめて古い防水布で覆ったトラックは、砂埃の中に緩やかな轍を刻んでいる。側面のフェンダーはすっかり緩んでいたから、旧式エンジンのうなりに合わせて、リズミカルにカタカタと騒いでいる。そんなトラックを運転するギリアム・ジョンの隣の席に、二人して陽気にぎゅうぎゅう詰めにされているのは、マンスン先生とその妻だ。

二人は今朝、結婚式を挙げたばかりだった。要するに、これが二人の新婚旅行である。防水布で覆われた荷台には、クリスティンのわずかばかりの家具と、ブライネリで二十シリングで買った古びたキッチンテーブル、いくつかの新しいポットやフライパン、そして彼らのスーツケースがあるばかりだ。見栄えなど気にしている場合ではなかったから、彼らの全財産と二人の体をアベラフウに運ぶために、もっとも安くて便利なギリアム・ジョンの愛車を選んだのである。

よく晴れた日で、爽やかな風が吹き、空は青く輝いていた。運転台には、笑い声や冗談を飛ばす明るい声が溢れていた。新婚の二人のために、ジョンは特別なサービスだと言って、妙な音のする自動車の警笛を、色々なリズムで押し鳴らした。ヘンデルの「ラルゴ」だと説明されて、二人はまたこらえきれずに笑い出すのだった。

やがてルシン峠の頂上まで辿り着くと、ぽつんと一軒の宿屋があったため、そこで三人は、ウェールズ伝統のリムニービールで乾杯した。あとの下り坂は、百五十メートルもの切り立った断崖の縁をヘアピンカーブが縫っていく恐ろしい道だった。

とうとう、トラックが最後の峠も越えて、アベララウへの下り道に入ると、にわかに車内に歓声が上がった。はるか前方に、沢山の屋根が、谷の下から上まで、うねるように連なって広がっているのが見えたのだ。谷の頂きには、商店、教会、事務所などが集まっており、底の方には、鉱山や工場、絶えず煙を吐き出している煙突や、もうもうたる蒸気を噴き出している大きな復水器まで見える。それらすべてが、明るい日差しの下で鮮やかに輝いていた。

「見て、クリス！」

アンドルーはクリスティンの手を握ったまま、ほとんど熱心な案内人といった口調で告げた。

「いい所だろ？　広場がある。ちょうど町の裏側に出てきたんだ。ほら、見て。石油ランプももういらない。ガス灯があるんだ。僕らの家はどこだろう」

　町に入り、通りがかりの鉱員に尋ねると、すぐに道を教えてくれた。「ヴェール・ビュー」は通りをまっすぐに行った町の外れだという。実際、目的地はそこからすぐで、到着と同時に、クリスティンが不思議そうな声を上げた。

「なんだか、可愛らしいおうちね」

「そうだね……、まあ、なかなか良さげに見えるね」

戸惑いがちの二人の横で、ギリアム・ジョンが、帽子のつばを持ち上げながら言った。

「こいつはずいぶんと風変わりな家じゃねえか」

実際、ヴェール・ビューの見た目は、なかなか変わっていた。

一見、スイス風とスコットランド風が混在しており、そこに無闇と沢山の三角のひさしがついた総漆喰仕上げの建物だ。半エーカーばかりの庭は、雑草やイラクサが生い茂っており、朽ちた丸木橋の下に小川も流れていた。

　彼らは無論知らなかったが、このヴェール・ビューこそ、様々な意見や多彩な価値観を持つ委員会の在り方を示す、ある種の見本であった。黙っていても多額の寄付金が転がり込んできた一九一九年の好景気時代、委員会はその事業として恥ずかしくない、「現代的」で「スマート」な家を建築することを公表した。そして何が「スマート」かについて、委員たちはそれぞれに自分の積極的な意見を持っていた。委員は全部で三十人いるのである。ヴェール・ビューはその結果であった。

外観はともかくとして、中に入った彼らはとても満足した。家の造りはしっかりとしており、床は頑丈で、壁紙は綺麗だ。一方で、部屋の数はかなり多かった。二人とも口には出さなかったが、クリスティンのわずかな家具では二部屋も十分に飾れないことは明らかだった。

「ねえ、アンドルー」

ざっと家の中を見終わったあと、玄関ホールに戻って来て、クリスティンは指折り数えながら告げた。

「一階は、食堂とリビング、それから客間と書斎といったところだけど、二階には五つも寝室ができるんじゃない？」

「構わないさ」

彼は笑って言った。

「委員会が既婚者を求めたのも無理はないね。こんなに大きいとは思わなかった」

そんな笑いも、しかし色々なことに考えが及ぶにつれて沈み加減になった。

「正直なところクリス。僕は今回の件について、ちょっと悪かったと思っているんだ。ろくに持ち物もない僕が、当たり前のように君の綺麗な家具を全部こっちに運んできて、しかもほとんど考える時間もなく君を連れてきてしまった。小学校には君の代理の先生を見つける時間さえ与えなかったんだ。先に僕だけこっちに来て、君を迎える準備をすべきだったかもしれない」

「アンドルー・マンスン、それはつまり、私を置いていけば良かったってこと？」

「いや……でもとにかく何とかするつもりだよ。とりあえず……」

「アンドルー」

頑固にしかめ面をした彼の言葉を、クリスティンは笑顔で遮った。

「あなたには、これから美味しいオムレツを作ってあげる。料理で有名な、マダム・プラール流のオムレツ。少なくとも料理本に書かれているくらいのものは作れるから」

熱弁を遮られたアンドルーは、口を開けたまま新妻を見返したが、その気難しいしかめ面は、すぐに笑顔に戻っていった。

キッチンへ入っていくクリスティンにそのまま彼がついて行ったのは、視界から彼女が消えてしまうのが耐えられなかったからだ。がらんとした家の中に、二人の足音がまるで大聖堂のように響き渡った。

帰り際のギリアム・ジョンに、卵を買ってきてもらっていたため、熱いオムレツはすぐにフライパンの上にできあがり、おいしそうな匂いを漂わせた。二人はキッチンテーブルの端に腰かけて、一緒にそれを囲んだ。

「なんてこった！」

軽やかなアンドルーの声が響いた。

「僕はすっかり生活が変わったということを忘れていたよ。今じゃ君が料理をしてくれるんだ。あの壁のカレンダーは前の人が忘れていったのかな。なかなか悪くない。それにあっちのバラの絵も気に入った。まだオムレツはある？　プラール夫人ってのは誰なんだい？　なんだか雌鶏みたいな名前だ。ああ、ありがとう。僕がどれだけ強くここで仕事を始めたいと願っていたか、君は知らないだろう。ここにはチャンスがあるんだ。しかもとても大きなチャンスがね」

早口で話していたアンドルーが急に言葉を切ったのは、部屋の片隅に積み上げた荷物の傍に、見慣れないニス塗りの木箱を見つけたからだ。

「クリス、あれは何だい？」

「ああ、あれね」

クリスティンは何気ない口調で続けた。

「結婚祝い。デニーから」

「デニー？」

さすがにアンドルーは驚いた。

今回の職を得るに当たって陰ながら助けてくれたのはデニーだった。その感謝と、クリスティンとの結婚について伝えに行ったアンドルーは、しかしデニーの堅苦しく素っ気ない態度に面食らった。今朝の出発のときも、デニーは見送りにさえ来なかったのだ。この友人の複雑怪奇な性格には、さすがにアンドルーも不快感を禁じ得なかった。

――どうせ中身は古靴か何かだろう。デニーのやりそうないたずらだ。

そんなことを考えながら木箱に歩み寄り、疑い深い目を注ぎながら箱を開けた。そして目を見張った。驚きと喜びですぐには声も出なかった。中にはデニーの顕微鏡が入っていたのである。ツァイス社製のこの上なく精巧な顕微鏡。そしてその横には一枚の紙切れ。

　　俺にはこれは必要なくなった。俺は外科医だ。幸運を祈る。

何も言葉が出なかった。

キッチンテーブルに戻ったアンドルーは、オムレツを食べながらも、じっと顕微鏡を見つめて考え込んだ。そして食事を終えると、そっと顕微鏡を持ち上げ、クリスティンを伴って隣の部屋へ入っていった。

「ここは書斎じゃないよ、クリス」

何もない部屋の中央の床の上に、厳かに顕微鏡を置き、アンドルーは静かに宣言するように続けた。

「リビングでもないし、客間でもない。僕らの大切な友人フィリップ・デニーに感謝して、今日から僕はここを研究室と呼ぶことにする」

彼はこの命名式をより荘厳なものにするため、そっとクリスティンにキスをした。ちょうどそのタイミングで電話が鳴り響いた。何もない玄関ホールから、けたたましく鳴り響く甲高い音に、二人はびっくりして、顔を見合わせた。

「多分診察の依頼だよ、クリス。大丈夫。アベララウでの最初の症例だ」

アンドルーは足早に玄関ホールに出て行った。

しかし患者ではなかった。ルウェリン医師だった。町の反対側に住むルウェリンが、挨拶のために電話をかけてきたのだ。電話から聞こえてくるルウェリンの声は、歯切れ良く明瞭であったため、アンドルーの肩越しにつま先立ったクリスティンにもよく聞こえた。

「こんにちは、マンスン君。今大丈夫かね？　心配せんでいい。仕事の話じゃないんだ。アベララウに来た君と奥さんを、真っ先に歓迎したくてね」

「ありがとうございます、ルウェリン先生。ご丁寧に。でも、私は仕事の話でも構いません」

「ハハハ、引っ越しが落ち着くまでは、そんなことは夢にも考えなくていいさ」

ルウェリンの大げさな声が返ってきた。

「そんなことより、今夜特に用事がないようなら、奥さんとともに夕食に来ないかね。堅苦しいものじゃない。七時半だ。楽しみに待っているよ。二人で少し話したいこともあるからね。じゃあよろしく頼む、またあとで」

受話器を置いたアンドルーの表情は晴れやかだった。

「立派な人だね、クリス。あんな風に気さくに僕らを招待してくれるんだから。あれで医長だよ。学位だって持ってる。少し調べてみたんだけど、彼はロンドン病院での勤務歴があって、医学博士で王立外科学会会員だ。おまけに公衆衛生官でもある。考えてみて。どれもこれも特別な肩書だ。それなのにあんなに親しくしてくれる。いいかい、マンスン夫人。僕らはここで、最高の仕事を始めることになるんだよ」

アンドルーはクリスティンの腰にそっと手を回した。そして何もない大きなホールで、二人は手を取り合い、楽しげにワルツを踊り始めた。広々とした家に、新婚夫婦の明るい笑い声が響いた。

第二話　ルウェリンの歓迎

夜七時、二人は活気に満ちた大通りを歩いてルウェリンの家に向かった。歩いているだけでアンドルーの胸は高鳴った。彼は今日から新しい仲間となった町の人々を、熱心に見回した。

「あの男を見て、クリスティン。ほら早く。あそこで咳をしている男だ」

「ええ、でもどうしたの？」

「いや、たいしたことじゃないんだが」

涼しい顔でアンドルーは続けた。

「彼はじき僕の患者になるんだろうと思ってさ」

ルウェリンの家はすぐに見つかった。手入れの行き届いた庭のある、がっしりとした邸宅で、あの優美な自家用車が外に駐まっていた。その上、細工を凝らした鉄門には、美しく磨き上げられた表札が出ており、ルウェリンの輝かしい肩書が簡潔に添えられていた。大仰な門構えに二人は急に気後れしたが、呼び鈴を鳴らすとすぐに使用人が出てきて家の中に通された。

　客間から出てきたルウェリンは、フロックコートに金のカフスボタンという洒落た服装で、陽気な笑顔で出迎えてくれた。

「やあやあ、マンスン夫人、お会いできて光栄です。これは素晴らしい夕食会になりそうだ。アベラウを気に入ってくれたかな。そんなに悪い土地ではないと思うがね。さあどうぞこちらへ。すぐに妻も来るから」

　言葉通り、ルウェリン夫人もすぐに、夫同様の明るい笑顔で出てきた。四十五歳くらいの、赤みを帯びた髪をした雀斑《そばかす》のある女性で、アンドルーに挨拶をすると、クリスティンに向き直って朗らかな歓声を上げた。

「まあ、なんて可愛らしい方。私が夢中になってしまうくらい。ハグさせてくださいね、いいでしょう？」

　返事も聞かずに夫人はクリスティンを抱擁し、それから腕を伸ばして嬉しそうに顔を覗き込んだ。廊下の奥で合図のベルが鳴ったため、一同は食堂へ入っていった。

　素晴らしい夕食だった。トマトスープ、ソーセージを添えた詰め物たっぷりのローストチキン、ぶどうのプディング。

「すぐに慣れてくると思うよ、マンスン君。私も何でも手を貸すから心配しなくていい」

　ルウェリンはにこやかに話した。

「私としては、同僚のエドワーズが任命されなくて良かったと思っているんだ。彼を推薦すると半分くらいは約束していたんだが、正直なところ気が進まなかったんでね。いや、何の話をしていたかな、ああ、そうだ。君には西部診療所を任せようと思っている。君の家がある地区だよ。アーカートという老医師が同僚だ。ちょっと変わった奴だがね。それから薬剤師はギャッジという男だ。ちなみに、こちらの東部診療所にはメドリー医師とオックスボロー医師がいる。みんないい連中だ。君も気に入るだろう。ゴルフはできるかね？　ときどきはファーンリーのコースに行こうじゃないか。谷を十五キロほど下ったところなんだ。もちろん私も忙しいがね。いや実際、診療所の方は皆に任せていて、私は病院を担当しているんだ。鉱山の労災患者を診なければいけないし、町の医務官もやってる。ガス工場の嘱託医の仕事もあるし、救貧院の管理や、予防接種も私の担当だ。州の裁判所からの公的な依頼検査も受け入れなければならん。ああそうだ。検死官の仕事まである。それに加えて――」

　ルウェリンの明るい瞳が、鋭く光った。

「ときには私個人に診察してほしいという患者も来るんだ」

「それは大変ですね」

　率直にマンスンは答えた。

「我々自身の収入も大事だよ、マンスン先生。外にあるあの小さな車だって、あれで千二百ポンドかかったんだ。それに……いや、まあいい。君だってここでいい暮らしをしてはいけない理由はない。一生懸命働いて、いくらか言動に気を付けてさえいれば、三、四百ポンドは確実に君のものだ」

　そこで少し言葉を切ってから、声音を落として打ち明けるように続けた。

「君に言っておくべきことがひとつあってね。これはここでの決まり事なんだが、助手の医師たちは、それぞれ収入の五十パーセントを私に支払うことになっているんだ。もちろん皆これに同意している」

　アンドルーは驚いて相手を見返した。

　親しげな笑みを浮かべたルウェリンは、淀みなく続けた。

「これは、私が彼らの症例も診てあげるからなんだ。困った症例があると、みんな私のところに持ち込んでくる。みんなにとっても、とてもいい条件なんだ」

「それはここの共済制度で決まっていることなんですか？」

「いや、制度とは関係ない」

　ルウェリンは軽く眉間に皺を寄せながら、

「医者同士で話し合って決めたことで、もうずっと前から、そういう決まり事になっているんだよ」

「しかし……」

「ねえ、マンスン先生」

ルウェリン夫人がテーブルの端から甘ったるい声で呼びかけた。

「先生の可愛らしい奥様にちょうど話していたところなんだけど、これからもっとお互いを訪ね合いましょうってね。奥様にはときどきお茶に出かけてきてほしいの。彼女をお借りしてもよろしい、先生？　ときには一緒に車でカーディフまで行きたいわ。素敵でしょう。あなたもそう思わない？」

「もちろんだ」

ルウェリンはもっともらしい口調で、

「君にとってはむしろ有利なことかもしれんが、前任者のレスリーはまったく怠慢な医師だった。やる気のないところは、あのエドワーズと似たり寄ったりだ。ろくに麻酔もかけられん。その点、君は大丈夫だろう？　大きな手術をするときは、是非とも腕のいい麻酔科医がほしいんだ。だがまあ、そんな話はまた今度にしよう。ここに来たばかりの君に、あまり色々言って困らせてもいけないからね」

「ねえ、アイドリス、聞いて」

ふいにルウェリン夫人が、楽しげに夫に呼びかけた。

「お二人は、今朝結婚式を挙げたばかりですって。マンスン夫人が今教えてくれたの。本物の可愛い花嫁さんなのよ。ほんとに、あなた信じられないくらい」

夫人は、クリスティンの手を軽く叩いて、

「それなのに大変ね。きっと仕事のことを考えて、まっすぐにあの風変わりなヴェール・ビューに来たのでしょう。私がときどき行ってお手伝いしないとね」

ルウェリンも笑いながら、賛同の声を添えた。

アンドルーはちょっと照れ笑いを浮かべながらも、なんとか落ち着きを取り戻そうとした。どうも自分もクリスティンも、ルウェリン夫妻の巧みな手の中で、ボールのように行ったり来たり遊ばれているような気がしてきたのだ。しかし彼は、いいタイミングだと思って口を開いた。

「ルウェリン先生」

アンドルーは慎重に言葉を選んだ。

「実は奥様のおっしゃる通りなんです。言いにくいことなんですが、妻と二人でロンドンまで買い物に行くために、二日間のお休みをいただけないでしょうか。新しい家のための家具や、いくらか必要な物を買わなければいけません」

クリスティンが驚いて目を見開いた。しかしルウェリンは愛想良く頷いた。

「いいとも。まったく構わない。仕事が始まれば、簡単には出かけられなくなる。明日と明後日、休みを取りなさい、マンスン先生。どうだい。私も役に立つだろう？　私は君たちをいくらでも手助けできるわけだ。委員会にも私から伝えておくよ」

アンドルーは、委員会やオーウェンには自分で話すつもりだったが、敢えてルウェリンに任せることにした。

彼らは客間に移ると、夫人が何やら説明してくれた高価なカップで珈琲を楽しんだ。ルウェリンは金色の煙草入れから煙草を取り出してアンドルーに勧めた。

「見たまえ、マンスン先生。患者からの贈り物だよ。重いだろう？　少なくとも二十ポンドにはなるんじゃないかな」

十時近くになると、ルウェリンはおもむろにポケットから、見事な懐中時計を取り出した。時計に注ぐ視線は、ずいぶん熱心なものだった。彼は、対象が無生物であっても、それが自分の所持品である場合は、真心を込めて優しく眺めるようだった。アンドルーは、彼がその時計にまつわる思い出にでも浸っているのかと思ったがそうではなかった。彼はゆったりと口を開いた。

「そろそろ病院に行かなければいけない。今朝、胃空腸吻合《ふんごう》の手術をした患者がいるんだ。どうだい、一緒に車で行って、患者の様子を見ないかい？」

アンドルーは素早く応じた。

「喜んで。是非お願いします、ルウェリン先生」

クリスティンも声をかけられたため、二人は玄関口で夫人におやすみの挨拶を告げて、ルウェリンの自動車に乗り込んだ。車は静かに大通りを走り出し、やがて、左手の坂道を上って行った。

「明るいヘッドライトだろう？」

ルウェリンはそう言いながら、わざわざライトを点滅させて見せた。

「ラクサイトだよ。特注品だ。特別に取り寄せたんだよ」

「ラクサイト！」

クリスティンが優しい声で驚きを示した。

「とても高価なものですよね、先生」

「そうなんだ」

ルウェリンは、よくぞ聞いてくれたと言わんばかりに頷いた。

「三十ポンドはしたんじゃないかな」

アンドルーはなんとなく妻と目が合うのを避けて、視線を落とした。

二分後には、車は赤レンガ造りの立派な建物に入っていった。

「ここだよ。ここが私の、もうひとつの家だ」

病院の正面玄関までは、月桂樹の並木道が通じていた。中に入ったアンドルーは、たちまち目を輝かせた。小さいが、現代的で、設備も行き届いていた。ルウェリンの案内で、手術室、レントゲン室、診察室、二つの広々とした病室を見せてもらったアンドルーは、ほとんど歓喜の声を上げていた。完璧だった。ブライネリとはまったく別だ。ここなら自分の患者もしっかり診られるに違いない。

　途中で彼らは看護師長に出会った。痩せた背の高い女性で、クリスティンには見向きもせず、アンドルーには型どおりの素っ気ない挨拶をしただけだったが、ルウェリンに対しては打って変わって丁寧に頭を下げた。

「ここには必要なものが全部揃っている。そうだね、師長」

　ルウェリンが告げた。

「何か困れば、いつでも委員会に話せばいい。そうだ。みんないい連中なんだから。ところで胃空腸吻合の患者の様子はどうだい、師長」

「経過はとても良好です、ルウェリン先生」

　低い声で師長が答えた。

「いいね。あとで診にいくとしよう」

　ルウェリンはいったんアンドルーとクリスティンを送るために、玄関ホールまで戻ってきた。

「こういうわけなんだ、マンスン君。私はこの病院を誇りに思っている。自分の家みたいなものだな。帰り道はわかるかね？　水曜日に戻ってきたらまた電話をしてくれ。麻酔を頼むことになるかもしれんのだ」

　外に出て、大通りを並んで歩き出した二人はしばらく黙っていたが、やがてクリスティンがアンドルーの腕をとって話しかけた。

「どうだった？」

暗がりの中でもクリスティンが微笑していることが、アンドルーにもわかった。

「悪い人じゃないね」

アンドルーはまだ興奮の冷め切らない早口で答えた。

「むしろとても立派な人だと思うよ。師長もそう思ってるみたいだった。まるで先生の白衣の裾にキスでもしそうな勢いだったじゃないか。なんにしても、素晴らしい病院だよ。夕食もすごかったね。贅沢なものだった。ただ……よくわからないのは、収入の半分を払わなければいけないことだよ。全然フェアじゃないし、常識的に考えても妙だ。それになんだか……いい子でいるように、宥《なだ》められたり、可愛がられたりしたような気分だよ」

「実際とてもいい子だったと思う。二日間のお休みをお願いするなんてね。でもほんとにびっくりした。私たち家具を買うお金なんて持ってないでしょ。どうするつもりなの？」

「まあ任せておいて」

アンドルーは意味ありげに笑い返した。

いつか街明かりは背後になり、二人はヴェール・ビューへの帰路を静かに歩いていた。腕につかまっているクリスティンの手の感触は、アンドルーにとって貴重なものだった。大きな愛情の波がアンドルーを包んでいた。鄙びた鉱山の町で突然結婚し、古びたトラックに乗って山越えし、新婚の夜をともに過ごす場所としては、がらんどうの家に置かれた彼女の小さなベッドしかない。そんな困難とめまぐるしさの中でも、クリスティンは不安のかけらも見せず、笑顔を忘れなかった。彼女は自分を愛し、信頼し、未来を託していた。アンドルーは大きな決意を固めつつあった。

――この信頼に、必ず応えよう。

仕事をやり遂げ、自分に対する彼女の愛情が誤りではなかったことを示して見せるのだ。

二人は丸木橋を渡った。薄闇のおかげで雑草だらけの荒れた浅瀬は見えず、小川のせせらぎが、心地よく耳を撫でていった。ポケットから新居の鍵を取り出し、扉を開けて中に入れば、玄関ホールは真っ暗だ。扉を閉めてから、暗がりに立つ妻を振り返った。クリスティンの顔はほんのりと明るんで見え、ほっそりとした肢体は儚げだった。アンドルーはそっと腕を伸ばして抱き寄せ、優しくささやいた。

「君の名は？」

クリスティンは戸惑いがちに答えた。

「クリスティン……」

「クリスティンなんて言うんだ？」

「クリスティン・マンスン」

クリスティンの息づかいが早くなった。

二人はそっと唇を重ねた。

第三話　ロンドンへ

翌日の午後、アンドルーとクリスティンの乗った汽車は、ロンドンのパディントン駅に到着していた。

彼らにとっては初めての大都会だ。プラットホームに降り立った二人は、自然に振る舞ってはいたものの、慣れない雑踏に緊張を隠せなかった。

「いるかな？」

心配そうに辺りを見回すアンドルーに、クリスティンが頷いた。

「多分、改札の方じゃない？」

彼らが探しているのは「カタログを持った男」だ。

アンドルーは汽車の中で、今回の計画について、特にその綿密さ、明快さ、そしてそれを組み立てた自分の鋭敏な洞察力なども付け加えて、細かくクリスティンに説明していた。

色々買い物が必要であることは、ブライネリを出る前からわかっていたから、ロンドン東区にあるリージェンシー・プレニシン商会に連絡をとっていたのだ。それは大会社というわけではなかったが、分割払いに対応した実店舗のある個人商会であった。ポケットには、最近店主から来た手紙も入れていた。

「あ！　あそこにいる男じゃないか」

アンドルーがほっとしたように叫んだ。

青いスーツに山高帽をかぶった貧相な小男が、大きな緑色のカタログを持って立っていた。男はちょっとした神通力でもあるのか、雑踏の中からすぐに二人を見つけ出したらしく、足早に歩み寄ってきた。

「マンスン先生ですね？　そして奥様？」

帽子を取って一礼し、

「リージェンシーの案内人です。今朝電報を受け取りました。車を待たせてあります。煙草はいかがですか？」

車はすぐにひどい混雑の中を走り出した。煙草をもらいつつも、アンドルーが火もつけずに押し黙っていたのは、若干の不安を抱えていたからだ。

――最近は、みんな当たり前のように車を乗り回しているが、こんな気軽に乗って大丈夫だろうか。駅から店までの送り迎えだけでなく、汽車賃まで、全部向こうで持ってくれると言っていたんだから、大丈夫なはずだが……。

手紙にはそう書いてあったものの、見たこともない道をあちこち走り抜けていく様子や、心細い旅費のことを考えて、不安を抑えきれなかった。ようやく到着した目的地は、予想していたより立派な店で、正面には豪華な飾り窓があり、磨き上げられた真鍮の手すりが光っていた。すぐに自動車のドアが開けられ、二人は店内へ恭しく招き入れられた。

中では待ち受けていたように、フロックコートを着た年配の紳士から丁重に迎えられた。いかにも上品な物腰で紳士は頭を下げた。

「ようこそ、先生。ようこそ、奥様。お医者様のお役に立てるというのは、我々にとっても大変嬉しいことです。私どもが応対に与《あずか》っているハーリー街の先生方の数を聞けば、きっと驚かれることでしょう。実に多くの先生方が、我が社を推薦してくださっています。では先生、どのような物をお探しですか？」

紳士は、両側にずらりと家具の並んだ通路を歩き出しながら、厳かな口調で説明を始めた。

しかしひとつ二つ説明を聞いただけで、もうクリスティンは目を丸くしていた。彼が提案する家具は皆、とんでもない値段のものばかりだったのだ。しかも、チューダー朝やジャコバン派やルイ十六世風といった響きだけは豪華な注釈が山ほどついており、どれも燻《いぶ》したりニス塗りにしたりして洒落た体裁を繕っているものの、実用的とはとても言いがたい華奢《きゃしゃ》な家具ばかりだ。クリスティンは唇を固く結んで、不安な表情を浮かべていた。アンドルーが騙されないように、使い物にならない家具を買い込んで家に持ち込まないように、一生懸命に祈っていたのだ。

「アンドルー……」

案内の紳士が背中を向けている隙に、素早くクリスティンはささやいた。

「どれも駄目。全然駄目」

彼はほんのわずかに唇の端を動かして、同意を示した。二人はさらにいくらかの家具を見て回ったが、やがて静かに、しかし驚くほど冷淡な口調でアンドルーが言った。

「おい、君。私たちは家具を買うためにはるばる来たんだ。私は家具だって言ったんだ。こんな飾り物のガラクタじゃない」

そう言って、にわかに目の前の箪笥《たんす》を親指で乱暴に押しやると、箪笥はベニヤの合板だったのだろう、妙な音を立てて、へこんでしまった。

案内人は呆気にとられ、言葉もなく立ち尽くしていた。

「いや、しかし先生……」

懸命に呼吸を整えながら、

「私どもは当店でもっとも高価な品々をお見せしているのです」

「なら、もっとも安い家具を見せてくれ」

アンドルーは語調を強めた。

「中古品でいい。本物の家具でさえあればな」

しばし沈黙が広がった。

やがて案内人の切れ切れのつぶやきが聞こえた。

「万が一、何も買っていただけないと、私が社長に何と言われるか……」

憂鬱そうにため息をつくと、足早に彼は立ち去った。彼はなかなか戻ってこなかった。四、五分ほど過ぎて、今度は赤ら顔の背の低い男がせわしげにやってきて、大声で問うた。

「何がほしいんだ？」

「中古の頑丈な家具だ。安いのでいい」

赤ら顔はアンドルーをじろじろ眺めたが、それ以上は何も言わず、二人を後ろの昇降機に連れて行った。男とともに昇降機に乗り、大きなうすら寒い地下の倉庫に降りていくと、そこには天井まで乱雑に中古の家具が積み上げられていた。

一時間ばかり、クリスティンは埃も蜘蛛の巣ものともせず、こっちで頑丈な食器棚、あっちで簡素なテーブル、袋の山の下からは安楽椅子といった具合に、納得のいく家具を順々に探し当てていった。その間アンドルーは、赤ら顔の男と頑強に値段の交渉を重ねていた。

ようやく望みの品物が揃うと、二人はまた昇降機に乗り込んだ。

「ちょうどほしいと思っていたものばかりよ」

クリスティンは埃まみれの顔に、幸せそうな笑みを浮かべ、アンドルーの手をしっかりと握りしめた。

赤ら顔の男は、二人を連れて事務所へ入っていくと、いかにもできることは全部やったという態度でアンドルーの注文票を、大きな机の上に置いた。

「沢山お買い上げですよ、アイザックス社長」

血色の悪い肌のわりに、明るい目をした男が、社長のアイザックスだった。鼻の頭を撫でながら注文票を見つめたアイザックスは、悲しげに眉を寄せた。

「どうもこれは困りますな。こんな注文では、分割払いというわけにはいきませんよ、マンスン先生。全部中古品じゃありませんか」

軽く肩をすくめて顔を上げ、

「うちでは、こういう商売は、やっていないんです」

クリスティンの顔が青ざめた。一括で払える金など、どこにもないのだ。しかしアンドルーは、まったく堂々たる態度で社長の前の椅子に腰を下ろした。

「ああ、そうですか、アイザックスさん。しかし少なくともいただいた手紙には書いてありましたよ。同封のチラシの頭にも、しっかり印刷してある。『新品および中古家具を、分割払いでご提供』」

アイザックスは、口をつぐんだ。

赤ら顔が社長の方に身をかがめ、首を振りながら早口でささやいた。クリスティンは男が口にした無礼な言葉をはっきりと耳にしたが、彼女の夫の方は、スコットランド人特有の傲然たる態度で、微動だにしなかった。

「いいでしょう、マンスン先生」

アイザックスは強引に微笑を作って応じた。

「おっしゃる通りにしましょう。リージェンシーはひどい店だったなどと言われても困りますからね。患者さんたちにも、当店が親切な店だったと、是非宣伝していただければ幸いです。スミス、分割払いの書類を作って、明日の朝一番にはマンスン先生にコピーをお送りするようにしてくれ」

「ありがとう、アイザックスさん」

アイザックスは、これで話を打ち切るつもりであったのだろう。すぐに型どおりの挨拶を付け加えた。

「では、よろしいですね、金曜日には注文の品が届くようにしておきます」

クリスティンは促されるままに事務所を出ようとしたが、しかしアンドルーは椅子から動かなかった。彼はあくまでゆったりとした口調で言った。

「ああそれから、アイザックスさん。汽車賃はどうなりますか？」

事務所の中に、ちょっとした爆弾が爆発したような衝撃が走った。赤ら顔の男が、さらに顔を真っ赤にしていた。

「それはまた、マンスン先生！」

アイザックスの声が裏返っていた。

「何とおっしゃいますか。そりゃ理屈はそうでしょうが、しかし我々だって商売人ですよ。この注文で、汽車賃とは！」

アンドルーは動かなかった。椅子に腰かけたまま、ポケットからおもむろに封筒を取り出した。彼の声はかすかに震えていたが、物腰はどこまでも落ち着き払っていた。

「ここに手紙があるんですがね、アイザックスさん。手紙にははっきりと書いてあります。五十五ポンド以上お買い上げのイングランド、およびウェールズからのお客様には汽車賃も負担いたしますと」

「いや、しかし……」

アイザックスは必死に抗議の声を上げた。

「お買い上げいただいたのは、きっかり五十五ポンドですよ。おまけに中古品です」

「だが、手紙には……」

「手紙なんてどうでもよろしい」

アイザックスは両手を振り上げた。

「いや契約だってどうでもいい。全部解約だ。あなたのようなお客さんは初めてだ。私は話のわかる品のいい新婚さんたちとお付き合いをしてきたんです。なのに、あなたは来た早々、うちのクラップ君を侮辱した。そしてスミス君を手こずらせた。それから今度は、私の前に来て汽車賃の話だ。心臓が破裂しますよ。これじゃ仕事になりません。マンスン先生。どうか他の店を当たってください」

　クリスティンは真っ青になり、哀願するような目でアンドルーを見つめた。これではすべて水の泡である。容赦のない夫は、やっと手に入れたものを全部投げ捨てようとしているのだ。しかしアンドルーは、妻の方など見向きもせず、先ほど取り出した手紙を悠々とまたポケットにしまい込んだ。

「いいでしょう、アイザックスさん。これで失礼いたします。しかしひとつ言っておきますが、この件について、私の患者やその家族たちは、あまりいい話を聞かないでしょうな。かなり大きな診療所をやっていますから、一帯に広がるかもしれない。あなたの会社は、汽車賃を払うと約束して、我々をロンドンまで呼んでおきながら、実際は……」

「待て！　待ってくれ！　わかった」

　アイザックスはすっかり取り乱して叫んだ。

「汽車賃はいくらですか。スミス、払え払え、すぐ払ってしまえ。これで、リージェンシーが約束を守らない会社だなんて言わんでくださいよ。よろしいですな。満足ですな？」

「ありがとう、アイザックスさん。とても満足です。金曜日を楽しみにしています。ではこれで失礼」

　あくまで厳粛にアイザックスと握手すると、アンドルーはクリスティンの手を取って素早く身を翻した。

外には二人が乗ってきた自動車が待っていた。アンドルーは、まるでリージェンシー始まって以来の大きな買い物をしたかのように、堂々たる声で叫んだ。

「ミュージアム・ホテルへ！」

車はすぐに走り出し、イーストエンドを回って、ブルームスベリーへ向かった。緊張してアンドルーの腕をぐっと握りしめていたクリスティンの手から、ようやくゆっくりと力が抜けていった。

「ああ、アンドルー」

クリスティンがささやいた。

「すごい手際だった。私、どうなることかと思って……」

アンドルーは、まだいくらか強張った頬のまま頷いた。

「彼らもトラブルは避けたいからね。向こうが約束したことだ。手紙だってちゃんとある」

彼は軽く首を振ってから、妻に真剣な目を向けた。

「でもね、クリスティン、これはくだらない汽車賃の話じゃないんだ。君にもわかるだろう。これは道理の問題だよ。人間は約束を守らないといけない。僕が一番頭に来たのは、彼らの態度だ。連中の頭の中は、店に入るまでもなくわかる。『世間知らずの新婚夫婦が来た。いいカモだ。売れるだけ売りつけよう』。並んだ品物も品物なら、勧めてくれた煙草もひどい粗悪品だった。ごまかしと詐欺だらけさ」

「でも、いい家具が揃った」

クリスティンの言葉に、アンドルーはようやく頬を緩めて頷いた。

まだしばらくは腹立たしさが残っていたため、アンドルーは冷静にこの件を省みる余裕がなかったが、ホテルに着いたときには、段々と滑稽な側面が思い出されてきた。ベッドに寝転がり煙草に火をつけながら、髪をとかしているクリスティンを見つめているうちに、彼は急に声を上げて笑い出した。

「それにしても、アイザックスの顔は見ものだった！」

アンドルーの大笑いに、クリスティンも一緒になって笑った。

アンドルーは、懸命に笑いをこらえながら、

「ほんとに……ほんとに目が丸くなっていたよ」

「あなたが汽車賃をよこせって言ったときね」

「『これじゃ仕事になりません』ってさ」

アンドルーは腹を抱えながら、煙草の煙を吹き上げた。

「心臓が破裂するんだそうだ。そいつは大変だ。すぐ診てやらないと」

「そうね、でも、あんまりひどい言い方は駄目よ」

そんなことを言いつつも、クリスティンも必死に笑いを嚙み殺している。彼女は櫛を持ったまま、目に涙まで浮かべて振り返った。

「でも私が一番おかしかったのは、あなたが堂々と『この手紙にははっきり書いてある』って言ったこと。私……私、本当にびっくりした。だって、あなたが家の暖炉の上に手紙を置いてきたことを、知っていたんだもの」

アンドルーは一度身を起こしてクリスティンを見返したが、すぐにまた吹き出すように笑ってベッドに転がった。そのまま枕に頭を突っ込んで、笑って笑って笑いころげた。クリスティンまで笑いが止まらなくなり、「もうやめて」と必死にこらえながら化粧台にしがみつく有り様だった。

しばらくしてようやく笑いが収まると、二人は演劇を観に行った。クリスティンが選んだのは、バーナード・ショーの「聖女ジョーン」だ。一生に一度はショーの戯曲を観たいと言っていたのである。

二人は混み合った座席に並んで座ったが、アンドルーは戯曲そのものにはあまり関心は持てなかった。歴史的背景の濃い内容で、このショーという作家は何がしたいんだと、あとで肩をすくめてこぼしたくらいだ。だから、頬を紅潮させて舞台に夢中になっているクリスティンの横顔ばかり眺めていた。

二人で演劇を見に来たのはこれが初めてだった。しかし長い人生の間で、これが最後になるということはあり得ない。アンドルーはそっと満員の劇場を見回した。

――今度来たときは、こんな狭い一階席ではなく、上の方にあるボックス席に入るんだ。

必ずそうしてみせる。

彼は心に誓っていた。その時は、クリスティンは華やかなイブニングドレスに身を包み、人々は肘をつつき合ってささやき合うに違いない。「あれがマンスンだ。肺疾患について偉大な業績を出している噂の名医だよ」

幕間になると、アンドルーはそんな妄想を振り払い、照れ笑いを浮かべつつ、クリスティンにアイスクリームを買ってあげた。

舞台が終わって外に出ると、辺りはきらびやかな街灯の光や、行き交うバスや、劇場から溢れ出した人混みで、騒然たるものだった。アンドルーが思い切って片手を上げると、無事タクシーが停まってくれた。ホテルに向かうタクシーの中で、二人は寄り添い合って幸福に浸った。

雑然たる大都市の中で、にわかにロンドンタクシーが、二人きりになれる特別な場所を与えてくれたかのようだった。

第四話　西部診療所

　ロンドンから戻ると、アベララウの風は、爽やかで涼しかった。

　木曜日の朝、いよいよ仕事を始めるために、坂道を下っていくアンドルーの頬を、元気づけるように風が優しく撫でていった。全身に活力が満ち溢れていた。目の前に、やり甲斐のある仕事が広がっているのだ。整然と、手際よく、常に信念を持って、科学的に進めていく仕事である。

　西部診療所は、ヴェール・ビューから三百メートルほどの距離にあり、白レンガ造りの高いアーチ型の屋根をした清潔な雰囲気のある建物だった。中央には広々とした待合室があり、片隅に引き戸のある調剤室が区切られていた。待合室を挟んで調剤室とは反対側に、二つの診察室があったが、片方にはアーカート医師の名札が掛けられており、もう一つには、新しいペンキで不思議と目を引くように「マンスン医師」と記されていた。

　自分の診察室があるのを見て、アンドルーの胸に嬉しさがこみ上げてきた。さほど大きくはない部屋であったが、頑丈な机と、革張りの診察台が置かれていた。しかも待合室に沢山の患者が来ていることが、より一層彼を高揚させた。実際、診療所は混み合っていたため、アーカート医師や薬剤師のギャッジに挨拶するのもあとにして、すぐ仕事を始めたくらいだ。

椅子に座って、彼は最初の患者を呼び入れた。その男は単に診断書を求めてきただけで、ついでのように「膝の打撲だ」と言い添えた。アンドルーが診察すると確かに膝に痛みがあるため、就業不可の診断書を発行した。

二人目の患者を呼び入れると、彼も診断書希望で、めまい症だと告げた。三人目は気管支炎の診断書で、四人目も肘の打撲の診断書だ。

――いったいどういうことなのか？

不安を覚えて、アンドルーは立ち上がった。ただ診断書を書くだけの作業に、結構な時間を費やしている。患者はほかにも沢山いるのだ。彼は待合室に顔を出して見回した。

「診断書の希望者は、どれくらいいる？　立ってくれないか？」

待合室にいた四十人ばかりが、一斉に立ち上がった。アンドルーは呆気にとられながらも、懸命に考えた。これだけの人数を丁寧に診察しながらひとりひとり診断書を書いていたら、とても仕事は終わらない。やむなく彼は、細かい診察は別の機会にして、とにかく速やかに進めていくことにした。

それでも、最後の患者を帰したのは十時半だった。そのタイミングで、診察室に赤黒い顔の年配の男が入ってきて、アンドルーの前に立ちはだかった。傲然たるカイゼル髭を蓄えた顔を、無闇に突き出した気の短そうな老人だ。ツイードの上着のポケットは、パイプやハンカチやリンゴやカテーテルなどが押し込まれて、ぱんぱんに膨れ上がっている上に、薬品や石炭酸や煙草などの様々な臭いを漂わせている。アンドルーは、アーカート医師だと直感した。

「なんだ、おいお前」

初対面の挨拶も握手も抜きにしてアーカートが髭を動かした。

「二日間もどこに行ってたんだ。おかげでお前さんの分まで働かされていたんだぞ。だが、まあいい。良かろう。これ以上は言うまい。心身ともに元気そうな男が来てくれたのは、ありがたいことだからな。パイプは吸うか？」

「吸います」

「結構だ。ヴァイオリンは？」

「いいえ」

「わしも駄目だ。だが作るのは自信がある。それから陶磁器のコレクターでもある。本に名前が載るくらいにな。いつか家に来たら見せてやろう。知っとると思うが、わしの家はこのすぐ近くだ。それじゃついて来い、ギャッジに会わせてやる。人付き合いが苦手な、哀れな男なんだ」

アンドルーはアーカートについて、待合室を通り抜け、調剤室に入っていった。そこにいたのは、わずかに黒髪が残った禿頭に、黒い頬髭をだらりと垂らした、ひょろ長く痩せ細った男だった。ほとんど屍のように活気がなく、陰鬱な空気をまとったその男が、薬剤師のギャッジだ。

アンドルーに気付いたギャッジは、わずかに頷いただけだった。薬の染みがあちこちについた古びた上着を着ていて、手首も背中も痩せて、骨が浮いて見えた。これほど悲しげで絶望的な空気は、なかなか目にするものではないだろう。ギャッジはちょうど最後の患者の薬を調剤し終えたところだったが、錠剤の入ったその箱を、殺鼠剤か何かのように、薬の受け取り窓の外に放り出していた。まるで「好きにしてくれ。どうせあんたは死ぬんだ」とでもいうような態度だ。

「どうだ」

アーカートがギャッジを紹介しながら振り返った。

「こいつがギャッジだ。ひどく陰鬱な男だろう。ヒマシ油とチャールズ・ブラッドローしか信じていない男だ」

つまり下剤と無神論者以外は、何も信用していないということである。

「さて、なにかわからんことはあるか？」

「ひたすら診断書ばかり書かされたことが気になっています。今朝来た患者の中には、普通に仕事ができるように見えた人もいました」

「ああ、なるほど、レスリーは何人来ようと気にしなかったがな。奴にとって診察するという行為は、きっちり五秒脈をとる、ということと同義だ。そのほかは何もしなかったし、何も気にかけなかった」

アンドルーは思わず答えた。

「しかし世間的にはどうでしょうか。医者が商品券みたいに、言われるままに診断書を発行するなんて……」

アーカートはじろりとひと睨みして続けた。

「気を付けるんだな。お前さんが診断書を書かなけりゃ、連中はすぐ掌を返すぞ」

二人のやりとりを聞いていたギャッジが、初めて憂鬱そうに嘆息を漏らした。

「彼らの半分は悪いところなんてありゃしない……。ただの怠け者ですよ」

おそらくそれは、ギャッジにとって、その日の最初で最後の発言であろう。

そのあと往診に出かけながらも、アンドルーは診断書について悩み続けた。往診はまだ不慣れで、馴染みのない土地であるから、一度ならず引き返したり、同じ通りを行ったり来たりしなければならず、思っていたよりはるかに重労働だった。その上、彼の担当地区は、トム・ケトルズも大変だと言っていたマーディ・ヒルの一帯であったから、一つの家並みから隣へ移るのにも、急峻な坂を上り下りしなければならなかった。

往診を終え、午後の診察が始まるまでに、アンドルーはひとつの不愉快な結論に達せざるを得なかった。どう考えても、場当たり的な診断書をこれ以上書くべきではなかった。医師として、それは間違った行為だ。彼は眉間に皺を寄せ、決然たる態度で診察室に出て行った。

午前に比べて、患者はむしろ多いくらいだった。入ってきた最初の患者は、でっぷりと太っている上に、ひどいビールの臭いを漂わせていて、一日しっかり働いたことなど一度もないのではないかと思われるような男だ。五十五歳くらいのその男は、豚のような小さな目をアンドルーに向けて瞬きした。

「診断書だ」

横柄な声で告げた。

「何の？」

「めまい症」

男は、早くよこせと言わんばかりに、手を差し出した。

「名前はチェンキン。ベン・チェンキン」

その態度だけで、アンドルーはもう癇に障ってチェンキンを見返した。一見しただけで、チェンキンに眼振もふらつきもないことは明白だった。ギャッジから聞くまでもなく、鉱員の中には、「めまい症によるふらつき」を理由に、何年間も補償金を受け取っている者たちがいることは知っていた。ゆえにアンドルーは、この夕方の診察室に検眼鏡を持ってきていた。彼は、はっきりさせるべく、椅子から立ち上がった。

「服を脱いで」

チェンキンは思わず「なんでだ？」と聞き返していた。

「診察をするんだ」

チェンキンは戸惑いつつも、しぶしぶ頷いた。彼の記憶にある限り、レスリー医師のもとに通っていた数年間に、診察を受けたことなど一度もなかったのである。チェンキンはふてくされた顔で、帽子、上着、赤と青の縞のワイシャツを脱いで、脂肪にくるまれた毛深い体を露わにした。

アンドルーは入念に、詳細に診察した。特に目は、検眼鏡を用いて網膜の細部にわたって確認し、険しい口調で言った。

「服を着てくれ、チェンキン」

椅子に座り、ペンを手に取って、診断書に素早く書き込んだ。

「は！」とチェンキンが鼻で笑った。

「書いてくれりゃ、それでいいんだ」

「次の方、どうぞ」

アンドルーは次の患者を呼び入れた。その間にチェンキンはひったくるように、アンドルーの手からピンク色の紙をつかみ取り、大股で、勝ち誇ったような態度で出て行った。

しかし五分もたたぬうちに、チェンキンが怒鳴り声を上げながら戻ってきた。怒り狂った雄牛のような勢いで、待合室の人々を押し分けて乗り込んできた。

「見てくれ、ひでえ内容だ！　これはどういう意味だ、おい！」

診察室に入ってくるなりチェンキンは、アンドルーの前に診断書を突きつけた。

アンドルーはそれを読むふりをしたが、わざわざ確認するまでもない。つい先ほど彼自身が書いたのだ。


ベン・チェンキンには、飲酒過多の兆候を認めるものの、完全に就労可能であることをここに認定する。

医学士　A・マンスン

「それで？」

アンドルーは顔を上げた。

「めまい症だ！」

吠えるようにチェンキンは叫んだ。

「めまい症の診断書だって言ってるじゃねえか。馬鹿にするんじゃねえ。十五年間ずっとめまい症でやってきたんだ」

「今はもう大丈夫だ」

アンドルーは答えた。待合室の患者たちは開いたままの戸口に群がって、聞き耳を立てていた。隣の診察室から様子を見に出てきたアーカートの頭も見えた。ギャッジが薬の受け取り窓から、驚いた顔でこちらを覗き込んでいた。

「もう一度だけ言うぜ。めまい症の診断書を書いてくれや」

凄みを利かせたチェンキンに、むしろアンドルーの方が怒りを爆発させた。

「そんなものはない！」

ベン・チェンキンの大きな腹が波打った。

「さっさと出て行け。さもないと放り出すぞ！」

今にも飛びかからんばかりのアンドルーの怒鳴り声に、チェンキンは呆気にとられていたが、やがて下品な捨て台詞を吐き捨てて、診察室から出て行った。

すぐにギャッジが調剤室を出て、アンドルーのもとにやってきた。

「あなたはあの男が、どういう奴かご存じなんですか。ベン・チェンキンの息子は、委員会の実力者ですよ」

悲しげな笑みを浮かべて、ギャッジは両手をこすり合わせた。

第五話　暗転

ベン・チェンキン事件の影響はかなり大きく、たちまちアンドルーの担当地域に広がった。卑怯を押し通そうとしたベンが、逆に怒鳴りつけられたあげくに、就業可能の診断を下されたという事実を、一部の人は「愉快だ」と噂して喜んだ。そして、もっと一部のわずかな人たちは「最高に愉快だ」と手を叩いて大喜びした。しかし大多数はベンの味方だった。すべての「補償金患者たち」――つまり就業不能を理由に補償金を受け取ろうとする人々――は、この新任の医師に特に冷淡だった。往診に出かけると、敵意に満ちた視線を向けられることが当たり前になった。のみならず、夜、診療所に戻ると、彼は自分がいかに嫌われているかという事実と否応なく直面させられた。

各診療所で働く助手の医師たちには、名目上の担当地区が割り当てられていたが、労働者たちは直接自分で主治医を選ぶ権利を持っていた。労働者たちはそれぞれ、組合が発行した「医療カード」というものを持っていて各担当医に預けてあるのだが、それを受け取って、別の医師に渡しさえすれば、主治医を変更することができるのである。

アンドルーを公然と侮辱するような事態が始まった。その週は毎晩のように、顔も見たこともない男たちが診療所にやってきて、「すみませんが、先生。カードをいただけますか」と言うのだ。直接会うのが気後れする者は、妻を送り込んできた。

机の上の箱から医療カードを引き出す作業は、耐えがたいほど惨めで屈辱的だった。しかもカードが一枚引き抜かれるごとに、彼の給料からは十シリングが差し引かれることになっているのである。

そんな中、土曜日の夜、アーカートが彼を家に招いた。この老医師は、ここ一週間、短気な顔に微妙に弁解するような空気を漂わせていたが、その夜は、すぐには本題に入らず、自慢の宝物を見せることから始めた。

アーカートは、自作した黄色いヴァイオリンを二十丁も持っていて、壁に掛けていたが、その周りに並んだ英国古陶器の見事なコレクションに比べれば、手作りのヴァイオリンなどものの数には入らなかった。

四十年の診療に支えられてきた陶器コレクションは、実に堂々たるものであった。ウェッジウッド、スポード、クラウン・ダービー、そして何よりもオールド・スウォンジー——すべてがあった。皿やマグカップ、ボウル、ティーカップ、水差しなど——が、家中のどの部屋にもいっぱいに並べられており、浴室にまで溢れ出していた。トイレに座ったときでさえ、アーカートは得意げに、柳文様の古い茶器を眺めることができるのである。

事実、陶器はアーカートの情熱そのものであって、それを手に入れる手際は、ほとんど老《ろう》獪《かい》と言って良いほどだ。往診先で彼の言うところのいわゆる「掘り出し物」を見つけると、アーカートは、不屈の精神で往診を繰り返し、そのつど他人の所有物であるそれを情熱的な物思いに沈んだ目で見つめ続けるのである。しまいには、その家の善良なる主婦が根負けして、

「先生、本当にあれを気に入ってらっしゃるのですね。私にはよくわかりませんから、どうぞもうお持ち帰りください」

そんな風に告げるのである。

もちろんアーカートは、いったんは慇懃に辞退するのだが、結局その戦利品を優しい手つきで新聞紙に包み、躍るような足取りで家に持ち帰り、大切に棚に飾った。

町では老医師は、変わり者で知られていた。彼は六十歳だと言っていたが、七十歳か場合によっては八十近いかもしれない。クジラ髭のように丈夫であり、一足の革靴に足を押し込んで、驚くほど遠くの家まで歩いて往診し、患者に向かってひどい悪態をつくこともあれば、優しくいたわりの声をかけることもあった。十一年前に妻を亡くしてからは、缶詰のスープばかりで暮らしているという噂だ。

この夜、彼はコレクションを誇らしげに披露していたが、突然不快げな声をアンドルーに投げつけた。

「くそ、わしは別にお前さんの患者がほしいなんて思っちゃいないんだ。自分の分で沢山だ。だからといって、わしの診察室に押しかけて来た連中を、放っておくわけにもいかん。まさか東部診療所まで行かせるわけにもいかんからな。ちと遠い」

アンドルーは顔を赤くして押し黙った。返す言葉もないのである。

「もう少し注意深くやってもらいたいな」

アーカートは、いくらか語調を和らげた。

「ああ、わかっとる、わかっとる。お前さんは、難攻不落のバビロンの城砦をぶち壊したいのだろう。わしも若いときはそうだった。しかし結局、ゆっくりと、楽な道を進み、飛び越える溝があるときは慎重にだ。じゃあおやすみ、奥さんにもよろしく言ってくれ」

アーカートの話は、始まりと同じくらい、終わりも唐突だった。

それからは、アーカートの言葉を心に留めて、アンドルーは注意深く行動するように努めたが、それにもかかわらず、まもなくはるかに大きな災難がふりかかってきた。

次の月曜日、アンドルーはセファン・ストリートのトム・エヴァンズの家に向かっていた。エヴァンズはアベララウ炭鉱の鉱員で、左腕に熱湯の瓶をひっくり返したという連絡が来たのだ。アンドルーが着いたのは、事故現場にちょうど居合わせたこの区域の巡回看護師が、傷にカロン油を塗る処置をして、立ち去ったあとだった。

アンドルーは慎重に創部を診察しながら、顔をしかめた。明らかに重度の熱傷で、範囲も広く、特に肘の辺りは目も当てられなかった。しかし何よりも、看護師が施した不潔な処置に戦慄を覚えた。

視線を巡らせると、部屋の片隅に新聞紙に包まれたカロン油の瓶があるのが目に入った。カロン油自体は、石灰軟膏の一種で、熱傷に用いることはある。しかし保管状態がひどかった。瓶の中には汚い白っぽい液体が揺れており、雑菌の培養槽のようになっていた。

「看護師のロイドさんが、しっかり手当してくれたんですよ、先生」

エヴァンズがぐったりしたまま答えた。

黒い目をしたとてもがっしりとした体格の若者で、傍には妻が寄り添っていて、夫と同じくらい不安げにアンドルーを見返していた。

「見事な処置だね」

アンドルーは大げさに感嘆の言葉を口にした。

「こんなに行き届いた処置はなかなか見られない。ただあくまで応急の処置だ。ピクリン酸を追加で塗っておいた方がいいだろう」

一刻も早く腕を消毒しなければ、確実に感染症を起こすだろう。消毒したとしても、肘関節が無事に済むかどうかは、神様次第という状況だ。

アンドルーが丁寧に慎重に腕を洗浄し、ピクリン酸軟膏を塗っている間、夫婦は心配そうにじっと見つめていた。

「これでいい」

アンドルーはひと息ついた。

「少しは楽になったんじゃないか？」

「よくわかりません」

エヴァンズが答えた。

「これで良くなるんですか、先生」

「大丈夫だ」

アンドルーは元気づけるように笑った。

「看護師と私に任せてくれればいい」

家を出る前に、彼は担当看護師にメモを残した。看護師を不必要に刺激しないよう細心の注意を払った手紙だ。相手の適切な応急処置に感謝を述べたあと、敗血症を避けるためにピクリン酸の塗布を続けてほしい旨を記載したのである。

しかし翌朝彼が様子を見に行くと、彼が巻いたピクリン酸の包帯は暖炉の中に投げ込まれ、腕にはまたたっぷりとカロン油が塗られていた。そして完全に戦闘態勢の整った担当看護師が、彼を待ち構えていた。

「いったいどういうことなのか、聞かせてもらいたいものですね、マンスン先生」

大柄で乱れた灰色の髪をした中年の女性看護師が、憤りをみなぎらせていた。胸が大きく盛り上がっていて、ものを言うのも苦しそうだった。

アンドルーは全身の力が抜けそうになったが、なけなしの忍耐を掻き集めて微笑を作った。

「ロイドさん、誤解しないでください。少し隣の部屋で話し合いませんか」

看護師は憤然としたまま、エヴァンズとその妻にちらりと視線を走らせた。妻の足下には、母親のスカートの裾をぎゅっと握りしめた三歳の娘の姿もあり、三人ともおびえながら、固唾を呑んで見守っていた。

「いいえ、ここで話しましょう。こそこそ隠れる必要はありません。私は潔白なんですから。アベララウで生まれて、アベララウで育ってきたんです。ここで学校に通い、結婚もして、子供も産んで、夫も看取りました。二十年間、巡回看護師として働き続けてきて、火傷にカロン油を使っちゃいけないなんて、聞いたこともありません」

「わかっています、看護師さん。カロン油だって使いようはいくらでもあります。しかしエヴァンズの傷に対しては、肘に拘縮が出る可能性がある」

アンドルーは、看護師の肘をとって実際に示してみせた。

「だから私はあなたに処置をお願いしたんです」

「そんな話、聞いたこともありませんし、アーカート先生だってそんな薬使いません。それにエヴァンズさんとも話しました。ここに来て一週間にもならない人の、得体の知れない処置なんか、納得できませんからね」

アンドルーの唇はからからに乾き、めまいさえ感じていた。

この目も当てられない直接衝突だけでなく、それに伴う悪影響を思えば、呆然とせざるを得なかった。このあと看護師は、家から家へと歩き回って自分の主張を吹聴して回るのだろう。正面から戦うには危険過ぎる相手だということを、アンドルーは理解していた。しかしだからといって、危うい処置を受けている患者を見過ごすわけにはいかない。

「看護師さん、もしあなたが処置をしてくれないのなら、私が朝晩やってきて、自分でやります」

「勝手にどうぞ」

ロイドは涙まで浮かべながら言い捨てた。

「エヴァンズさんがそれで良ければの話ですけどね」

次の瞬間には、ロイドは乱暴な足取りで家を出て行った。

黙ったまま、アンドルーはもう一度エヴァンズの処置をやり直した。三十分ほどかけて、その腕を辛抱強く洗浄し、包帯を巻きなおし、夜の九時にはまた来ると伝えて、家をあとにした。

その日の午後の外来で、最初に診察室に入ってきたのは、エヴァンズの妻だった。血の気の引いた顔で、おびえるように目を伏せていた。

「あの……先生」

口ごもりながら彼女は続けた。

「お手数をおかけして申し訳ないんですけど、トムのカードをいただいてもよろしいでしょうか」

絶望的な気分が、大波のようにアンドルーをさらっていった。それでもなんとか立ち上がり、黙ってトム・エヴァンズのカードを取り出して、妻に手渡した。

「おわかりだと思いますが、先生……あの、もう来ていただかなくて大丈夫ですので」

「わかってるよ、奥さん」

彼はやっとのことで答えた。

出て行こうとした彼女に、ほとんど無意識のうちにアンドルーは問いかけていた。問わずにはいられなかった。

「まだカロン油を塗っているのかい？」

彼女はぐっと唾を飲み込んでから頷くと、すぐに診察室から出て行った。

診療が終わると、いつもは飛ぶように帰路につくのだが、その日のアンドルーはヴェール・ビューへの道を、肩を落としてとぼとぼと歩いて行った。

――科学的手法の勝利か……。

苦々しさが胸に溢れた。自分が生真面目過ぎるのか、どうにも融通が利かないのか。不器用で愚かなのか。それとも、愚かで不器用なのか……。

夕食の間も、彼は黙ったままだった。かつて何もなかった居間には、快適な家具が置かれ、暖炉には明るい火が揺れていた。食事のあと、その暖炉の前に二人で並んで座っているうちに、アンドルーは、クリスティンの柔らかな胸に、そっと頭を預けていた。

「ああ……」

小さな呻き声が漏れた。

「ひどいことになってるんだ。始まったばかりだっていうのに」

クリスティンは慰めるように、アンドルーの額を優しく穏やかに撫でた。アンドルーの目に涙がにじんだ。

第六話　夜更けの訪問者

冬の到来は早く、十月の半ばには、ふいの大雪がアベララウを見舞っていた。高地にあるアベララウは、木の葉が落ちきる前に、厳しい霜に覆われるような土地なのである。

雪は夜通し静かに降り続け、クリスティンとアンドルーが目を覚ましたときには、一面の銀世界となっていた。山にすむ野生のポニーの群れが、庭の壊れた柵の間から入り込んで、家の裏口周りに集まっていた。アベララウ周辺の草木の茂る広大な草原地帯には、かなりの数のポニーが生息していて、彼らは普段人を見るとすぐ逃げ去るが、厳しい季節になると、食べ物を求めて郊外まで降りてくるのである。

冬中、クリスティンはポニーに餌を与えていた。馬たちは、最初は怖がって遠巻きにしていたが、やがて近づいてきて、最後には彼女の手から餌を食べるようになった。中でも一頭、もっとも小さい子馬が彼女の友達になった。いたずらっぽい目をした一頭で、真っ黒い鬣《たてがみ》を有しているのを見て、二人は『ダーキー』と名付けた。

ポニーたちは、パンのかけら、ジャガイモ、リンゴの皮からミカンの皮まで何でも食べた。一度いたずらで、アンドルーはダーキーに空のマッチ箱をやったが、ダーキーはむしゃむしゃとそれを食べ、上質のパテを味わった美食家のように、満足そうにぺろりと口周りを舐めた。

二人は貧しく、足りないものは山のようにあったが、幸福であった。アンドルーのポケットにはわずかなコインしかなかったが、奨学金の返済はほぼ終わっていたし、家具の分割払いも滞りなく支払えていた。クリスティンは、か細く、頼りない雰囲気を持っていたが、実際はいかにもヨークシャー生まれの堅実な女性であった。裏通りの鉱員の娘でジェニーという女の子が、週に数シリングで毎日手伝いに来ていたが、その助けだけで、クリスティンは広い家の中を隅々まで綺麗にした。多くの部屋のうち四つは家具も入れず、鍵をかけ、残りの部屋も簡素な設えしかなかったが、ヴェール・ビューには温かな家庭の空気があった。長い一日の診療を終え、疲れ切って倒れ込むように帰ってきたアンドルーは、彼女の温かな夕食に迎えられて、たちまち元気を取り戻すのである。

仕事は想定をはるかに超えて過酷なものだった。患者が多かったためではない。往診のたびに、雪の中、標高の高い、遠くの担当地域まで上り下りするのは、大変な重労働なのだ。昼間にいくらか溶けた雪道は、夜に再び凍りつく前にひどい泥道になる。その往復は、きわめて厳しく困難だった。アンドルーがあまりにズボンの裾を泥だらけにして帰ってくるので、クリスティンは彼のために、ゲートルを買った。夜、彼が疲れ切って戻ってきて玄関に座り込むと、クリスティンはスリッパを渡す前に、膝をついてゲートルと重たいブーツを脱がせてやった。義務感からではなく、愛情からそうしているのだった。

　町の人々は相変わらず疑い深い目を向けていた。この谷では血族結婚が当たり前だったこともあり、チェンキンには親戚が多かった。その沢山の親戚たちが、結束して厳しくアンドルーに敵対した。看護師のロイドも、アンドルーを目の敵にした。訪ねていった家々でお茶を飲みながら、女たちの世間話の中で、露骨に、かつ容赦なくアンドルーを攻撃した。

　これに加えて、彼は新たな焦燥感とも向き合わねばならなかった。ルウェリン医師が、許容範囲を超えて、彼を麻酔科医としてこき使ったのだ。アンドルーは麻酔という仕事を好まなかった。それは特殊なタイプの能力、すなわち、機械的な持久力と忍耐力を要する仕事であり、言うまでもなく彼のもっとも苦手な領域だった。もちろん自分の患者に対してなら、それでも全力を投入しただろうが、会ったこともない患者のために週に三日も呼び出されれば、救いがたい徒労感と疲弊感を覚えざるを得ない。それでも彼は、失職することを恐れて、表だった抗議の声を上げず、黙々と日々を過ごした。

　しかし十一月のある日、クリスティンは、アンドルーの様子がいつもと違うことに気が付いた。夜帰ってきたときも、いつもの朗らかな声を上げることがなかった。なんでもない顔をしてはいたが、眉間に皺があり、ちょっとした素振りにも苛立ちが垣間見え、なにか予想外の一撃を受けたことは明らかだった。

クリスティンは夕食の間は何も言わず、食後も暖炉の傍で黙って縫い物を始めた。アンドルーは彼女の傍に座り、パイプをくわえて、それから急に話し出した。

「僕は不平なんて言いたくないんだ、クリス。君を心配させるのも嫌だ。いつだって、自分ひとりで片付けようと思ってるんだよ」

そんなことを言いながらも、毎晩彼女に向かって洗いざらい吐き出すのだから、考えてみればおかしなことだったが、しかしクリスティンは笑わず、静かに耳を傾けていた。

「君も病院のことは知っているだろう。最初の夜、案内してもらったあの病院だ。そして僕がどんなに病院を気に入って、散々褒めて、いい仕事ができるんだと喜んだことも覚えているはずだ。僕らの小さなアベララウ病院について、いろんな思いを話したじゃないか」

「ええ、覚えてる」

アンドルーは硬い口調で続けた。

「今さら自分を欺いても仕方がない。あれはアベララウ病院じゃない。ルウェリン病院だ」

クリスティンは何も言わなかった。気遣うような目を向けたまま、次の言葉を待っていた。

「今朝、僕のところに患者がひとりやってきたんだ、クリス」

彼は段々早口になりながら、

「無煙炭鉱の採掘工のひとりで、初期の肺尖部《はいせんぶ》結核の症例だ。君にはよく話してきたと思うが、僕は彼らの肺の状態にとても関心を持っている。この分野には、広大な研究領域があると確信しているんだ。これこそ入院させて診るべき最初の症例だった。経過を記録し、科学的に分析を進める絶好のチャンスなんだ。だからルウェリンに電話して、患者を診にきてくれと頼んだ。そうすれば、すぐに入院させられるんだから！」

　彼は大きく息をつくと、すぐに続けた。

「すぐにルウェリンが、例の高級車でやってきた。診察する様子は間違いなく立派だった。仕事っぷりは、確かに一流だと言っていい。僕が見落としたことをひとつ二つ指摘して、診断を下して、入院が必要だってことにも完璧に同意してくれた。だから僕は、その場で感謝を伝えた。あの優れた設備のある場所で、自分の患者を診られることがどんなにありがたいか、心から礼を伝えたんだ」

　アンドルーは歯を食いしばるように、ちょっと口をつぐんだ。

「けれどルウェリンは僕を見て言ったんだよ、クリス。優しく親しげにね。『君がわざわざ病院に来る必要はないよ、マンスン。あとは私の管轄だ。君たち助手に、院内をうろうろされちゃ、うるさくていかん』てさ。奴は僕のゲートルとブーツに目を向けて言ったんだ。『鋲底の登山靴は、特にやかましいからね』」

　アンドルーは喉が詰まったように、言葉を途切れさせた。

「ああ……なんて扱いだ。要するにこういうことだ。僕が毎日、びしょ濡れのレインコートと泥だらけのブーツで、鉱員たちの家を歩き回って、汚れたキッチンで診察し、薄暗い寝室で治療するのは、一向に差し支えない。しかしいったん病院に入れば――ああ、麻酔薬を吸わせる以外は――何もするなというわけだ」

ふいに電話が鳴り響いた。いたわりの目を向けていたクリスティンがすぐに立ち上がって、電話を受けに行った。玄関ホールで何か話していたクリスティンは、やがて躊躇いがちに、戻ってきた。

「ルウェリン先生からよ。とても……とても大変だと思うけど、明日の十一時に来てほしいって……。麻酔のために」

アンドルーは答えなかった。固く握りしめた拳の間に、がっくりと頭を垂れていた。

クリスティンは心配そうに小声で問うた。

「なんて答えればいい？　アンドルー」

「くたばりやがれ、と言ってくれ」

鋭く叫んでから、すぐに額に手を当てて、

「いや、違う。十一時に行くと言ってくれ」

苦々しく、そして弱々しく付け加えた。

「十一時きっかりに行くってさ」

やがてクリスティンは、温かな珈琲を持って戻ってきた。憂鬱に飲まれたアンドルーを励ますための、効果的な工夫のひとつだ。

　珈琲を飲んだアンドルーは、強張った笑みを浮かべた。

「君がいてくれれば、僕は幸福なんだよ、クリス。ただ、もう少し仕事がうまくいってくれれば！　もちろん、ルウェリンが僕を病院から締め出したって、それが個人的な感情とか、非常識だとかそういうものじゃないことはわかってる。ロンドンでも同じだ。どこの病院だって同じことなんだ。町医者はありきたりの一般診療だけをやり、入院が必要になったら、あとは病院にいる偉い医者が診る。町医者は一切口出しができない。そういう制度なんだ、昔からの慣習なんだよ」

　大きく息をついてから、でも、とアンドルーは続ける。

「でもなんでそんなことになっているんだ、クリス。なぜ、町医者は患者を入院させた途端、手を引かなけりゃいけない？　僕らは、専門医を持っていないってだけで、せっかく診ていた患者から、完全に切り離されてしまうんだ。この国の古びた制度のおかげだよ。こいつは間違ってるんだ。完全に間違ってる。だいたいなぜ、こんなことで僕は君につまらない演説をしなけりゃいけない？　僕らは僕ら自身のことで、山ほど心配事があるってのに……」

　アンドルーは、頭を抱え込むようにして、床に視線を落とした。

「ここに初めて来たとき、僕はどんなに張り切っていたことか。どんなに楽しみにしていたことか……。それなのに、起こること起こること、悪いことばかりだ！」

そんな厳しい日々の中、週末になって、アンドルーは思いがけない訪問者を迎えていた。夜も更け、彼とクリスティンが二階に上がろうとしたところで、ふいに呼び鈴が鳴り響いた。開けたドアの向こうに立っていたのは、委員会の書記官オーウェンだった。

アンドルーは血の気が引く思いだった。夜更けの玄関に立つ書記官の姿は、この数ヶ月間の様々なトラブルの末に行き着いた、不吉な総決算に見えたのだ。

委員会は、辞職を要求するつもりだろうか。自分は首になり、哀れな失敗者として、クリスティンとともに、路上に放り出されるのだろうか。書記官の遠慮がちな顔を見て、アンドルーは胸が締め付けられるような心地がした。そんなアンドルーに、しかしオーウェンは黙って黄色いカードを差し出した。それは、今ではすっかり見慣れた医療カードだった。

「こんな遅い時間に申し訳ありません、マンスン先生」

オーウェンの穏やかな声が玄関ホールに響いた。

「仕事がなかなか終わりませんで、診療所の方に出向く時間が取れなかったのです。実は私のカードを先生にお預けしたいと思いまして。委員会の書記ともあろう者が情けない話ですが、まだかかりつけの先生を決めていなかったのです。カーディフにいたとき以来、医者にかかったことがなかったものですから。もしよろしければ、先生の患者リストに加えていただけますか？」

アンドルーは言葉が出てこなかった。彼はどれほど辛い思いをしながら、このカードを多くの人に手渡してきたことだろうか。今それを、書記官の手から受け取るということに、彼は戸惑わずにはいられなかった。やがてゆっくりと安堵と安心が胸に広がっていった。

「ありがとう、オーウェンさん……。私は……私はとても嬉しく思います」

すぐ後ろにいたクリスティンが口を挟んだ。

「オーウェンさん、少し上がって行きませんか？」

こんな時間に迷惑をかけてはいけないと言いつつも、書記官は招き入れられることが嬉しい様子だった。彼は居間の椅子に腰を下ろすと、しばし物静かに、暖炉の火を見つめていた。服装も話し方も、普通の労働者たちと特に変わった様子のない人物だったが、彼には熟慮に裏打ちされた落ち着きがあった。それは幾多の苦行を乗り越えてきた者特有の静寂と言っても良いかもしれない。

オーウェンが口を開いた。

「お話する機会ができて、嬉しい限りです、先生。最初につまずいたからといって、あんまり落ち込んじゃいけません。ここの連中は頑固で堅苦しいところはありますが、みんな気のいい連中です。じきに戻ってきますよ。みんな戻ってきます」

アンドルーが何か言うより早く、オーウェンは語を継いだ。

「トム・エヴァンズの件は聞きましたか？　まだ？　彼の腕はひどく悪くなっています。あなたが恐れていた通りになった。彼の肘は硬く曲がったまま拘縮して、使い物にならなくなって、炭鉱の仕事も失ってしまった。その上、自宅で火傷を負ったから、補償金ももらえないようです」

アンドルーはがっくりと肩を落とした。エヴァンズ自身に何か恨みがあるわけではない。とにかく、適切な処置さえできれば、そこまで悪くはならなかったと思えば、残念というしかないのである。

オーウェンはまた沈黙に戻ったが、やがて静かな声で、今日まで自分がなんとか乗り越えてきた様々な苦悩について語り始めた。十四歳の年から鉱員として働き始め、夜間学校に通い、タイプライターと速記を学びながら少しずつ自分を鍛え、最後には、委員会の書記の地位を獲得するまでの話だ。

オーウェンがその全人生を、労働者の生活を改善するために捧げてきたことが、アンドルーにも理解できた。理想を実現する場所として、オーウェンは委員会の仕事に情熱を捧げていた。彼の目標は、単に優れた医療設備を整えることだけではなかった。快適な家、快適な衛生施設、そして鉱員だけでなくその家族まで含めた、より快適で安全な生活環境を思い描いていた。話しながら、鉱員の妻たちの妊産婦死亡率や、乳幼児死亡率を引き合いに出した。それだけでなく、あらゆる数字、あらゆる事実に精通していた。

けれども、彼は話すばかりではなく、熱心な聞き手でもあった。アンドルーがブライネリでの腸チフスの流行と下水道の話をしたときには、声を上げて笑った。一方で、無煙炭鉱の労働者が、他の地下労働者と比べて明らかに肺疾患の罹患率が高いという話には、強い関心を示した。

オーウェンの態度に刺激されて、アンドルーの声も熱を帯びていった。アンドルーがこれまで詳細に調べ上げてきた結果によると、実に多くの無煙炭鉱の鉱員たちが、無症候性の肺疾患にかかっていた。その割合の高さに、オーウェンも衝撃を受けたようだ。ブライネリでは、咳やちょっとした痰が出ると訴える採掘工の多くが、実は、軽症ないしは進行期の肺結核であったのだ。そしてこのアベララウでも同様の傾向を、アンドルーは確認していた。ここに至って彼は、この職業と疾患の間に、何か密接な関係があるのではないかと疑い始めていた。

「私の言っている意味がわかりますか？」

アンドルーは強い語調で言った。

「鉱員たちは一日中、ひどい埃の中で働いています。つまり大量の石炭の粉塵の中にいて、それを肺に吸い込んでいるんです。これが疾患の原因になっているんじゃないかと思うんです。例えば採掘工は、鉱山の中でももっともひどい粉塵の中で働いていますが、彼らは、運搬人たちよりも罹患率がかなり高いように見えるんです。ええ、もちろん私は間違っているかもしれません。けれど、そう思えてならない。――しかし、ああ、私がとても落ち着いていられないのは、この領域はほとんど調査が進んでいないからなんです。内務省の職業病の一覧には、これについて何も記されていない。だから彼らは、病気に倒れても、一ペンスの補償金だってもらえないんです」

　オーウェンが身を乗り出していた。

「なんてことだ……」

　その青白い顔に生き生きとした興奮を燃え上がらせていた。

「先生。あなたの言う通りです。こんな重要な話は、いまだかつて聞いたことがない」

　議論はその後もまったく尽きることはなく、夜半になって、書記官はようやく帰っていった。長居したことを謝罪しながら、是非とも研究を進めてくれるようアンドルーを熱心に励まし、そのための助力は惜しまないと約束した。

　オーウェンが去ったあとも、玄関ホールには、なお誠意に満ちた温かな空気が残っていた。そしてアンドルーは、自分が委員会から任命を受けたときを思い出しながら、改めて思った。

　この人こそ、自分の友人だと。

第七話　ヴォーン家

書記官がアンドルーに医療カードを預けたというニュースはたちまち町に広がり、この新人ドクターの不人気をいくらか和らげる働きをした。

そんな実際の効果は別としても、書記官の訪問を二人は心から喜んだ。二人の家庭は、町の中で完全に孤立していたのだ。クリスティンは何も言わなかったが、アンドルーが長く家を空けている時間に、孤独を感じることが少なくなかった。鉱山会社の役員の妻たちは、自己顕示欲が強く、わざわざ助手の医師の妻たちを訪ねてくるようなことはなかった。変わらぬ好意とカーディフへの愉快な自動車旅行を約束したはずのルウェリン夫人は、クリスティンが不在の間に名刺を置いていっただけで、以後顔を見せることはなかった。他の助手の医師たちにも妻はいた。東部診療所のメドリー医師の妻は元気のない白ウサギのような女性で、オックスボロー医師の妻は、ひょろりと背が高い、熱心な西アフリカ教会の信者であった。前者はほとんど会話がなく、後者は崇高な伝道について延々と一時間以上話し続けるような人だった。総じて、助手やその妻たちには、交流や団結の意識はないようだった。互いに無関心で、存在感もなく、ともすれば、町の人々から軽んじられても仕方がないといった投げやりな空気さえ漂っていた。

十二月のある午後、森の中の裏道を通ってアンドルーがヴェール・ビューへ帰ってくる途中、同年代のすらりと背の高い青年が近づいてくるのに気が付いた。この土地の実力者の息子であるリチャード・ヴォーンだった。アンドルーは反射的に脇道へ避けようとしたが、すぐに思い返した。

――なぜ僕が避けなきゃいけない？　ふん、誰だって構うものか。

目を背けてそのまま通り過ぎようとしたとき、先方から親しげな口調で話しかけてきたことに、アンドルーは驚いた。

「やあ、ベン・チェンキンの野郎を仕事に戻したんだってな」

アンドルーは足を止め、油断なく相手を見返した。

「それがどうした？　君のためにやったわけじゃない」

そんな返答でも、彼なりに丁重に応じたつもりだった。エドウィン・ヴォーンの息子だからといって、無闇にへりくだる必要はないのである。

ヴォーン家は、アベラウ炭鉱会社の実質上の所有者で、一帯の採掘権のすべてを手にしている。いわば大金持ちの特権階級で、近寄りがたい一家だ。父親のエドウィン老人はもうブレコンに隠居しているため、ひとり息子のリチャードが会社の責任者であり、最近結婚して、この近くの町を見渡す丘の上に現代的な豪邸を建てたばかりであった。

アンドルーを眺めながら、リチャードは口髭を引っ張りつつ言った。

「ベンの顔を見たかったぜ。さぞ面白い顔をしたんだろ？」

「特別面白いものでもない」

いかにもスコットランド人らしい頑なな反応に、ヴォーンは微笑を引きつらせたが、あくまで気さくな口調で続けた。

「君の家は、うちの一番のご近所になったんだ。妻が、先週までスイスに行っていたんだが、君の奥さんを訪ねたいと言っていた。もちろん君のとこが落ち着いていればの話だがね」

「どうもありがとう」

ぶっきらぼうに応じると、アンドルーは背を向けて歩き去った。

その晩、お茶を飲みながら、アンドルーはこの件をクリスティンに皮肉たっぷりに話した。

「どういうつもりだろう。聞いてみたいものさ。この前、大通りであいつがルウェリンに行き合うのを見たことがあるけど、軽く会釈しただけで、今日みたいな態度じゃなかった。もしかしたら僕に、もう数人の『療養中』の鉱員を引っ張り出させて、鉱山に放り込みたいのかもしれない」

「いけない、アンドルー。あなたの悪いところよ。みんな疑ってかかるんだから」

「疑っても仕方のない相手さ。無礼で嫌みで、金が大好きで、ろくでもない顔の下に似合いもしないネクタイをぶらさげて、『妻が君の奥さんを訪ねるつもりだ』と言うわけだ。この妻というのが、僕がマーディ・ヒルの雪と泥の中を必死で歩き回っている間、アルプスで歌を歌って過ごしていたってご婦人だ。のん気な女の顔が目に浮かぶよ。本当にうちに来たら……」

アンドルーは妙に乱暴な口調になって、

「せいぜい気を付けるんだぞ。偉そうな顔をさせないようにな」

クリスティンはその言葉を聞くと、ここ数ヶ月の新婚生活で一度も見せたことのないような素っ気ない口調で答えた。

「それくらい、言われなくてもわかってる」

しかし、アンドルーが気を付けるように言ったにもかかわらず、数日後クリスティンを訪ねてきたヴォーン夫人は、単なる礼儀的な訪問以上に、長く話し込んで帰っていったようだった。夕方アンドルーが帰ると、軽く頬を紅潮させたクリスティンの様子には、いかにも楽しい時間を過ごしたという雰囲気が垣間見えた。アンドルーの皮肉な詮索は聞き流したが、楽しいひと時だったことは笑顔で認めた。

アンドルーはからかうように言った。

「君はきっと、家宝の銀の皿や、貴重な陶器の器や、金のサモワールでお迎えしたんだな。ああ、それからパリー菓子店のケーキもか」

「いいえ、パンとバターと、古いティーポットだけよ」

落ち着いた返事のクリスティンに、アンドルーはあざ笑うように片眉を上げた。

「それで奥様は満足してくれた？」

「きっとね」

会話のあと、アンドルーは妙に胸の奥が苦しくなった。その感情がなんなのか、彼にはよくわからなかった。

十日後、ヴォーン夫人が電話をかけてきて、二人を夕食に誘ったことに、アンドルーはおおいに驚かされた。クリスティンはちょうどキッチンでケーキを焼いていたため、アンドルーが電話に出ていた。

「残念ですが……」

アンドルーは戸惑いがちに、

「それは難しいと思います。毎晩九時近くまで診療がありますから」

「でも日曜日なら大丈夫でしょう？」

夫人の声は無邪気で明るかった。

「次の日曜日の夕食よ。よろしいでしょ。楽しみにお待ちしていますね」

彼はクリスティンのもとに戻っていった。

「君のお上品なお友達が、僕らを夕食にどうぞってさ。とても無理だよ。来週の日曜の夜だって、間違いなく急患が来るさ」

「ねえ、アンドルー。ときには私の言うことを聞いて」

突然の招待に彼女は明るく目を輝かせながら、いつになく強い口調で続けた。

「変なことを言うのはもうやめて。もちろん私たちは貧乏だし、そのことはみんな知ってる。あなたは古服を着てるし、私は台所仕事に追われてる。でもそんなことはどうでもいいじゃない。あなたはお医者さん、それもとても立派なお医者さんで、私はあなたの妻よ」

話している間に、クリスティンの口調も表情も少しずつ和らいできた。

「聞いてくれてる？　驚くかもしれないけど、私、婚礼衣装とか綺麗なものはみんな押し入れの奥にしまい込んだの。着飾ってる余裕なんて全然ないから。そういう私たちに比べて、ヴォーンさんたちは、とてもお金持ちかもしれないけど、それは、あの人たちが、親切で楽しくて賢い人たちだってことと何の関係もない。私はあなたと一緒にいればとても幸せだけれど、私たちには友人も必要だと思う。あの人たちの方から声をかけてくれているのに、どうして断らないといけないの？　貧乏だからって恥ずかしがることもない。お金も地位も、そんなことはみんな忘れて、人として自然にお付き合いすることも、とても大事じゃない？」

「ああ、わかったよ……」

いつにないクリスティンの熱心な口ぶりに、アンドルーはしぶしぶ答えた。

日曜日、アンドルーは表面上は大人しい顔をして、クリスティンとともに家を出た。緩やかな坂道を下り、森を抜けると、丘の上に目的の屋敷が見えてきた。テニスコートが配置された手入れの行き届いた小道を歩きながら、さっそくアンドルーは皮肉めいた口調でつぶやいた。

「僕が燕尾服を着ていないのを見たら、入れてくれないかもな」

しかし予想に反して、二人は朗らかに迎え入れられた。

ヴォーンは骨張った粗野な顔に歓迎の笑みを浮かべ、ヴォーン夫人も飾り気のない気さくな微笑で現れた。ほかに二人の先客があった。チャリス教授とその妻で、二人は週末をヴォーン家で過ごしているという。

最初のカクテルは、アンドルーが今まで口にしたことのないものだった。それを飲んだ部屋も、長い子鹿の絨毯を敷いた豪奢な広間で、花や書物や、使い込まれた美しい家具が並んでいた。クリスティンは、ヴォーン夫妻や、目元に可愛い皺のあるチャリス老婦人と快活に話していた。なんとなく孤立し、溶け込んでいない感じがしたアンドルーは、恐る恐る、豊かな白髭を蓄えたチャリス教授に歩み寄った。教授は、ちょうど楽しげに三杯目のカクテルを飲み干したところだった。

「明朗にして若き医学者先生、ひとつちょっとした研究を引き受けてくれんかね」

チャリスの方からアンドルーに笑いかけてきた。

「『マティーニにおけるオリーブの実の本当の役割について』というやつだ。どうかな？先に言っておくが、私は私なりの見解を持っとる。先生はどんな風に考えとるかね？」

「いえ……」

突拍子もない話に、アンドルーは口ごもらざるを得なかった。

「私は……その、そういったことは……」

「あくまで私の理屈だがね」

チャリスが目尻に皺を寄せて、いたずらっぽく笑う。

「バーテンダーや、我らの友人ヴォーンのような、腹黒い連中の陰謀だよ。アルキメデスの原理に則った搾取という奴だな」

ふさふさした眉の下で、素早く瞬きをしてみせた。

「グラスの中にオリーブを投入することで、その体積分だけ、ジンを節約できるというわけだ」

アンドルーは自分の無粋さに、笑うことさえできなかった。

もともと社交は苦手であったし、こんな豪邸に来たこともない。空になったグラスや煙草の灰をどうしたらいいかもわからず、自分自身の手の置き所にさえ困るくらいだった。夕食の席に着いて、ようやく安堵したのもつかの間、ここでも彼は自分が場違いだと感じざるを得なかった。

夕食は、簡素だが美しく整っていた。それぞれの皿に温かいブイヨンスープが用意され、チキンのサラダが添えられていたが、これは白い胸肉とレタスのあっさりとした味付けだった。アンドルーの席はヴォーン夫人の隣だった。

「素敵な奥さんですね、マンスン先生」

ヴォーン夫人がにこやかにささやいた。彼女は背が高く痩せていて、美人とは言えないが品のいい顔立ちをしていた。なによりも大きな知的な目と気さくな雰囲気が魅力的で、少し上を向いた口元が、豊かな機知と教養を示しているようだった。

夫人はアンドルーの仕事について話し始めた。夫のリチャードは、アンドルーの徹底した仕事ぶりについて一度ならず耳にしているという。担当区域の医療レベルを改善するためにはどんな方法があるかと熱心に問いかけて、アンドルーを会話に引き込もうと気遣った。

「ええ……私はどうも……」

不器用にスープをこぼしながら、アンドルーは答えた。

「そうですね、もっと科学的な方法を用いた方がいいと考えています」

クリスティンが相手であれば、一時間でも熱弁してみせる得意の話題でありながら、彼の口調は堅苦しく、拙いものだった。手元の皿に目を伏せているうちに、ヴォーン夫人が隣席のチャリス教授と話し始めたので、ほっとしたくらいだ。

チャリスは陽気で、豪快な話好きだった。カーディフの冶金学の教授で、同分野ではロンドン大学でも講義をしている上、権威者ぞろいの鉱山労務管理局にも所属しているらしい。彼は、体や手や髭など全身を使って語り、演説し、大声を上げて笑い、力説し、そのあいまに、蒸気機関車の罐焚《かまた》きのように、口の中に次々と食べ物と飲み物を放り込んでいった。大騒ぎであったが愉快な人物で、テーブルに何度も笑いの輪を広げていた。

アンドルーはしかし、これらの会話に価値があるとは思えなかった。話題は音楽から始まってバッハの素晴らしさを論じたかと思うと、チャリス得意の突然の飛躍で、ロシア文学に移った。トルストイ、チェーホフ、ツルゲーネフ、プーシキンなどの歯の浮くような名前が次々と飛び交った。

――たわ言だ……。

すべてくだらないたわ言だとアンドルーは腹が立つばかりだった。

――この男は、自分を何様だと思っているのだろう。一度セファン・ストリートの薄暗い台所に連れて行って、気管切開でも見せてやりたいものだ。そうすれば、プーシキンなど持ち出す気にもなるまい。

しかしクリスティンはまったく楽しそうだった。じろりと横目で睨むと、クリスティンは笑顔でチャリスの議論を聞きながら、ときには自ら会話に加わっている様子が見えた。話を合わせているのではなく、心から楽しんでいるようで、一、二度バンク・ストリート小学校の話も持ち出した。彼女が教授を相手に、気負った様子もなく、はっきりと意見を述べている様子に、アンドルーは驚き、今さらながら自分の妻を不思議な思いで見つめた。彼女は、くだらないロシア人についてこれほど詳しいにもかかわらず、一度も自分に話したことがなかったのである。滑稽であったし、不愉快でもあった。そしてチャリス教授が満足げにクリスティンの手を軽く叩いたのを見るに及んで、アンドルーは心の中でおおいに毒づいた。

――この老人は、自分の手の置き所さえわからないのか。そんなことは自分の妻にすればいいじゃないか。

一度か二度、クリスティンが自分に明るい目配せをしたのが見えた。実際、彼女は何度か直接、彼の方に話題を向けた。

「夫は、無煙炭鉱の鉱員の環境にとても強い関心を持っているんです、チャリス教授。もう研究も始めているんです。粉塵の吸い込みについてなんですけど」

「なるほどなるほど」

チャリスが煙草を吹かしながら、興味深そうな目をアンドルーに向ければ、クリスがすぐに励ますように続けた。

「ねえ、アンドルー。この前の夜、いろんな話をしてくれたでしょ」

「ええまあ、まだわかりませんがね」

アンドルーはうなるように応じた。

「たいした内容じゃないんです。データも不十分だ。ことによると、結核と粉塵はなんの関係もない可能性だってある」

彼は自分自身に腹が立った。

このチャリスという男は、自分の研究に大きな力を貸してくれるかもしれない立場にいるのだ。敢えて助力を求めなくても、チャリスが鉱山労務管理局とつながりがあるという事実は、素晴らしいチャンスを与えてくれるかもしれない。しかしアンドルーは自分にも理解できない怒りを、クリスティンに向けていた。

夕食が終わり、ヴェール・ビューへ歩いて帰るときも、彼は嫉妬で押し黙っていた。帰宅して、先に寝室に入ったときも同じように口をつぐんでいた。普段なら、歯を磨いたり、着替えたりしながら、その日一日の出来事について色々と気楽な会話を交わすのだが、その日の彼は、ずっとクリスティンに背中を向けたままだった。

クリスティンがほとんど祈るような口調で「今日は楽しかったね、アンドルー」と話しかけたときも、彼は大げさな口調で「まったくだ。最高に楽しかった」と答えただけであった。ベッドに入ってからも、彼女から離れて端の方に横になり、少しでも動くと彼女が話しかけてきそうな気配を感じて、身じろぎもせず、無闇に大きな寝息を立てたりした。

翌朝になっても、二人の間には昨夜と同じ気まずさがわだかまっていて、アンドルーは、彼らしくもなく、むっつりとした顔で仕事に出かけた。

その日に限って早く仕事の終わったアンドルーが、夕方の五時ごろに居間でお茶を飲んでいると、玄関のベルが鳴り響いた。クリスティンが顔を出すと、ヴォーン家の運転手が、大きな黄色い水仙の花束とともに一抱えの本を持って立っていた。

「ヴォーン夫人からです、奥様」

運転手は微笑とともに、軽く鳥打ち帽を持ち上げて挨拶した。

「見て、アンドルー」

クリスティンは本を抱え、興奮した声とともにリビングに戻ってきた。

「なんて、親切な人。ヴォーン夫人が、トロロープの全集を届けてくれたの。私、いつもこの人の本を読みたいと思っていたの！　それになんて綺麗……本当に綺麗な花」

明るい声に対して、アンドルーは突然乱暴に立ち上がり、あざけるような口調で応じた。

「それは、何よりだ！　貴族の奥様から立派な本と花の贈り物だ！　僕との貧乏生活に耐えるためには、そういうものが必要なんだろう。僕は本当に退屈な男だからね。昨日の夜、君が楽しんだような、気の利いた話も僕はできない。冗談みたいなロシア人の名前だって僕はひとつも知らない！　僕は、血と泥にまみれた半人前の医師に過ぎないんだからな」

「アンドルー！」

クリスティンの顔は真っ青になった。

「いったいどうしたの？」

「そうじゃないか？　この間のくだらないお食事会で、ぼけっと座っているうちに僕は気付いたんだ。やっとわかったよ。君は僕に飽きてきたんだ。僕には、泥雪の中を這い回って、患者の汚れた毛布を持ち上げたり、かぶせたりしているくらいがお似合いなんだろう。君にはとても釣り合わない野蛮人なんだろうさ」

　クリスティンの顔から、痛ましいほどに血の気が引いていた。それでも答えた声はしっかりとしたものだった。

「どうしてそんな言い方をするの！　私があなたを大切に思っているのは、あなたが、あなた自身だからよ。あなた以外の誰かに夢中になるなんて、絶対にない」

「好きに言えばいいさ」

　吐き捨てるように言って、アンドルーは部屋を出て行った。

　五分ほど、彼はキッチンに閉じこもり、唇を噛みしめながら、うろうろと落ち着きなく歩き回った。やがて突然身を翻し、キッチンを飛び出してリビングに駆け込み、暖炉の前に呆然と立ち尽くしていたクリスティンを、力一杯抱きしめた。

「クリス、ああクリス！」

　アンドルーは叫んだ。後悔でいっぱいだった。

「僕が悪かった。すまなかった。そんなつもりじゃなかったんだ。嫉妬で、頭がおかしくなっていた。僕には君が必要なんだ！」

クリスティンの目には涙が浮かんでいた。

「忘れないで、アンドルー」

震える声で彼女は言った。

「あなたがいなければ、私、とても生きていけない」

激しく、しっかりと抱きしめ合う二人を、水仙の香りが包んでいた。

しばらくして、二人で寄り添って椅子に座ったとき、アンドルーはおずおずと口を開いた。

「このトロロープって、どんな奴なんだ？」

言いながら遠慮がちに、その手を本の方に伸ばした。

「教えてくれないか。僕は本当に何も知らないんだから」

第八話　旧友の来訪

冬が終わろうとしていた。

アンドルーは粉塵曝露に関する研究に、大きな情熱を注ぎ始めていた。自分の患者リストに載っている無煙炭鉱の鉱員たちについて、系統的な検査と解析を開始したのだ。

夜、二人で過ごす時間は、これまで以上に濃密で幸福なものとなった。クリスティンは彼の研究ノートを書き写して整理する手伝いをした。大量の安い炭をいくらでも暖炉に放り込めるのは、この土地ならではの役得であろう。二人はしばしば長い時間、議論を交わしたが、そこでアンドルーはクリスティンの知識が実に広範囲に及んでいることに驚かされた。彼女はけして自分の意見を押しつけたりはしなかったが、沢山の本を読み、沢山のことを知っていた。のみならず、怜悧な直感と繊細な感性の持ち主でもあった。彼女が、文学や音楽、そして特に人に対する洞察について、ひときわ的確なのは、このためなのであろう。

「なんてこった」

大げさに肩をすくめて、アンドルーは彼女を冷やかすこともあった。

「僕はようやく自分の妻のことを理解してきたよ。知識の量じゃ勝ち目はなさそうだから、半時間ほど休んだら、ピケットで君を打ち負かすことにする」

ピケットというのは、二人がヴォーン家で教えてもらったトランプのゲームである。

徐々に日が長くなってきたので、クリスティンは、少しずつ荒れ果てた庭の手入れを始めた。お手伝いのジェニーには大叔父がいて、彼女はこの唯一の親戚を誇りにしていた。元鉱員だったこの大叔父は、年を取って体が動かなくなってきており、ときどき一時間十ペンスでクリスティンの庭仕事に加わった。

ある三月の午後、帰ってきたアンドルーが小川をまたぐ壊れかけの丸木橋を渡っていると、クリスティンとジェニーの大叔父が川床に下りて、錆びた空き缶を拾っているのが見えた。

「おーい！」

アンドルーは橋の上から声をかけた。

「なにをやってるんだ？　せっかくの釣り場を荒らしているのか？」

クリスティンは夫のからかいに歯切れ良く応じた。

「まあ、見てて！」

二、三週間後、彼女は、雑草を抜いて、草に覆われかけていた小道を綺麗に整えた。あちこち転がっていた石を集めて石垣を築き、川辺に新たな庭も造った。しばしばヴォーン家の庭師のジョン・ロバートが、球根や挿し木を持ってきては、助言を与えてくれた。そんな苦心の庭に初めて水仙が咲いたとき、クリスティンは誇らしげにアンドルーの腕をとって、それを見せに連れ出した。

三月の最後の日曜日のことである。何の予告もなくデニーがやってきた。二人は両手を広げて歓声を上げ、ぶつぶつ言っているデニーを、大喜びで迎え入れた。そのずんぐりした肩や、砂色の眉毛の下の赤ら顔に、アンドルーは嬉しさを抑えきれなかった。家の中を案内し、手を尽くした料理で歓待し、彼をソファに押し込むように座らせてブライネリの様子を尋ねた。

「ページが死んだよ」

デニーが告げた。

「一ヶ月ほど前だ。脳出血の再発だった。まあ、奴にとってはそれで良かったのかもな」

例の皮肉な目を細めながら、パイプを取り出し、

「ブロードウェンと、君の親友のアニューリン・リースが結婚するらしいぜ」

「予定通りなんだろうな」

アンドルーがため息をついた。さほどの驚きはなかった。

「気の毒なのは、ページ先生か」

「ページは確かにいい奴だった。間違いなく立派な総合診療医だ。俺が『総合診療』って言葉が大嫌いなことは、君も知ってるだろう。だけど、あいつはそんなことはまったく気にかけなかった」

エドワード・ページを思って、わずかな沈黙が舞い降りた。彼はカプリ島に行きたがっていた。何年間もブライネリの鉄くずの中で懸命に働きながら、小鳥がいて、暖かな日差しが降り注ぐあの島に憧れていた。

「それで君はどうしているんだ、デニー」

アンドルーはようやく問うた。

「わからんよ。最近は、段々落ち着かなくなっている」

デニーは苦笑いを浮かべながら、

「君たちが出て行ってから、ブライネリも変わってきてな。どこか外国へでも行こうかと思ってる。船医になるのもありだろうな。どこかの安っぽい貨物船が雇ってくれればの話だが」

アンドルーは黙っていた。

この優秀な、実に才能豊かな外科医が、ほとんど自虐的なまでの態度で人生を棒に振ろうとしている様子は見るに苦しいものだった。だが実際、デニーに何があったのか、必ずしも詳しいことを知っているわけではない。

アンドルーとクリスティンは、デニーの過去の謎を解こうと、よく話し合ったものである。漠然と二人が耳にしたところによると、デニーは昔、自分より社会的に地位の高い女性と結婚したらしい。彼女は、伝統的な貴族社会のしきたりをデニーにも押しつけようとした。すなわち、週の四日間どんなに立派な手術をしても、残りの三日間は狩猟やゴルフといった道楽に出かけなければ立派な医者とはいえない、というようなしきたりだ。だが五年間のデニーの懸命な努力に対して、女性は突然彼を置いて別の男と姿を消すことで報いた。デニーが伝統や習慣を憎み、辺境の土地に逃げ出したのも無理のない話であろう。しかしいつかきっと、彼は日の当たる表舞台に戻ってくるに違いない。アンドルーはそんな思いを捨てきれなかった。

三人の話は午後になっても尽きることはなく、結局、最終の汽車までデニーはヴェール・ビューにとどまった。

デニーがアベララウにおける収入について興味を示したため、アンドルーは、ルウェリンが彼の収入の五十パーセントを巻き上げることを憤然と語った。デニーは片頬で笑った。

「君がなぜそんな境遇に甘んじているのかが、俺には理解できんな」

デニーが帰ったあと、アンドルーは仕事に対して、妙に空虚な気分や違和感を覚えるようになった。ブライネリでは、デニーがいたおかげで、いつも互いに団結し、明確な目標を分かち合っていると感じることができた。しかしアベラウでは彼はひとりであり、医師たちの間に結束も目標もない。

同じ西部診療所のアーカート医師は、気性は激しくても、親切な人物であった。しかし年を取り、機械的で、感性がすっかり摩耗していた。長い経験のおかげで、ちょっと病室に鼻を突っ込んだだけで肺炎を嗅ぎつけることができるし、添え木やギプスの扱いは器用だし、腫れ物の十字切開の名人である上、時には、ちょっとした手術も手際よくこなして得意になっていることさえある。しかし、それにもかかわらず彼は、あらゆる分野において、決定的に時代遅れだった。アンドルーに言わせれば、彼はまぎれもなく、デニーの言う「古き良き」総合診療医だった。鋭敏で、勤勉で、経験豊富で、患者思いの医者だったが、同時に二十年間医学書を開いたこともない、危険なほどに時代遅れの遺物でもあった。アンドルーはいつも悩ましい症例についてアーカートと議論をしようと試みたが、この老医師は「仕事の話」に割く時間など持たなかった。一日の診療が終わると、彼は大好物のトマトスープの缶詰を飲み干し、新しい手作りヴァイオリンを磨き、古陶器を仔細に眺め、それからフリーメイソンクラブに足を運んで、チェスや煙草に興じるのである。

東部診療所の二人の助手も、アーカートと同様に、刺激を与えてくれるような人物ではなかった。二人のうち年配のメドリー医師は、五十歳前後で教養があり、繊細な人物だが、不幸なことにほとんど耳が聞こえなかった。世間の人々が面白がるこの気の毒な難聴がなければ、チャールズ・メドリーは、こんな鉱山の谷で、長く助手を務めることなどなかっただろう。彼はアンドルーと同じく、内科が専門だった。そして優れた診断能力を有していた。しかし患者の訴えを、耳で聞くことができなかった。もちろんメドリーは読唇術に卓越していたが、しばしば滑稽な間違いを起こしてきたことが、彼をすっかり内気にしてしまったようだ。患者の訴えを読み取ろうと、必死に患者の唇を見つめる彼の疲れ切った眼差しは、ほとんど痛ましいほどである。重大な勘違いを恐れるあまり臆病になり、最低限の処置と処方しかしなくなっていた。また、大家族を抱えているために暮らしは楽ではなく、生活に疲れた妻ともども、無気力で哀れな空気をまといながら、解雇を恐れて、医長のルウェリンや委員会の顔色ばかり窺っていた。

　もうひとりのオックスボロー医師は、哀れなメドリーとはまったく違った人物だったが、やはりアンドルーとは気が合わなかった。オックスボローは太い指をした大男で、熱意に溢れた気分屋だった。もう少し血の気の多い野心家だったなら、人気の小説家にでもなったかもしれない。この男は、土曜日の午後になると、アコーディオンを弾く妻を伴って近くのフェメリーの町に足を運び、そこの市場で、カーペットをかけた小さな台を置いて、キリストの福音について語った。彼は情熱的な伝道者であったのだ。わざわざ隣町に出かけたのは、さすがにアベラヴでやるには遠慮があったからだろう。理想主義者として、また偉大な奇跡を行う者の信者としての彼には、アンドルーも敬意を払っていたが、しかし遺憾ながら、オックスボローは途方もない激情家であった。突然涙を流し始めたり、時にはふいに祈禱まで始めたりして周りを当惑させることもあった。ある時、ひどい難産の処置に直面し、どうにも自分の手に負えなくなった彼は、突然ベッドサイドに膝をついて泣きじゃくりながら、「哀れな妊婦に奇跡を！」と神に懇願し始めたのだ。アンドルーにこの一件を話したのは、オックスボローをひどく嫌っているアーカートである。というのも、現場に飛び込んで、土足のままベッドに駆け寄り、鉗子《かんし》を振り回して妊婦の命を助けたのがアーカートだったからだ。

　アンドルーは、同じ助手たちの様子や、それを統括する制度のことを考えれば考えるほど、一致団結する必要があることを痛感した。にもかかわらず、そこには団結どころか、協力も友情すらもなかった。彼らはどこにでもいる開業医と同様、お互いを単なる商売敵と認識し、できるだけ沢山の患者を集めようとしのぎを削り合っているだけであり、結果として、あからさまな猜疑心や敵愾心が育つだけであった。アーカートを例にとれば、彼はオックスボローの患者が医療カードを持ってくると、患者の手から飲みかけの薬瓶を奪い取り、これ見よがしに臭いを嗅いでから、軽蔑するような目をして演説するのだ。

「なるほど、こいつがオックスボローの処方した薬か。すぐに捨てちまえ。これじゃお前さんはゆっくり毒殺されていくようなもんだ」

　こうして、皆がばらばらに立ち回っている間に、ルウェリンが涼しい顔で助手たちの給料から上前をはねていくのである。

アンドルーはただ腹を立てていただけではなく、新たな異なる制度を望んだ。ルウェリンに多額の給料を差し引かれず、助手たちが互いに納得できるような新しい、より良い制度だ。しかし、自分はまだ新参者であり、赴任してくるなり担当区域で大失敗をしたことなどを考え合わせると、慎重にならざるを得なかった。だから少なくとも、この胸の内の壮大な計画を、急いで実行しようなどとは考えてもいなかった。あのコン・ボーランドという男に会うまでは。

第九話　赤髭の歯科医

四月初旬のある日、アンドルーは奥歯に虫歯ができたことに気が付き、翌週の午後に、組合所属の歯科医を調べて出かけて行った。歯科医のボーランドとは面識がなく、診察時間も知らなかったため、とりあえずボーランドの小さな歯科医院のある広場まで出かけて行ったのだが、医院の扉は閉まっており、赤インクで書かれた張り紙が目に入った。

抜歯のため往診中。急患は自宅まで

少し考えたが、せっかく出かけてきたのだから、せめて予約だけでも取っておいた方が良いだろうと結論づけ、ちょうどアイスクリーム屋の角にたむろしていた若者たちに道を聞いて、歯科医の自宅へと向かった。

歯科医の家は、町の東の端の高台にある小さな一般住宅だった。玄関に続く荒れた小道を歩いて行くと、いきなり大きな槌音が聞こえてきた。見回せば、家の横手に、傾きかけた木造の倉庫がある。その開けっぱなしになった扉の向こうに、シャツ一枚の背の高い赤毛の男が、分解された車の部品に、盛んにハンマーを打ち込んでいるのが見えた。アンドルーが中を覗き込んだところで、ちょうど男がこちらに気付いた。

「やあ」と男の方が先に声を上げた。

「こんにちは」

アンドルーは微妙に身構えながら応じた。

「何の用だい」

「歯医者の予約がしたくて来たんだ。私は医師のマンスン」

「入ってくれ」

男はハンマーを振り下ろしながら、朗らかに答えた。この男が、コン・ボーランドであった。

アンドルーは木造の倉庫に足を踏み入れたが、辺りにはとんでもなく古い色々な部品が散らばっていた上、部屋の中央には、卵の木箱に支えられて、真っ二つに切断された車体が載っていた。アンドルーは、この見慣れない景色から、ボーランドの方へ視線を移した。

「こいつが抜歯？」

「そうさ」

コンが笑った。

「俺は診療所をサボりたくなると、ガレージに戻ってきて、愛車の治療をすることにしてるんだ」

ひどいアイルランド訛りがあったが、それは問題ではなかった。今にも倒れそうなボロ小屋を「ガレージ」と言い、分厚い鉄板の塊を「愛車」と呼ぶ、彼の誇らしげな語調の方が、驚きであった。

「俺が何をやってるのか、君にはわからんだろうな、マンスン君。まあ俺のような機械好きでなけりゃ難しいだろう。俺がこいつを手に入れたのは五年前だ。そのときにはもう三年目の中古車だった。ばらばらになったこの姿からは想像もつかないだろうが、野ウサギのように軽快に走ったもんさ。しかしちょっと小さいんだ。俺の家族を乗せるには小さい。だから今大きくしようとしているところさ。真っ二つにぶった切って、真ん中に六十センチばかり継ぎ足そうって作戦なんだ。できあがりが楽しみだろう、マンスン君！」

コンはジャケットを着ながら、

「君の家族までまとめて乗せられるようになるってことさ。さあ診療所に行こう。今度は君の歯を治さないとな」

診療所の中もガレージ同様に散らかっていて、率直に言えば、ガレージ同様に汚かったが、コンは始終しゃべりながらも虫歯を埋めてくれた。口角泡を飛ばすような激しい口ぶりであるから、彼のぼうぼうたる赤髭には絶えず滴が光っていた。おまけにその油まみれの爪で虫歯にアマルガムを詰めている間、伸び放題の栗色の髪が始終アンドルーの目に入ってきた。コンは手を洗うなどという面倒なことをしなかった。そんなことは彼にとって些末な問題らしい。とにかくおおらかで、気さくで、せっかちで、人のいい男だった。知れば知るほどアンドルーは、コンという男の飾り気のない愛嬌や、あけっぴろげな態度に好感を持った。

　コンはもう六年もアベララウにいるというのに、一ペンスの蓄えもないという。にもかかわらず彼は毎日の暮らしを心底楽しんでいた。大の機械好きで、始終それをいじっていて、車に情熱を注いでいた。一文無しなのに車を持っているということ自体が、一種の笑い話であったが、彼自身がそれを楽しんでいた。あるとき彼は、委員会の幹部に虫歯の抜歯を依頼されて出かけて行ったことがあった。ポケットには鉗子を入れていったつもりだったが、実際に歯を抜く段になって取り出してみれば、それは六インチのスパナだったという話を大笑いしながら聞かせてくれた。

　治療が済むと、コンは彼なりの消毒のつもりなのだろう。クレゾールの入った缶に治療器具を放り込み、アンドルーに家に来て茶を飲まないかと誘った。

「これから寄っていかないか。うちの家族にも紹介したいんだ。ちょうどいい時間だ。五時だからな」

　実際二人が行くと、コンの家族はちょうどお茶を飲んでいるところだったが、コンが突然見知らぬ客人を連れてくることにはすっかり慣れているようだった。

雑然たる部屋で、ボーランド夫人は胸元に赤ん坊を抱いてテーブルに座っていた。隣に座っている物静かで内気な少女は、十五歳のメリーで、「この黒髪の娘は、俺のお気に入りだ」と、コンは紹介した。彼女は、広場にあるジョー・ラーキンズの出版社に事務員として勤め、立派に稼いでいるという。メリーの隣には十二歳のテレンスがいて、そのほかにさらに三人の幼い子供たちが、帰ってきた父親に遊んでもらおうと大声を上げて騒ぎ立てている。内気なメリーは別としても、ボーランド一家には、何かアンドルーをうっとりとさせる無邪気で賑やかな空気があった。部屋には見事なアイルランド訛りが溢れていた。

復活祭の棕櫚《しゅろ》の小枝をあしらった法王ピウス十世の色彩画の下に、沢山のおむつが干してあった。甲高い声で鳴くカナリアが入った汚れた鳥籠と、ボーランド夫人の丸まったコルセットと、子犬のビスケットの破れた袋が、戸棚の前に雑然と並んでいた。タンスの上には、食料品店から届いたばかりの六本のビール瓶と、テレンスのフルートがあり、部屋を見渡せば、壊れたおもちゃ、錆びたスケート靴、日本傘、古びた聖書や雑誌など、あらゆるものが目に入ってきた。

しかし、お茶を飲んでいる間、アンドルーがもっとも心を惹かれたのはボーランド夫人だ。不思議と夫人から目を離すことができなかった。色白で、ゆったりと落ち着いた雰囲気の夫人は、子供たちが周りで喧嘩をしたり、赤ん坊が乳房から公然と栄養を摂取したりしている間も、何も言わず静かに紅茶を飲み続けていた。夫人は、微笑み、頷き、子供たちのためにパンをちぎり、紅茶を注ぎ、それを飲み、乳を飲ませているのだが、そのすべてが穏やかな静けさに包まれていた。長い年月の間、大騒ぎ、汚れ、単調さ、そしてコンの型破りな行動などに取り囲まれているうちに、神々しいまでの一種の悟りの境地に辿り着いたかのようであった。

その夫人がふいに話しかけてきたので、アンドルーは思わずカップを取り落としそうになった。彼女は、アンドルーの頭の上の方に目を向けながら、優しげな声で、いくらか弁解じみた言葉を口にした。

「先生の奥様をお訪ねしようと思ってはいたんですけど……とても忙しくて……」

「なんて言い訳だ！」

コンが大声で笑った。

「まあ確かに忙しいがな。本当は、着ていく服がないって意味さ。俺だって貯金したことはあるんだが、すぐにテレンスか誰かの新しい靴を買うためになくなっちまう。だが心配するな、母ちゃん。車が長く伸びるまで、もうちょっとだ。できあがったら、町中好きな場所に連れて行ってやるからな」

コンは、何の心配もなさそうな笑顔をアンドルーに向けた。

「俺たちは貧乏なんだ、マンスン君。こいつは確かに厄介でね。ありがたいことに食う物には困らないんだが、着る物までは手が回らない。委員会はケチのしみったればかりな上に、親分が上前をはねやがるからな」

「誰だって？」

戸惑うアンドルーに、コンが笑う。

「ルウェリンだよ。あのやろうが、お前さんと同じように稼ぎの半分を持って行くんだ」

「しかしなぜ歯科医の君まで？」

「ああ、ときどきひとりか二人、あいつに患者を頼むことがあるんだ。この六年間で歯原性嚢胞の患者を二人ばかり診てくれた。おまけにあいつは貴重なX線画像の専門家だ。腹立たしいことにな」

大騒ぎの家族をまとめてキッチンに押しやったので、コンは自由に話せるようになった。

「あいつにしても、あいつの屋敷にしても、豪華に着飾ってあるじゃないか。聞いてくれ、マンスン君。一度俺は、あいつの後ろから車でマーディ・ヒルを上っていったことがあるんだが、思い切りエンジンを吹かして埃まみれにしてやった。その時の顔を見せてやりたかったぜ」

「それなんだが、ボーランド」

アンドルーが思わず口を挟んだ。

「ルウェリンのやり方は、ひどいと思うんだ。なぜ何もしないんだ？」

「なんだって？」

「なぜ抗議しないのかって言ってるんだよ」

アンドルーは少し語調を強めて答えた。そうやって話している間にも徐々に怒りが増してくるのを感じた。

「これは、まったくおかしなことじゃないか。僕らは生活のために必死に働いているんだ。聞いてくれ、ボーランド。僕は君みたいな人を探していたんだ。僕と一緒に立ち上がらないか。ほかの助手の先生たちも集めて力を合わせるんだ。強くみんなで結束するんだよ」

段々コンの目が生き生きと輝いてきた。

「それはつまり、ルウェリンと戦うってことだな？」

「そうだ」

コンは力強くアンドルーの手を握った。そして堂々と宣言するように叫んだ。

「マンスン、俺の相棒！　今から俺たちは仲間だ」

その日、アンドルーは全身に闘志をみなぎらせて、クリスティンのもとに帰ってきた。

「クリス、クリス！　貴重な男を見つけたよ。赤毛の歯医者だ。変わった男で……まあ僕みたいなものだ。君がなんて言うかはわかる。でも聞いてくれ、僕らは革命を始めるんだ」

アンドルーは高ぶる気持ちのままに笑った。

「あの老練なルウェリンが、自分を待ち受けている事態を知ったらどんな顔をするか！」

慎重に振る舞うようにというクリスティンの助言を、アンドルーは率直に受け入れた。

散々失敗してきたのだ。決定し、行動する前に、まずはあらゆる事柄を十分に確認しなければならない。それゆえに、彼は翌日、まずオーウェンを訪ねることから始めた。

書記官はアンドルーの言葉に熱心に耳を傾けてから頷いた。問題の契約は、医長と助手たちの間で自発的に結ばれたもので、委員会の管轄外になるという。

「おわかりだと思います、マンスン先生」

オーウェンは続けた。

「ルウェリン先生は、非常に優秀なドクターで、沢山の貴重な資格も持っています。委員会はあの先生を雇えることを幸運だと考えています。しかし先生が医療の統括者として委員会からかなりの報酬を受け取っていることも事実です。ルウェリン先生にどうしてほしいかということは、助手の皆さんで……」

――もちろん我々でやる。

アンドルーは胸の内でつぶやいた。

満足して家に戻ると、すぐにオックスボローとメドリーに電話し、今夜、彼の家に来ることを承知させた。アーカートとボーランドはすでに了解済みだ。もともと四人とも、給料の半分が差し引かれることを腹立たしく思っていることは知っていたから、一同を集めることさえできれば、事は成就したも同然であった。

次に彼は、ルウェリンにも直接話すべきだと結論づけた。何も伝えず、こっそりと話を進めるのは、卑怯だと考えたのだ。その日の午後、麻酔のためにルウェリンの手術に入ったアンドルーは、複雑で困難な腹部手術を鮮やかに進めるその腕前に、感嘆の声を抑えられなかった。オーウェンの言う通り、ルウェリンは確かに名医だった。単に優秀というだけでなく、あらゆる才能に恵まれている。彼は例外で、特別な男だった。この点については、デニーでさえ反論しないに違いない。彼の前には、厄介ごとも難題も存在しなかった。公衆衛生管理に関しては、その規則のひとつひとつを諳《そら》んじ、放射線技術については最新の情報を熟知していた。そして、それらを含む広範な領域の職務すべてを、ルウェリンはそつなくこなしていた。

手術のあと、手を洗っているルウェリンのもとに、アンドルーはぎこちなくガウンを脱ぎながら歩み寄った。

「こんなことを言っては失礼かもしれませんが、ルウェリン先生。今の腫瘍切除術は完璧だったと思います。感動しました。本当に素晴らしい手術でした」

ルウェリンのたるんだ頬に、満足げな笑みが浮かんだ。

「それは嬉しい言葉だね、マンスン君。そういう意味では、君の麻酔の腕もずいぶん上達しているよ」

「いえ、とんでもない」

アンドルーは戸惑いがちに応じた。

「私など、まだまだです」

つかの間の沈黙があった。ルウェリンは丁寧に手を洗い続けている。その横で、アンドルーは落ち着きなく咳払いをした。いよいよ話すべきタイミングになって、急に気後れがしたが、それでも思い切って口を開いた。

「突然すみません、ルウェリン先生。先生にお話ししておくべきことがあるんです。我々助手一同は、先生に支払う給料の割合が妥当ではないと思っているんです。言いにくい話ではありますが、実は……この支払いをやめていただくようお願いしたいんです。今夜私の家にみんなで集まって話し合う予定です。あとで伝わるより、今私の方からお話しした方がいいと思いました。少なくとも先生に……公平な人間だということだけは認めていただきたいと思っています」

ルウェリンが答えるより先に、アンドルーは顔も見ず、身を翻して手術室を出て行った。我ながら、ずいぶん一方的な言い方だと思ったが、しかし、伝えたことは確かだ。これであとで、こそこそ陰謀をたくらんだ卑怯者とだけは、言われずに済むはずだ。

ヴェール・ビューでの集まりは、夜の九時ということになっていた。アンドルーはビールを並べ、クリスティンにはサンドイッチを作るように頼んでいた。クリスティンは、準備が終わると、コートを着て、一時間ほどヴォーン家へ行ってくると言って外出した。不安と期待の中で、アンドルーは懸命に考えをまとめようとしながら、玄関ホールを行ったり来たり歩き回った。やがて、客人たちが集まってきた。最初にボーランド、次にアーカート、そしてオックスボローとメドリーは一緒にやってきた。

一同がリビングに腰を下ろすと、アンドルーはビールを注いだり、サンドイッチを勧めたりしながら、和やかな雰囲気になるよう努めた。そして一番気が合わないと思っていたオックスボローに、最初に話しかけた。

「一杯どうですか、オックスボロー先生。地下室にはまだありますから」

「ありがとう、マンスン先生」

福音伝道者の返答は冷ややかだった。

「しかし私はいかなる状況においても、アルコールには手をつけない主義なんです。神の教えに反しますから」

「神の名において！」

コンが口髭に泡をつけて笑い飛ばした。

最初から雰囲気は悪かった。メドリーは、難聴による不安感を顔中にみなぎらせ、不安げに周りを見回しながら、黙々とサンドイッチを頬張っていた。ビールが入って、生来の好戦的な性格が出てきたアーカートは、しばらくオックスボローを睨み付けていたが、突然大声を上げた。

「せっかく仲良く顔を合わせたんだ、説明してくれんかね。オックスボロー先生。グレインテラス十七号のチューダー・フォラントは、もともとわしの患者だった。どうしてお前さんとこにカードを移したんだ？」

「記憶にありませんよ、そんな患者」

オックスボローは、指先を眺めながら、無関心に応じる。

「しかしわしは覚えとる！」

アーカートの大声が響いた。

「あいつはお前さんがわしから盗んだ患者のひとりだ。ええ？　大先生！　ほかにも……」

「皆さん！」

アンドルーが慌てて遮った。

「どうか、お願いです！　我々がお互いに争って、何になるんです。何のために集まったか忘れたんですか？」

「いったい何のためです？　私は往診の予定だってあったんですよ」

オックスボローが情けない声とともに大きな肩をすくめた。

それに構わず、アンドルーは暖炉の前の絨毯の上に立った。

「では、説明させてください、皆さん」

今にも崩壊しそうな状況を立て直すべく、彼は真剣な顔で話し始めた。

「私は一番若い上に、新参者です。しかし……しかし皆さんはそんなことは気にならないでしょう。おそらく新参者だからこそ、私の方が新鮮に見える問題があります。つまり、皆さんがとても長い間ずっと耐えてきた問題です。第一に、私はここの体制は何もかもおかしいと思います。我々は、どこにでもいる田舎の開業医と同様に、時代遅れの制度の下で、お互いに足を引っ張り合い、つぶし合っています。同じ医療組合の中で、ともに働くという素晴らしい機会を持っているというのに！　私が会った医者は誰もが皆、医者なんてのは犬みたいな仕事だと言います。始終あくせく働き、あちこち走り回り、休む時間も、食事の時間すらなく、いつでも呼び出される。なぜこんなことになってるんですか？」

　アンドルーは、ぐっと拳を握りしめた。

「誇りある医師たちが、組織的に行動する努力を怠ってきたからです。例はいくらでも挙げられますが、例えば夜間の呼び出しです。いつ呼び出されるかとびくびくしながら夜ベッドに入るときの気持ちは、皆さんも十分おわかりのはずだ。いつ呼ばれるかわからない以上、まともに眠ることなんてできやしない。でも、もし絶対に呼び出されない日があるとしたらどうですか？　手始めに、夜間診療の協力体制を作ってみたらどうでしょうか。ひとりの医師が一週間ずつ交代で、夜間の呼び出しを全部引き受ける。そうすればほかの三週間は、ゆっくり眠ることができるんです。素晴らしいことじゃありませんか。昼間の仕事に、迷いなく全力を注ぐことができるんですよ」

　アンドルーは、言葉を切って、呆気にとられている一同を見回した。

舞い降りた沈黙を断ち切ったのは、アーカートの短い言葉だった。

「無理だな」

皮肉な笑みを浮かべて、

「馬鹿げた話だ。自分の患者を『ろくでなしボロー先生』に任せるくらいなら、一ヶ月でも喜んで徹夜をするわい。ヒヒ！　ボローの仕事はぼろぼろで信用ならん」

アンドルーが慌てて身を乗り出す。

「では、いったん夜間診療の件は保留にしましょう。すぐに一致は難しいでしょうからね。しかし今すぐ一致する議題がひとつあります。そのために集まってもらったんです。ルウェリン先生への支払いの割合についてです」

金銭の話が出てきて、にわかに一同は興味深くアンドルーを見返した。

「不当な割合だという気持ちは同じはずです。この件についてはオーウェン氏にも話しましたが、これは委員会が介入することではなく、医師同士の話し合いによって進めてもらってよいと確認がとれています」

「その通りだ」

アーカートが応じた。

「こいつが決まったときのことをわしは覚えとる。九年も前の話だ。ここに二人の厄介な助手がいたときのことでな。ひとりは東部診療所で、もうひとりはわしのところにいた。二人とも自分たちの患者のことでひどくルウェリンを困らせたんだ。それである日、あいつはわしらを集めて、何らかの取り決めを作ってもらわないことには、とてもやってられんと言った。そのときに始まった決まり事が、今も続いているってわけだ」

「しかし彼はすでに委員会から、仕事分を十分に補う多額の俸給を受け取っているじゃありませんか。しかも、他の色々な仕事からも、大変な稼ぎを受け取っている。大金持ちですよ」

「わかっとる、わかっとる」

アーカートが気短そうに繰り返した。

「しかしな、マンスン君。その大金持ちのルウェリンって奴が、また我々にとってありがたい男でもあるんだ。奴自身もそのことをわかっとる。もしあいつがわしらと戦う気になれば、わしらは実に惨めな立場に追いやられるだろうな」

「だからといって、なぜ大金を払い続けないといけないんですか？」

アンドルーはなお食い下がった。

「静粛に、静粛に」

コンがグラスを満たしながら大声で叫んでいる。

オックスボローは歯科医にちらりと視線を投げかけながら、口を開いた。

「少しばかり口を挟んでもよろしいですかね。私も多額の天引きについては、マンスン先生と同じ意見です。しかしね、実際、ルウェリン先生は、高い地位についていて、優れた資格を持っていて、しかも組合に大きく貢献している。その上、彼は我々の手から重症患者を引き取ってくれる」

「重症患者を自分で診たくはないんですか？」

　アンドルーは驚いて見返した。

「もちろんですよ」

　不機嫌そうにオックスボローは応じた。

「そうじゃない人がいますか？」

「私はそうじゃない！」

　アンドルーはほとんど叫んでいた。

「私はどの患者も最後まで診てやりたい！」

「オックスボローに賛成」

　それまで沈黙していたメドリーが、控え目に手を上げた。

「それが医者の常識というものだよ、マンスン先生。あなたも年をとればわかる。厄介な患者には近づかない。近づかない、近づかない……」

「しかし……そんな馬鹿な！」

　アンドルーの懸命の抗議が、むなしくリビングに響いた。

　そこからは、堂々巡りの議論が一時間近く続いた。最後にはとうとう頭に血が上ったまま、アンドルーは声を張り上げていた。

「私たちは、それでもやり抜くしかないんです。聞いてください。やり抜くしかないんです。ルウェリン先生は今日の集まりを知っています。私が午後に話したんですから」

「なんだって？」

　オックスボローとアーカートと、メドリーでさえ、叫び声を上げていた。

「それはつまり……マンスン先生。ルウェリン先生に話したってことですか？」

　オックスボローは驚きのあまり、腰を浮かせていた。

「もちろんです、私が伝えたんです。どうせいつかは知られることです。わかったでしょう。我々はともに立ち上がり、団結して、勝利するしかないんです」

「なんてこった」

　アーカートは青くなっていた。

「君はまったく大胆不敵だ。しかしルウェリンがいかに大きな男か、何もわかっとらん。あいつは指先一本で何もかも動かせるんだ。これでわしらが首にならなけりゃ、幸運ってもんだろう。この年になって、職探しをしなけりゃならんなど、考えたくもない」

　アーカートはそのまま立ち上がり、重い足を扉の方に向けた。

「君はいい男だよ、マンスン君。しかし若過ぎる。おやすみ！」

メドリーはすでにせかせかと帰り支度を始めていた。その神経質そうな目を見れば、どうするつもりか明らかだった。家に帰るとすぐにルウェリンに電話して、卑屈な声で話すに違いない。ルウェリン先生は素晴らしい医師で、助手のメドリーはなんでも言うことを聞くつもりですと。オックスボローも出て行った。二分後に、部屋に残っていたのは、コンと、アンドルーとビール瓶だけであった。

二人は何も言わず、黙って卓上のビールを飲み干した。アンドルーは、食料庫にまだ六本あることを思い出し、それも全部持ってきて空にした。それから二人で色々な話をした。そもそもの発端である天引きの話から、オックスボロー、メドリー、アーカートらの実に我慢強い立派な態度について語り合い、やがて話題はオックスボローのアコーディオンの話にまで転がっていった。クリスティンが帰ってきて、二階に上がっていったのにも、気付かなかった。まるで卑劣な裏切りにあった兄弟のように、二人は心の底から語り合った。

翌朝、アンドルーはひどい頭痛に顔をしかめながら往診に出かけていくと、広場で車に乗ったルウェリンとすれ違った。アンドルーが唇を噛みしめたまま傲然と顔を上げると、ルウエリンはにこやかな笑顔を返して、通り過ぎていった。

第十話　王立医学会会員

　助手たちの会合から一週間が過ぎても、アンドルーの落胆は変わらず、苛立ちは収まらなかった。いつもなら長い平和なまどろみに身をゆだねる日曜日の朝、彼は突然ベッドから飛び起きていた。

「金の問題じゃないんだ、クリス！　こいつは、物事の道理ってやつなんだ。そう考えると……頭がおかしくなりそうだ！」

　アンドルーはベッドの上で髪を掻き回した。

「僕はなんで妥協できないんだ？　なんでルウェリンが好きになれないんだ？　いや、少なくとも一分くらいなら好きになることもあるんだ。でも次の瞬間には腹が立ってきて仕方がない。正直に言ってくれ、クリス。なぜ僕はあいつに頭を下げることができないんだ？　こいつは嫉妬心か？　焼き餅でも焼いているっていうのか。なんなんだ？」

「そうね、嫉妬だと思う」

　アンドルーは仰天した。

「なんだって⁉」

「鼓膜が破れるでしょ、アンドルー。正直に言ってってって、あなたが言ったんじゃない。あなたは焼き餅を焼いているのよ。それもひどい焼き餅を。でもそれがどうしていけないことなの？　私は別に聖者と結婚したかったわけじゃない。あなたから後光が差してなくても、この家の中は十分に明るくて楽しいじゃない」

「いいだろう、そのまま続けてくれ！」

アンドルーは怒鳴った。

「君の知っている僕の欠点を全部教えてくれ。疑い深いし、嫉妬深い、前にもそんなことを言っていたな。ああ、それから若過ぎるんだ。八十過ぎのアーカートが、この間もそんな言葉を投げつけていった！」

クリスティンの言葉を待つように、アンドルーは少し口をつぐんだが、すぐに恨みがましく問うた。

「なんで僕はルウェリンに嫉妬しているんだ？」

「あの人は、腕が良くて、何でも知っていて、おまけに素晴らしい資格を沢山持っているからじゃない？」

「それに比べて、僕は田舎の大学の、ちっぽけでくだらない医学士号だけだってわけだな。くそっ！　君が僕のことをどう思っているか、よくわかったぞ！」

大声をまき散らしながら、ベッドから飛び降りたアンドルーは、寝間着のまま部屋中を歩き回り始めた。

「学位がなんだっていうんだ。ただのはったりだ。大切なのは、方法論であり、臨床能力なんだぞ。時代遅れのたわ言ばかりの教科書なんて信じるに値しない。信じられるのは、聴診器を通して直接聞いた事実だけだ。しかも、君は知らないだろうが、その聴診器が実に豊かな真実を聞かせてくれる。無煙炭鉱の研究じゃ、ようやく原因がわかり始めてるんだ。きっともうすぐ君を驚かせることができるはずだ。ちくしょう。日曜日の朝に目を覚ました途端、妻からあんたの頭の中はからっぽですと言われるんだ、最高の休日じゃないか！」

ベッドから起き上がったクリスティンは、鏡台に腰を下ろしてマニキュアセットを取り出し、アンドルーの演説が終わるまで、静かに爪を磨いていた。

「アンドルー、私そんなこと、ひとことも言っていないけど」

その落ち着いた態度に、一層アンドルーは騒ぎ立てるが、クリスティンはあくまで穏やかだ。

「でもね、アンドルー。あなただって、一生を助手で終えるつもりじゃないんでしょう。自分の仕事やアイデアに多くの人が注目して、耳を傾けてほしいって思ってるのよね？　わかるでしょ？　あなたが何か立派な資格、例えば医学博士とか、王立医学会会員とかを持っていたら、とても役に立つかもしれない」

「王立医学会会員⁉」

アンドルーはほとんど呆気にとられて繰り返していた。

「そんなことを考えていたのか。王立医学会会員だって？　はは……炭鉱の診療医がそんなものを取るなんて……」

アンドルーは皮肉めいた口調で続けた。

「その資格は、ヨーロッパでも一流の学者にしか与えられないものなんだぞ。君はそんなことも知らないのか？」

アンドルーは髭を剃るために、ドアを蹴飛ばすようにして浴室に入って行った。そして五分後、顔の半分は髭を剃り、残りの半分は泡だらけにしたまま戻ってきた。決まり悪そうな顔をしていたが、同時に興奮していた。

「僕にそれができると思うんだな、クリス。君の言う通りだ。大きな目的を成し遂げるためには、少なからず立派な肩書ってものが必要だ。しかし王立医学会会員か……。こいつの試験は、医学の世界でも最難関だ。ほとんど殺人的だ……しかし……それでもまずは詳しいことを調べてみるよ」

早口で言い放つと、試験要項が書かれた医学辞典を取りに階下に下りていった。そしてその分厚い書籍を片手に戻ってきたときには、ひどく落胆していた。

「駄目だ」

暗い声でつぶやいた。

「どうにもならない。とんでもない試験なんだ。言語の予備試験だけでも四カ国語だ。ラテン語、フランス語、ギリシャ語、ドイツ語。そのうちの二つは必修で、本試験の前に受けないといけない。僕は言語は駄目なんだ。知っているラテン語といえば……mist（霧）alba（白）mitte（女）decem（十）……いや、それがラテン語かどうかさえはっきりしない。フランス語だって……」

クリスティンは何も言わなかった。アンドルーが窓際で肩を落として、呆然と立ち尽くしている間も静かだった。

とうとうアンドルーは、しかめ面のまま、苦しげに振り返った。

「だからって、僕が挑戦しちゃいけないわけじゃない……ちくしょう、クリス……試験のために、今から勉強を始めたっていいじゃないか！」

クリスティンは、マニキュアセットが床に散らばるのも構わず、椅子から飛び出して、アンドルーに抱きついた。

「ああ！　きっとそう言ってくれると思ってた、アンドルー。それでこそ本当のあなたよ。私……私きっとあなたの役に立つと思う。あなたの妻が、元教師だってことを忘れないで」

二人はその日一日、顔をつき合わせて計画を立てた。トロロープもチェーホフもドストエフスキーも、まとめて空き部屋に片付けた。勉強のために、リビングも片付けた。

その日の夜から凄まじい勉強生活が始まった。アンドルーは、クリスティンとともに学生に戻って勉強することになった。翌日の夜も、その翌日の夜も。

しばしばアンドルーは、神々のあざ笑う声を聞くような心地がして、崇高なまでの馬鹿馬鹿しさを感じることがあった。妻と一緒に硬い机に向かいながら、ウェールズの山奥の鉱山町でcaput, capitisとか、「マダム　エティル　ポシブル　ク？」などと発音し、語尾変化や不規則動詞を覚え、タキトゥスの著作や『Pro Patria（祖国のために）』を音読していると、急に椅子の背もたれに身を投げ出し、病的な口調でつぶやくこともあった。

「ルウェリンがこの状況を見たら、きっと腹を抱えて笑うだろうな。おまけに勉強は始まったばかりで、このあとに医学的な知識を山のように詰め込まないといけないんだ！」

翌月の終わりになると、国際医学出版社のロンドン支社から、書籍の小包が定期的にヴェール・ビューに届き始めた。アンドルーは医学部で学んだことの続きから読み始め、すぐに学生時代に学んだ事柄が、広大な医学の初歩に過ぎなかったことを思い知らされた。生化学の進歩に伴う新しい治療法の数々に圧倒され、腎機能、血中尿素窒素、基礎代謝や、アルブミン試験の精度などを次々と学んだ。それは、学生時代に学んだ基本と常識が崩れていくような感覚であり、彼は思わずうなり声を上げていた。

「クリス！　僕は何も知らないんだ。こんな膨大な知識……息が詰まっちまう」

彼は診療も維持しなければいけなかったから、勉強は夜しかできなかった。

ブラック珈琲を飲み、濡れタオルを頭にのせて、睡魔と戦いながら、明け方近くまで医学書に向き合った。疲れ切ってベッドに倒れ込んでも、眠れない日があった。眠ったら眠ったで、悪夢でびっしょりと汗をかいて目覚めることがあり、専門用語や計算式が始終頭の中を飛び回り、ときには、たどたどしいフランス語で朦朧と寝言を口にすることさえあった。

煙草の量は増え、体重は落ち、顔はげっそりと痩せてきた。しかしクリスティンは、いつも黙って傍に付き添っていた。アンドルーが腎臓の尿細管の、並外れた驚くべき機能について、話し、図表を書き、早口言葉のような専門用語で説明している間も、静かに見守っていた。また、アンドルーが大声で叫んだり、激しい手振りや身振りを交えたり、神経が参ってきて彼女を怒鳴りつけたりしたときでさえ、変わらず寄り添っていた。

夜の十一時にクリスティンが新しく珈琲を淹れて持ってくると、アンドルーはたちまち罵詈雑言を浴びせかけた。

「どうして俺を放っておいてくれないんだ？　この泥水みたいなものはなんだ？　カフェインか、ろくでもない薬だ。こんなものを飲ませて、自殺でもさせるつもりなのか？　全部お前のせいなんだ。ひどい奴だよ。血も涙もない女だ。絶えず目を光らせながら歩き回ってる看守みたいなもんだな。こんな馬鹿げたことは、もうやめだ！　必死になって同じ勉強をしている何百人もの医者たちは、みんな、ロンドンのウエストエンドや、大病院にいるんだぜ。それなのに、俺がいるのはアベラウだ、ハハハ！」

ヒステリックな笑い声が響いた。

「この親愛なる医療共済組合から、王立医学会に志願しようというんだ。冗談じゃない。もうこんなに疲れ切っているというのに、どうせ今夜はまたあのセファン・ストリートからお産だとか呼び出されて……」

しかしクリスティンはアンドルーより、はるかに優秀な戦士であった。

彼女はあらゆる危機の中でも落ち着きを失わなかった。彼女も気持ちが乱れることはあったが、それをしっかりとコントロールした。犠牲もいとわなかった。ヴォーン家からのあらゆる誘いを断り、テンペランスホールのオーケストラコンサートへ行くのも中止した。夜ほとんど眠れなかったとしても、朝は必ず早くに起き、きっちりと服を着替え、アンドルーが髭も剃らず、その日の一本目の煙草をくわえたまま体を引きずるように下りてきたときには、朝食の準備も整えていた。

こうした生活が始まって六ヶ月が過ぎたころ、突然ブリドリントンにいるクリスティンの叔母から、「静脈炎で寝込んでしまったから、来てほしい」という手紙が届いた。手紙を渡しながらクリスティンは、あなたを置いたまま行くわけにはいかないと即座に断言した。しかし不機嫌な顔でベーコンエッグを食べていたアンドルーは、うなるように言った。

「行くべきだよ、クリス。こんな勉強なら、君がいなくても大丈夫だ。ここのところお互いに神経をすり減らしているじゃないか。ああ、ごめん……でも、行ってあげるべきじゃないか?」

結局クリスティンは、迷いながらもその週末に出かけていった。そして彼女がいなくなって二十四時間たたないうちに、アンドルーは自分の間違いに気が付いた。

クリスティンがいないことは、ひどい苦痛だった。ジェニーは、あらかじめ言われていた通り注意深く働いていたが、アンドルーは苛立つばかりだった。ジェニーの料理がまずいのでも、珈琲がぬるいのでもなく、掃除が行き届かないわけでもなかった。苦痛は、クリスティンがいないという、その一点にあった。彼女は家におらず、呼んでも答えず、会いたくても会えなかった。アンドルーは、しばしば医学書を前にして呆然と数時間を過ごし、ずっと彼女のことばかり考えていた。

二週間後、彼女からふいに、夜には帰るという電報が届くと、たちまちアンドルーの頭の中は、彼女を迎える準備のことでいっぱいになった。再会を祝うためには、どんな贅沢を尽くしても足りないと思ったのだ。当日の電報であったので、あまり時間はなかったが、午前の診療が終わると彼はすぐに町に飛び出し、バラの花束を買い、ケンドリックの魚屋では、今朝入ったばかりの新鮮なロブスターを見つけた。ケンドリックは、こういういい品物はみんなヴォーン夫人に届けてしまうので、アンドルーは見つけた途端、ロブスターを摑み上げていた。それから氷を買い、八百屋でサラダのための野菜を求め、最後に広場の食料雑貨店で、思い切ってモーゼルワインを一本手に入れた。それは店主のランパートが「逸品だ」と保証したワインである。

ジェニーは、家の主人の落ち着かない様子に、好奇心いっぱいの目を向けていた。アンドルーもそれに気付き、午後のお茶を飲んだあとに、今日は帰ってよいと伝えた。ジェニーを帰すと、すぐに仕事に取りかかり、丁寧にロブスターのサラダを作り、バケツに氷をいっぱいにして即席のワインクーラーも用意した。バラの花束は思わぬ問題を引き起こした。ジェニーが、花瓶を保管してある階段下の食器棚の鍵を閉めてしまい、その鍵がどうしても見つからなかったのだ。しかしこの難題も彼は乗り越えた。花束の半分は水差しに入れ、残りの半分は、二階の洗面台にある歯ブラシ立てに入れたのである。思わぬ機転は、かえって華やかなくらいだった。

すべての準備は完了した。花束、食事、氷とワインボトル——、それらを満足げに見回すと、アンドルーはいったん夕方の診療に出かけ、九時半には、彼女を迎えるために駅へ出かけて行った。

再び恋におちたように新鮮で、心が浮き立っていた。アンドルーは妻を愛情たっぷりの祝宴に優しく案内した。風のない暑い夜で、月が美しく輝いていた。彼は基礎代謝の複雑な経路などすっかり忘れ、まるでプロヴァンスかどこかの美しい湖畔の城にいるみたいだと語った。そしてクリスティンに向かって、次々と話しかけた。——君は美しくて賢い素晴らしい女性だ。自分はこれまで人でなしの乱暴者だったが、残りの人生は君の絨毯になって踏まれても構わない。赤い絨毯が好みでないなら、好きな色になってもいい――。そんな風に絶え間なく優しく彼女に語り続けた。しかし、これだけ愛情に溢れた祝宴を開いておきながら、その週末にはもう彼女に向かって、スリッパを持ってこいと怒鳴っていたのである。

診療と勉強の過酷な日々はあっという間に過ぎていった。

数ヶ月がまたたくまに飛び去り、埃っぽい焼け付くような八月になった。

書物に向き合う勉強が一段落するとともに、アンドルーは、今度は実践的な分野に手を伸ばす必要性に直面していた。特に組織学は、今の彼の環境では、克服することが難しい分野だった。このタイミングで、チャリス教授と教授のカーディフ大学での地位に思い至ったのは、クリスティンである。アンドルーが手紙を書くと、チャリスはすぐに、病理学教室に対する自分の影響力を自由に使ってもらって構わないと、例の饒舌な調子で返信を送ってくれた。同教室のグリン・ジョーンズ博士はきわめて優秀な人物であることを伝えた上で、最後にクリスティンによろしくと書き添えてあった。

「もっと早く君に相談すべきだったよ、クリス。友人を持つというのは、こういうことなんだな。僕はあの夜ヴォーン家で教授に会ったことなんか、ほとんど忘れていたんだ。こんな親切な老人だったんだな。誰かの好意に甘えるのは嫌だけど、こいつは教授の君に対する好意なんだから、僕が気にする必要はないわけだ」

その月の半ば、インディアン社の真っ赤な中古バイクが、ヴェール・ビューに姿を現した。広告によると、前の持ち主が「スピードが出過ぎる」と言って手放した代物で、扱いにくいと書かれていたが、安価というのが売りだった。ちょうど夏の暑さが緩み始め、アンドルーには午後に三時間ほどひと息つける時間ができていた。

毎日昼食が終わるとすぐに、赤いバイクが爆音を上げ、五十キロ離れたカーディフの方向へ谷を下っていくようになった。そして毎日夕方の五時過ぎに、埃まみれの赤バイクがヴェール・ビューを目指して戻ってくるのである。

午後の、焼け付くような百キロのドライブは数週間続いた。カーディフでは、グリン・ジョーンズ博士の用意した検体やスライドを観察し続けたが、顕微鏡を動かす手にはハンドルの振動が残っていて、しばしば小刻みに震えているようだった。

一連の常軌を逸した冒険の中でも、この時期が、クリスティンにとってもっとも不安で辛い時間となった。あの悪魔のような機械にまたがって必死に走り回るアンドルーに、恐ろしい事故でも起こりはしないか。そんな恐怖を覚えながら、排気ガスを撒き散らしながら走り出していくバイクを見送り、帰りに聞こえてくるかすかな爆音を一心に待ち続けることほど苦しいことはなかった。

目の回るほどの忙しさであったが、それでもアンドルーはクリスティンのためにカーディフでイチゴを買ってくることがあった。二人はその日の外来診療が終わるまで、それを食べずにとっておいた。そして夜のお茶の時間になると、埃まみれで目を真っ赤にしたアンドルーは、トレコードへの悪路を走っているうちにお腹の中がどうにかなったかもしれないと心配したり、留守中に依頼のきた二件の往診を、無事終わらせられるだろうかと考えたりしながら、ぼんやりとイチゴをつまんでいた。

しかしとうとう過酷な旅も終わるときが来た。ジョーンズ博士の教室で学べることはすべて学んだ。すべてのスライド、すべての検体をあまさず覚えてしまった。あとは試験の願書に名前を書いて送り、高額の受験料を払うだけであった。

十月十五日、アンドルーはひとりでロンドンに向かった。クリスティンは駅舎まで見送りにきた。今やこの最後の段階にきて、アンドルーは奇妙なほど落ち着いていた。必死の努力、殺気立った勉強、ときどきの狂ったような罵声、そういったものがすべて遠い昔のことのようだった。彼の頭脳は、ひどくぼんやりとしていて、何も覚えていないかのようだった。

それでありながら翌日、会場の医科大学で試験が始まると、彼はほとんど自動機械のように答えを書き続けた。書いて書いて、時計も見ずに書き続けて、頭がふらふらになるまで解答用紙を埋め続けた。

彼は、クリスティンと初めてロンドンに来たときに泊まったミュージアム・ホテルに部屋を取っていた。安いホテルなのはよかったが食べ物はひどく、もともと調子の悪かった彼の胃腸は、すっかり消化不良を起こしてしまった。やむなくアンドルーは、食べ物を温かい麦芽牛乳だけに制限した。ストランドにあるＡＢＣ喫茶店でのミルク一杯が、昼食となったのである。

試験と試験の間は、ほとんど呆然と過ごした。娯楽を楽しみに行こうとは、まったく思わず、町ゆく人々の姿も目に入らなかった。ただ、ときどき頭をすっきりさせるために、ロンドンバスの二階に乗って風に当たってみたりした。

筆記試験のあとには、実技試験と口頭試験が始まったが、これまでの試験より、ずっと大きな恐れをアンドルーは感じた。二十人ほどの受験者がいたが、皆アンドルーより年配で、地位も自信もありそうな雰囲気を漂わせていた。例えば彼の隣の受験者は、リアムという男で、一度か二度話しただけだったが、オックスフォード大学の医学士で、セント・ジョーンズ病院の外来診療を担当し、ブルック街に自分の診療所も持っていた。言動の洗練されたリアムと、田舎者の武骨な自分を比べると、自分が試験官に好印象を与えられる可能性などほとんどないと思わざるを得なかった。

南ロンドン病院で行われた実技試験は、しかし彼としては十分な出来栄えで、自信を持ってレポートを提出できた。担当症例は、十四歳の気管支炎の少年だったが、肺疾患は彼の得意分野であったから、これは幸運というべきであろう。だが口頭試験になると、それまでの幸運は完全に逆転したように思われた。

医科大学における口頭試験の手順は特異なものである。各受験者は、二日間連続で、二人の別々の試験官から試問を受ける流れになっているのだが、初日が終わって受験者が不適格だと判断されると、その日の帰宅時に、翌日は来なくてよいという丁重な通知を渡されるのである。この運命の通知という緊迫感を前にして、自分の初日の試験官が、モーリス・ギャズビー博士だと知ったアンドルーはぞっとした。リアムが、きわめて厳しいと不安げに話していた人物であったのだ。

ギャズビーは黒い顎髭を生やし、小さな陰険な目を光らせた、痩せた小柄な男であった。最近試験官に選ばれたばかりだが、年配の試験官に見られる寛容さとは縁のない人物で、目の前に来た受験者を故意に不合格にしようと待ち構えているような威圧感さえ漂わせていた。彼は眉を上げて冷ややかな目をアンドルーに向けると、六枚のスライドガラスを提示した。そのうちの五枚をアンドルーは正確に答えたが、最後の一枚がわからなかった。ギャズビーがもっとも注意を向けているのも、その一枚であり、どうやらそれは、西アフリカの寄生虫の卵だと思われた。五分間、ギャズビーはこの一枚のスライドでアンドルーを悩ませ続けたが、やがて急に興味をなくしたような面倒そうな態度で、彼を次の試験官ロバート・アベイ卿の方へ追いやった。

アンドルーは血の気の引いた顔で立ち上がると、息苦しいほどの動悸を覚えながら隣の部屋へ移っていった。試験が始まってからの、ぼうっとした疲労感や無気力感はすっかり吹き飛ばされていた。彼は、合格することにすべてを懸けていた。しかしギャズビーが合格にするとは思えなかった。隣の部屋に移って目を上げると、アベイ卿が優しげな、そしていくらかおどけたような明るい微笑を浮かべて彼を見ていた。

「どうかしたのかい？」

思いがけずそんな問いを、アベイは投げかけてきた。

「なんでもありません」

アンドルーは口ごもりながら、

「ギャズビー先生のところで、あまりうまくいかなかったものですから……。それだけです」

「そんなことは気にしなくてもいい。ここにある検体を見なさい。そして考えたことをなんでも自由に話してみなさい」

アベイは元気づけるように明るく笑った。さっぱりと髭を剃った、血色のよい六十五歳くらいの男であった。額が広く、いくらか上唇が突き出た愛嬌のある顔立ちである。

ロバート・アベイ卿は、今でこそヨーロッパで三本の指に入る有名な医師であるが、もともとは、地方都市リーズのささやかな評判だけを頼りにロンドンに出てきて、若いころには、数々の苦難や偏見にぶつかった苦い経験を持つ人物だった。

彼は何気ない素振りで、しかしじっとアンドルーを見つめていた。

くたびれたスーツや仕立ての悪いシャツ、結び目の緩んだ安物のネクタイ、そして何よりも、その真剣な顔ににじんだ努力のあと……。そのすべてが、アベイに、自身の若かりしころを思い起こさせた。自然に彼の気持ちは、この風変わりな受験者に惹きつけられ、手元の成績表に視線を向けていた。そしてこの若者の成績、特に直近の実技試験の成績が、合格水準以上にあることを認めて、満足した。

その間に、アンドルーは、目の前に置いてあるガラス瓶を見つめながら、標本について疲れた口調で口ごもりながら説明した。

「よろしい」

突然アベイが言った。そして新たな検体を一つ持ち出し、気さくな態度で質問を始めた。それは上行大動脈に生じた動脈瘤の検体であった。アベイの質問は、最初は簡単なところから、段々専門的に、かつ広範囲に広がり、ついにはマラリアによって誘導される最新の特殊な治療法にまで及んだ。アンドルーはしかし、アベイの温かな口調に励まされて、着実に答えていった。

最後に、アベイは検体を置いて問うた。

「動脈瘤の歴史について何か知っていることはあるかね？」

「アンブロワーズ・パレが……」

アンドルーがそう応じただけで、もうアベイは満足そうに頷いていた。

「最初にこの病態を発見したと、推定されています」

最後まで聞いて、アベイは意外そうな顔をした。

「なぜ『推定』と言うんだね、マンスン先生。パレは実際に動脈瘤を発見したんじゃないのか？」

アンドルーは赤くなったが、しかしすぐに、今度は緊張で青白くなりながら答えた。

「はい、先生、確かに教科書にはそう書いてあります。どの本にも書いてあることです。私自身、六冊の本にそう書いてあることを自分で読んで知っています」

彼は短く息をついて続けた。

「しかし、私はラテン語の勉強のためにケルススの『医学論』を読んだとき……ラテン語をもっと磨く必要があったものですから……そのときに、確かに『動脈瘤』という言葉を見つけたんです。ケルススは動脈瘤を知っていました。彼は沢山の記述を残しています。そしてこれはパレよりも十五世紀も前のことなのです」

ちょっと沈黙が続いた。アンドルーは、やんわりと皮肉でも言われるだろうと覚悟して目を上げた。アベイは、つかみどころのない表情でアンドルーを見つめていた。

「マンスン先生」

やがてアベイが言った。

「この試験会場で、独創的で、真実で、そして私の知らない事柄を口にしたのは、君が初めてだよ。いや、本当におめでとう」

アンドルーは再び赤面した。

「もうひとつ教えてくれないか。私の個人的な好奇心によるものだが」

アベイは静かに続けた。

「君には何か信念のようなものはあるかね？　君がプロフェッショナルとして診療現場に立つとき、何よりも大切にしている基本的な思想といったものだ」

沈黙の中で、アンドルーは必死になって考えた。やがて、ここまで積み重ねた好成績が台無しになるかもしれないと思いながら、それでも勢いのままに口を開いた。

「私は……私はどんなことでも簡単には信じ込まないよう、自分にいつも言い聞かせています」

「ありがとう、マンスン先生」

アンドルーが部屋を出て行ったあと、アベイはそっとペンを手に取った。彼はまた若いころを思い出し、いくらか感傷的にさえなっていた。

――もしあの青年が、人々を治したいとか、人類を救いたいなどと答えたら、失望して落第点をつけたかもしれない。

しかしそうではなかった。アベイは、アンドルー・マンスンの名前の横に、前代未聞の最高点「百点」をつけた。実際、アベイがもし自由に書いて良い立場であれば、率直な思いを込めて、その二倍の数値を書き込んだに違いない。

数分後、アンドルーは他の受験者たちとともに一階に下りていった。階段下には革の屋根をかけた小さな詰め所があり、封筒の束を持った制服姿の事務員が立っていた。受験者が通るたびに事務員は、名前を確認してひとりずつ封筒を渡していった。アンドルーに続いて出てきたリアムは、急いで封を切ると、はっとして息を詰めた。

「――僕は、明日はもう来なくていいらしい」

無理に笑顔を作って、リアムは振り返った。

「あなたはどうでしたか？」

アンドルーの指は震えていた。まともに読むことができなかった。ぼうっとした頭に、リアムが「おめでとう」と言う声だけがかすかに聞こえた。

彼はまだチャンスを手放してはいなかったのだ。そのままＡＢＣ喫茶店に足を運び、麦芽牛乳で自分をねぎらった。アンドルーは震えるような緊張とともに自分にささやいた。

――ここまで来て、もし合格できないようなら、俺は……俺は、バスに飛び込んで死んでやるんだ。

翌日も息詰まる空気の中で過ぎていった。

かろうじて半分程度の受験者が残っており、さらにこのうちの半分が不合格になるという話だった。試験に答えている間、もはや自分がうまくできているのか駄目なのかも、彼にはわからなかった。ひどく頭痛がして、足が冷たく感じ、からっぽになった気分だった。

午後四時、とうとうすべてが終わった。

アンドルーはコートを引っかけながら、疲れ切った憂鬱な気分でクロークから出てきた。玄関ホールの大きな暖炉の前に、アベイ卿が立っているのが見えた。アンドルーは何気なく通り過ぎようとしたが、しかしなぜかアベイの方から歩み寄ってきた。声をかけながら、にこやかに手を差し出しくれた。そして——合格だと、知らせてくれたのである。

すぐには、何が起きたのかを理解できなかった。

やがて、歓喜の波が押し寄せてきた。

——やり遂げたのだ！

とうとうやり遂げたのである。

彼は生き返った。頭痛は消し飛び、あらゆる疲労が消え去り、またたくまに生き生きと活力を取り戻していた。狂ったように高鳴る動悸を胸に、彼は一番近くの郵便局まで全力で走り出した。

——合格した、成し遂げた、それも、ロンドンのウエストエンドからではなく、辺境の鉱山町から！

全身が歓喜の歌に満たされていた。今になってみれば、あの長い夜も、カーディフまでの悪路も、拷問のような勉強も、なんでもなかった。

人混みを掻きわけ、ぶつかり、押しのけながら、タクシーやバスに乗ることも忘れて、アンドルーは走り続けた。この奇跡をクリスティンに知らせる電報を、一刻も早く打つために、夢中になって走り続けた。

第十一話　第三坑道

定刻を大きく遅れた汽車がようやくアベララウに着いたのは、もう夜中であった。谷を上る途中、始終猛烈な向かい風を受けて、なかなか汽車の速度が上がらなかったのだ。

ホームに下りたアンドルーは、吹き荒れる強風に転びそうなくらいだった。駅舎にほとんど人影はなく、駅前の若いポプラ並木が、風が吹き抜けるたびに、弓のようにしなり、うなり、震えていた。それほどの強風でありながら、見上げれば、頭上には星が磨かれたように輝いていた。

アンドルーは駅前通りを歩き出した。強風に体は身構えていたが、心の方は軽やかに浮き立っていた。試験に合格したことや、偉大な人物との出会い、洗練された医学界に触れたことなどが次々と胸に溢れ、今もロバート・アベイ卿の言葉が耳の奥で鳴り響いていた。そういった事柄すべてを、自分が経験したことの何もかもを、一刻も早くクリスティンに話したかった。電報はすでに届いているはずだが、この驚きに溢れた物語のあらゆる出来事を、彼女に直接語りたかった。

風に頭を下げながら、トルガース・ストリートを曲がったとき、アンドルーはひとりの男が後ろから走ってくるのに気が付いた。男は必死に走っている様子だが、鳴り響くはずの靴音は強風にかき消されて、幻影か何かのように頼りない。直感的にアンドルーは足を止めた。フランク・デイヴィスだった。この春まで無煙炭鉱第三坑道の救急班にいた男だ。同時にデイヴィスの方もアンドルーに気が付いたようだ。

「先生を探していたんです！」

風をついてデイヴィスの大声が届いた。

「ちょうど先生の家まで行ってたところなんですよ。風で電話線が切れちまって……」

突風がたちまちその声を吹き飛ばしていく。

「何かあったのか⁉」

「第三坑道で落盤です！」

大声で問うアンドルーに、デイヴィスが手を筒状にして耳に叫び返した。

「ひとり埋まっちまったんです。そいつが引き上げられそうにないんですよ。サム・ベヴァンです。先生のとこの患者だ。急いで来てください！」

アンドルーはすぐにデイヴィスと歩きかけて、思い出したように立ち止まった。

「鞄が必要だ。家に行って取ってきてくれ。私は先に第三坑道に向かっている」

それから、とアンドルーは付け加えた。

「フランク、妻に私の行き先も伝えておいてくれ」

アンドルーは待避線を横切り、風の吹き抜けるロース小路を通って、四分後には第三坑道に着いていた。緊急の救護室には、坑道監督と三人の男が彼を待っていた。監督はアンドルーの顔を見て、張り詰めた表情をわずかに緩めた。

「来てくれてよかった、先生。嵐のおかげで散々ですよ。しかもそのさなかにひどい落盤だ。幸い死人は出ていないんですが、ひとり腕を挟まれて動けない奴がいるんです。どうにも引っ張り出せないんですよ。しかも天井もいつ崩れるかわからない」

アンドルーと三人はすぐに、坑道に降りるための昇降機へ向かった。二人が添え木を結びつけた担架を運び、ひとりが応急処置用の救急箱を運んだ。全員が昇降機に乗り込んだところで、坑道の入り口の方から駆け込んでくる人影が見えた。鞄を抱えたデイヴィスだ。昇降機に飛び乗って座り込んだデイヴィスを、アンドルーがねぎらった。

「早かったじゃないか、フランク」

デイヴィスは息を切らせて話すこともできず、頷いただけであった。

合図の金属音が鳴り響くと同時に、はっとする間もなく昇降機は地下へ降りて行った。底に着くと、監督を先頭に、アンドルー、鞄を抱えたデイヴィス、三人の男たちの順に、一列になって奥へと急いだ。

以前にもアンドルーは地下坑道へ降りたことがあった。ブライネリ鉱山では、高い丸天井の、暗くて音の反響する、地の底のような洞窟に、しばしば足を運んだものだ。そこでは鉱員たちが、鉱床を爆破しては石を掘り出していた。しかしアベララウの第三坑道は、長く曲がりくねった運搬路が延々と奥の作業場へと連なる、旧式の坑道のひとつだった。運搬路は、通路というよりは、天井の低い洞穴のようなもので、冷たい水があちこちから滴り落ちている。その狭い空間を、ときには膝や手をついて腹ばいになりながら進まなければならない。アンドルーたちは黙々と奥へと八百メートルばかり進んだが、突然、先を行く坑道監督のランプが止まった。目的地に着いたのだ。

　狭い坑道の突き当たりで、三人の男が腹ばいになったまま重なり合い、仲間を助けようと力を尽くしていた。奥の方では、ひとりの男が体を丸めるようにして横たわっている。肩が後ろの方に反り返っていたが、その先は落ちてきた岩の塊に押しつぶされて見えなくなっていた。周りには掘削用の道具が散乱し、弁当箱が二つひっくり返り、上着が脱ぎ捨てられていた。

「どうだ、お前ら」

　監督の低い声が響いた。

「どうにも、動かせねえんです」

　汗まみれの汚れた顔の男が振り返った。

「やれることは全部やったんですが……」

「だろうな」

ちらりと天井を見上げながら、監督が続けた。

「先生が来てくれた。そこをどいて、場所を空けてくれ。さあ、どいた、どいた」

三人が脇へ寄ってくれたので、アンドルーは前へもぐりこんだ。なぜかふいに、終わったばかりの試験が頭をよぎった。最先端の生化学、仰々しい論文や科学の専門用語……。もちろんそんなものは、目の前の不慮の事故に、何の役にも立たない。

サム・ベヴァンの意識はしっかりとしていた。しかし顔は粉塵にまみれ、目元は落ちくぼんでいた。ベヴァンは弱々しくも、アンドルーに笑おうとした。

「救急搬送の実地訓練をやろうってわけですな、俺を使って」

ベヴァンも同じ救急班のメンバーのひとりで、よく包帯訓練に集められたのだ。

アンドルーは患者ににじり寄った。監督が肩越しに差し出したランプの下で、素早く手を伸ばしてけが人の状態を確認した。ベヴァンの体の大部分は問題なかった。左の前腕部だけが、岩の下敷きになっていた。左腕が岩の巨大な重みで完全に押しつぶされ、そのために囚人のごとく、抜け出せなくなっているのだ。

アンドルーは即座に、ベヴァンを救い出すためには、腕を切断するしかないと判断した。

そしてベヴァン自身も、苦痛にゆがんだ目を緊張させて、その判断を読み取った。

「やってください、先生」

ベヴァンがつぶやいた。

「こんなとこから、早く俺を引っ張り出してください」

「心配ない、サム」

アンドルーは答えた。

「眠らせるぞ。起きたら次はベッドの上だ」

六十センチほどの狭い空間で、泥水の中に横になりながら、アンドルーは外套を脱ぎ、それを折り畳んで、ベヴァンの頭の下に滑り込ませた。袖をまくりながら、背後に向かって鞄をよこすように告げた。鞄を差し出しながら、監督が耳元でささやいた。

「急いでください、先生。時間がない。じき天井が崩れてきますぜ」

アンドルーは鞄を開けた。途端に、クロロホルムの強い臭いが鼻をついた。はっとして鞄の中に手を突っ込むと、ガラスの破片が指先に触れて、何が起きたかがわかった。フランク・デイヴィスが慌てて持ってくる間に、鞄を落としたに違いない。クロロホルムの薬瓶が割れて、中身がこぼれてしまったのだ。アンドルーは思わず身震いした。地上まで取りに行っている時間はない。しかし、麻酔もない。

おそらく二十秒間、彼は凍りついたように静止していた。それからほとんど機械的に皮下注射針を取り出し、最大量のモルヒネを吸い上げて、ベヴァンに注射した。効果を確認している時間はない。足下に鞄をひっくり返して手術器具を取り出し、またベヴァンの上にかがみこみ、止血帯をがっちりと絞めてから言った。

「目を閉じろ、サム」

明かりは暗く、影がゆらゆらと怪しく揺れ動いた。切開の瞬間、ベヴァンの食いしばった歯から呻き声が漏れた。さらに彼は呻いた。しかし幸いにも、ナイフが骨をこすり始めたときには、彼は気を失っていた。

冷たい汗がアンドルーの額を流れていた。つぶれた肉から噴き出す出血を止血鉗子で止めていく。もう何をしているかわからなかった。ネズミの穴のような、地上から遠く離れた地下深くで、泥の中に寝ころび、息が詰まりそうだった。麻酔もなく、手術室もなく、指示に従う看護師もいない。おまけに彼は外科医ではない。絶望的で、おかしくなりそうだった。とてもやり遂げられるとは思えなかった。天井が落ちてきて何もかも押しつぶしてしまうかもしれない。すぐ後ろでは、坑道監督の張り詰めた呼吸が聞こえている。ときどき思い出したように冷たい水の滴が天井から首筋に落ちてきた。熱に浮かされたように動き続けている指先は、血にまみれ、熱くほてっていた。のこぎりの軋る音……。どこからかロバート・アベイ卿の声が聞こえる。

「今後、科学的治療の機会は確実に……」

ああ、冗談じゃない！　絶対に無理だ！

しかし――、アンドルーはやり遂げていた。

気が緩みかけて、一瞬、嗚咽が漏れそうになった。血まみれの傷口にガーゼを押し込め、膝立ちでよろめきながら後ずさった。

「運び出してくれ」

五十メートルほど離れた、立てるほどの広さのある場所で、四つのランプに囲まれて応急処置の仕上げを施した。先ほどより仕事は楽になった。

消毒し、包帯を巻き、ドレーンを留置し、二ヶ所に縫合を加える……。

ベヴァンの意識はないままだったが、脈は弱くとも正確に打ち続けていた。やがてアンドルーは額を拭った。終わったのだ。

「担架でそっと運んでくれ。毛布で体を覆うんだ。外に出たらすぐ湯を沸かしてくれ」

行列は、狭いところでは腰をかがめつつ、ゆっくりと進んだ。運搬路にゆらゆらと影が揺れ続けた。六十歩も進まないうちに、背後の暗闇から重苦しく、くぐもった音がこだましてきた。トンネルに列車が入ったときの低い鳴動《めいどう》にも似た響きだ。坑道監督は振り返らなかった。ただ、静かな異様な声でアンドルーに言った。

「あれですよ。落盤の残りです」

天井が低く、足場も悪い坑道を、担架とともに進むのは容易ではない。アンドルーにはもう、どれくらい地下にいるのか、わからなくなっていた。一時間近くかかったであろうか。一行はやっと昇降機まで辿り着いた。

そこから地上までは、あっという間だ。一気に出口まで昇ると、たちまち鋭い風が吹きつけてきた。いまだ呆然としたまま、アンドルーは長い息を吐き出した。

坑道の入り口では、大きな篝火《かがりび》が風に揺れ、じりじりと音を立てていた。その周りには小さな人だかりがあり、ショールで頭を包んだ数人の女たちの姿も見える。

担架がゆっくりと傍を通り過ぎていったとき、アンドルーは突然激しく名前を呼ぶ声を聞いた。と思った次の瞬間には、クリスティンがアンドルーの首に飛びついていた。クリスティンはしがみついたまま、半狂乱で泣きじゃくった。帽子もかぶらず、寝間着の上に外套を着ただけで、素足を革靴に突っ込んだだけの姿は、風の吹き荒れる暗がりの中では、ほとんど浮浪者のようだった。

「どうしたんだ？」

アンドルーは驚いて、クリスティンの顔を見ようとしたが、首にからんだ腕はまったく緩まない。まるで水に溺れている人のようにアンドルーにしがみついたまま、彼女はとぎれとぎれに泣きながら言った。

「落盤があったって、みんなが言ったの……。きっと……あなたは戻ってこないって……」

クリスティンの肌は血の気がなく、寒さに歯の根が合わないほど震えていた。

アンドルーは彼女を救護室の火の傍に連れて行った。恥ずかしかったが、同時に胸の奥に温かなものが広がっていた。二人は、火傷しそうなくらい熱いココアを、ひとつのコップで分け合って飲んだ。

二人が、ついに手に入れたあの偉大な資格について思い出したのは、ずいぶんあとのことだった。

第十二話　クリスマス・イブ

サム・ベヴァンの救出劇は、過去に幾度も大きな鉱山事故を経験し、惨事も恐怖も知っているこの町にとっては、平凡な出来事のひとつに過ぎなかった。けれどもアンドルーの担当区域の空気は大きく変わった。彼がロンドンで得た肩書だけを持って帰っていたら、「くだらない新し物好き」という冷笑を受け取っただけであろう。しかし今では、それまで彼のことを見向きもしなかった人たちから、愛想のいい頷きや、ときには笑顔さえ向けられるようになっていた。

アベララウにおける医師の本当の人気というものは、その医師が町を歩けばすぐにわかる。かつてはアンドルーが通るとき、家々の扉はしっかりと閉じられていたが、今は開け放たれ、シャツを着た非番の男たちは煙草を吸いながらすぐに声をかけ、女性たちは自宅に招き入れようとし、子供たちは楽しげにアンドルーを囲んで挨拶をした。

第二坑道の掘削工の長で、西部地区の長老格のガス・パリー老人が、アンドルーの背中を眺めながら言った言葉は、最近の鉱員仲間たちの世論を要約したものとみて、差し支えない。

「え、みんな。奴は確かに堅物の学者先生だ。だけど、いざって時には、ちゃんと本物の仕事もできる男だぜ」

　医療カードがアンドルーのもとに戻り始めた。最初は少しずつだったが、アンドルーが、自分のもとに帰ってきた転向者を罵倒しないとわかると、たちまち雪崩を打って殺到してきた。オーウェンはそんな変化を心から喜び、ある日、広場でアンドルーに会うと笑って言ったものだ。

「私の言った通りでしょう？」

　ルウェリンは、試験の結果について、少なくとも外面上はとても喜んで見せた。電話をかけてきて大げさに祝辞を述べ、それから穏やかに、二件の手術の麻酔を依頼してきた。

「ところで」とルウェリンは、長時間の手術の終わりがけに、にこやかに話しかけた。

「君は試験官に、医療組合の助手をしているという話はしたのかね？」

「先生の名前を言いました」

　アンドルーは愛想良く応じて、付け加えた。

「それでうまくいったのだと思います」

　東部診療所のオックスボローとメドリーはアンドルーの合格に、たいした興味を示さなかったが、アーカートは、言葉こそ傍若無人だったが、心底祝福してくれた。

「まったくなんて野郎だ、マンスン君。わしの目を盗んで、とんでもないことをやりやがった！」

アーカートは、有名になった同僚に賛辞を贈ったその同じ口調で、肺炎で治療中の女性患者について相談を持ちかけ、予後について意見を求めた。

「この患者は回復すると思います」

アンドルーはそう言って、科学的な根拠をいくつか挙げた。

アーカートは疑わしげに頭を振って、

「わしは君の言う、多価血清とか抗体とか国際単位ってもんは聞いたこともないがね。彼女は結婚前はもともとパウエル家の人間だった。パウエル家のもんが肺炎で腹が腫れてくると、八日もたたんうちに死ぬんだ。わしはほかの家族も看取ったことがあるからな。彼女も腹が腫れてきてないかね？」

その患者が七日目に死んだとき、アーカートは科学的手法に対する密やかな勝利を、さり気ない口調で触れ歩いた。

デニーはすでに外国にいて、このニュースについては知らせようがなかった。しかし最後に、少しも予想していなかったフレディ・ハムソンから祝辞を述べた長い手紙が届いた。

フレディは、医学雑誌ランセットで試験結果を見たらしく、アンドルーの成功をからかい、ロンドンへ来るよう誘っていた。その上で、自分もあのカーディフの夜に話した通り、クイーン・アン街で大成功を収め、戸口には粋な真鍮の表札を光らせていると書き記していた。

「フレディに連絡しなかったのは、まずかった」

アンドルーは言った。

「たまには手紙を出さないといけないな。また会うこともあるだろうし。親切な手紙じゃないか」

「そうね、とっても親切ね」

クリスティンの口調は素っ気なかった。

「でも、手紙のほとんどは自分の話じゃない」

クリスマスが近づくと急に気温が下がり始め、霜が降りて身の引き締まるような朝と、星の輝く澄んだ夜が続いた。鉄のように硬く凍った道が、アンドルーの靴の下で鳴り、冷たくも澄み切った空気は、上質のワインのように彼を元気づけた。彼の頭の中では、粉塵曝露の研究に関する壮大な計画が、着々と進みつつあった。

すでに担当患者たちの検査結果から、有望な情報が集まっており、今度は、三つの無煙炭鉱の全労働者を網羅的に検査するという規模を拡大した研究について、ヴォーン家からも許可を得ていた。かつてない素晴らしいチャンスだった。計画では、坑道内で働く鉱員たちの一群に対して、坑道外の地上で働く労働者たちを対照群に用いる予定であり、新年早々から始めるつもりであった。

クリスマス・イブの日、アンドルーは、精神的にも肉体的にも、何か不思議な高揚感に包まれながら、診療所からヴェール・ビューへの道を帰っていた。通りを歩けば、あちこちから今にもお祭りが始まりそうな明るい雰囲気が伝わってくる。ここの鉱員たちは、クリスマスを特別大切に祝うのである。一週間も前から、どの家でもリビングに子供たちが入ってこないように鍵を掛け、紙のリボンで飾り付けをし、タンスの奥におもちゃを隠し、クリスマス用の積立金を払い出して、ケーキ、オレンジ、砂糖のビスケットなどの食べ物を買い込んで、テーブルに並べるのである。

クリスティンもまた、楽しげに、柊やヤドリギなどのクリスマスの飾り付けをしていた。

しかしその夜アンドルーが帰ると、いつになく興奮したクリスティンが待っていた。

「何も言わないでね」

アンドルーの手を取りながら、彼女は素早くそう言った。

「一言も駄目。目を閉じて、私についてきて！」

アンドルーは彼女に導かれるようにキッチンに入っていった。そこで目を開けると、テーブルの上には、沢山の包みが並んでいた。不器用に包装された箱から、ただ新聞紙にくるまれただけの物や、何にも包まれていない物もあったが、それぞれに小さな手紙がついていた。

瞬時に彼は、患者からの贈り物だと理解した。

「見て、アンドルー！」

クリスティンが叫んだ。

「ガチョウよ、それから家鴨も二羽。素敵なアイスケーキにニワトコワインの瓶もある。なんて優しい人たちなの。みんな、あなたのために持ってきてくれたのよ。素晴らしいことじゃない」

彼は何も言葉が出てこなかった。担当区域の人たちが、とうとう彼を認めて、好意を示してくれていた。その証拠の品々を前にして、胸がいっぱいになった。

アンドルーは肩にもたれたクリスティンと一緒に、手紙を読んだ。文字などほとんど書いたこともない人が懸命に手書きしたらしきものもあれば、古い封筒の裏側に鉛筆で殴り書きしたようなものもある。

お世話になったセファン・ストリート三号の患者より
ウイリアムズの妻より感謝を込めて

サム・ベヴァンからは、ぎくしゃくした文字で「助けていただいたおかげで、クリスマスが迎えられます、先生」

ほかにもいくつもの手紙があった。

「全部、大事に取っておかないといけないね、アンドルー」

クリスティンが優しくささやくように告げた。

「二階に仕舞っておくから」

やがてニワトコワインの助けを借りて、いつもの調子を取り戻してきたアンドルーは、クリスティンがガチョウの詰め物をしているキッチンを行ったり来たりしながら、楽しげに雄弁をふるい始めた。

「これが本当のお礼というものだよ、クリス。お金のやりとりじゃない、妙な請求書とか頭割りの勘定とかでもないし、コインを積み上げたりもしない。みんな気持ちで支払うんだ。君ならわかるだろ、クリス。君が真剣に患者を診る。すると患者は自分にできる範囲で何かを君に贈る。なんなら石炭でもいい、自分の農園で採れたジャガイモ一袋や、鶏を飼ってる人なら卵だっていい――。わかるかい。つまりこれが、倫理にかなった理想というものだ。ところでその家鴨を贈ってくれたウイリアムズ夫人はね、僕が五週間の制限食で胃潰瘍を治すまでは、レスリーから次から次へと大量の薬を五年間も飲まされ続けていたんだ。ひどい土地じゃないか。そうなんだ、わかるだろ。医師たちがみんな金儲けをやめれば、この仕事全体がもっと純粋なものに……」

「そうね、アンドルー。ちょっと干しぶどうの瓶を取って。戸棚の一番上にあるから」

「なんてやつだ。僕の話なんて聞いてないな。お！　こいつはうまそうだ！」

翌日、クリスマスの朝は晴れていて、雲ひとつない好天だった。はるかな青空の下のタリン・ビーコンズ連峰は、真っ白な雪をかぶって真珠のように輝いていた。

午前の診察はわずかな人数で終わり、休診予定の午後を楽しみに、アンドルーは往診に出かけて行ったが、その往診リストもわずかなものだった。どこの家でも、彼の家と同様にご馳走の用意に忙しかった。担当区域の通りを歩きながら、アンドルーは絶え間なくかけられるクリスマスの挨拶に、飽きもせず応じていった。そして、今現在のこの愉快な気持ちと、一年前、同じ通りを歩いたときの荒涼たる気分とを、対比せざるを得なかった。

セファン・ストリート十八号の前を通りかかった彼が、躊躇いがちに足を止めたのは、そんな思いが胸にあったからだろう。アンドルーの元の患者のうち、あまり歓迎する気になれないチェンキンは別として、戻ってきていないのは、トム・エヴァンズただひとりであった。クリスマスの空気が、いつになく彼の気持ちを高ぶらせたのかもしれない。急にエヴァンズの家を訪ね、クリスマスを祝う言葉をかけたくなったのである。

ノックしても返事がなかったため、アンドルーはドアを開け、奥のキッチンへ入った。そしてその場で、はっとして立ち止まった。キッチンの中はがらんとしていて、ほとんど何もなかった。小さな火が燃えているだけの暖炉の前に壊れかけた椅子があり、そこにトム・エヴァンズが、曲がった腕を翼のように突き出したまま座っていた。うなだれ、無気力で、希望も見えなかった。エヴァンズの膝の上には四歳の小さな女の子が座っていた。二人とも、古バケツに植えたモミの木の枝を、じっと静かに見つめていた。その小さなクリスマスツリーは、エヴァンズが三キロ離れた山向こうまで歩いて見つけてきたものであろう。ツリーには三つの鑞燭が立てられていたが火は灯っておらず、その下には一家のクリスマスのご馳走が――わずか三つの小さなオレンジだけが――、並べられていた。

ふいにエヴァンズがアンドルーに気付いて振り返った。驚いた様子の彼の顔は、たちまち恥ずかしさと行き場のない憤りとで紅潮した。エヴァンズは、職を失い、家具の半分を質に入れ、腕も不自由になっていた。その成れの果てを、彼が忠告を拒否した当の医者に見られるのは、耐えがたい苦痛であるに違いない。もちろんアンドルーも、エヴァンズがひどい不運に見舞われたことはわかっていたが、これほど厳しい生活に陥っているとは思ってもいなかったのだ。

アンドルーは戸惑い、いたたまれなくなって、そのまま出て行きたくなった。その時エヴァンズの妻が、裏口から紙袋を抱えて戻ってきた。が部屋に入ると同時に、アンドルーにびっくりして、思わず紙袋を落としていた。石の床に落ちて破れた袋から、アベララウでもっとも安い肉の切れ端が二枚飛び出した。母親の顔を見た女の子は、急に声を上げて泣き出してしまった。

「どうかしましたか、先生」

エヴァンズ夫人が思い切ったように口を開いた。

「うちの人が、どうかしたんですか？」

アンドルーはぐっと歯を噛みしめた。ちょっとした勢いから目にすることになった光景に胸を突かれ、すぐには言葉が出なかった。もう居ても立ってもいられない気持ちになっていた。

「エヴァンズさん」

アンドルーは夫人の足下に視線を落としたまま言った。

「トムと私の間にちょっとした誤解があることをわかってます。でも、今日はクリスマスだし……それから、ああ、もし良ければ……」

なかば、しどろもどろになって話し続けた。

「三人でうちに来て、一緒にクリスマスの食卓を囲みませんか。そうしてくれると嬉しいんだが……」

「でも先生……」

夫人が答えかけたが、

「お前は引っ込んでいろ！」

エヴァンズが激しい口調で怒鳴りつけた。

「招待なんかごめんですよ。うちには肉の切れっ端しかないが、それで十分なんだ。惨めな施しなんて、誰からももらわねえ」

「何を言うんだ」

アンドルーは狼狽しながらも答えた。

「私は友人として声をかけているんだ」

「は、おんなじことだ！」

エヴァンズは吐き捨てるように応じた。

「すっかり落ち目になった人間に、あんたたちは肉の切れ端を投げつけて喜ぶんだろうな。ご馳走は自分たちだけで楽しめばいいさ。放っておいてくれ！」

「でもトム……」

エヴァンズ夫人が弱々しい口調で反論を試みた。アンドルーは必死に考え、なんとか気持ちを伝えるために夫人の方を顧みた。

「あなたからうまく説明してください、奥さん。準備はできているんだから、来てくれないと困るんだ。一時半だ。待ってるからね」

彼らが何か答えるより先に、アンドルーは踵を返して家をあとにした。

アンドルーがうっかり突き進んでしまったことに対して、クリスティンは何も言わなかった。その日はもともとヴォーン家を招待するつもりだったが、彼らはスイスにスキーに行ってしまっていた。代わりに招待されたのが、失業中の鉱員とその家族ということである。

アンドルーは暖炉を背にして立ったまま、クリスティンが不意の招待客のために食卓を整えているのを眺めていた。

「怒ってる？　クリス」

恐る恐るアンドルーが口を開くと、クリスティンは淡々と支度をしながら答えた。

「私はマンスン博士と結婚したはずよ。博愛家で高名なバーナード博士と結婚したんじゃない。本当にあなたって、すぐ感傷的になって行き過ぎちゃうんだから」

エヴァンズ一家は、時間通りに訪ねてきた。服装も整えていて、卑屈ではなかったが、ひどく居心地の悪い様子だった。アンドルーは無闇に気を配って親切に振る舞ったが、クリスティンが言っていた通り、食卓は憂鬱な空気に包まれ、この招待がひどい結果に終わりそうな予感が溢れていた。エヴァンズの腕は、食事をするのにも不自由なようで、それを気にしてちらちらとアンドルーの方に目を向ける夫の食事を、夫人がパンをちぎったり、バターを塗ったりして懸命に手伝っていた。

しかしそのいびつな空気の食卓に、思わぬ幸運が舞い降りてきた。アンドルーが胡椒を使っていたとき、ふいに蓋が外れて、スープの中にどっさりと白胡椒が落ちたのだ。空虚な沈黙が広がった直後、四歳のアグネスがくすくすと笑い出した。大慌てで子供を叱ろうとした母親は、しかしアンドルーの顔を見てやめた。次の瞬間、一座はどっと声を上げて笑った。

惨めな施しを受けているという気持ちからようやく解放されたエヴァンズは、やっと一人前の客人らしく、自分が熱心なラグビーのファンであることや、非常な音楽好きであることなどを話し出した。あの盛大な音楽の祭典である「アイステズボッド」で歌うために、三年前にカーディガン城まで行ったこともあるという。エヴァンズは、豊富な知識も自慢のひとつであるようで、アグネスがアンドルーと一緒にクラッカーを鳴らしている間、クリスティンとエルガーのオラトリオについて盛り上がっていた。

しばらくして、クリスティンはエヴァンズ夫人とアグネスを別の部屋へ連れて行った。残されたアンドルーとエヴァンズの間には、最初とは違う微妙な静寂が戻ってきた。二人とも心の中には同じような思いがあるのだが、互いにどう切り出せばいいかがわからないのだ。

とうとうアンドルーの方が、たまらなくなって口を開いた。

「君の腕については、とても残念に思っているんだ、トム。そのために坑道での仕事を失ったことも知っている。それで私が得意顔になっているなんて、思わないでほしい。本当に気の毒だと思っている」

「俺の方こそ、申し訳なかったと思ってるんです」

エヴァンズが言った。わずかな沈黙ののち、アンドルーは続けた。

「君のことを、私からヴォーンさんに相談してはいけないだろうか。余計なお世話だってことなら、もちろんやめる。でも私の頼みなら、それなりに聞いてくれるはずだ。坑道の外での仕事が何かあるかもしれない。例えば時間記録係とか、ほかにも……」

彼はそれ以上言葉を続けられず、エヴァンズの顔を見る勇気もなかった。

今度は長い沈黙が来た。その沈黙の中で、アンドルーはそっと相手の顔を窺ったが、すぐまた視線を下げた。エヴァンズの頬を涙が流れていた。彼はなんとかこらえようとしたが、かなわなかった。やがて動く方の腕をテーブルに置き、肩を震わせながら、そこに顔を埋めた。

アンドルーは静かに立ち上がると、エヴァンズに背を向けて、しばらく窓の外を眺めていた。やがてエヴァンズは落ち着きを取り戻したが、何も言わなかった。一言も話さず、アンドルーの視線を避けていたが、その沈黙はどんな言葉よりも彼の気持ちを語っていた。

三時半ころ、エヴァンズ一家は、訪ねてきたときの雰囲気とは正反対に、明るい挨拶をして帰っていった。

「ねえ、クリス」

一家を見送って、ようやく二人になったリビングで、アンドルーは感慨深くつぶやいた。

「あの可哀想な男の抱えている問題——つまりあの腕のことだけど……、あれは彼自身が悪いわけじゃないんだ。僕を信頼しなかったのも、僕が新参者だったからなんだ。カロン油についての知識なんか、あるはずもない。けれどアーカートは……エヴァンズのカードを預かっている彼は、知っておくべきなんだ。けれど無知なんだよ。どうしようもなく無知で、馬鹿馬鹿しいくらいに無知なんだ。医師に最新の医学知識を勉強させるための、法律が必要だよ。今の医療体制は、もう完全に時代遅れだ。強制的な医師の教育システム——例えば五年ごとに試験を受けさせるような新しい制度が必要なんだ」

「ねえ、アンドルー」

ソファに座っていたクリスティンが、笑顔を投げかけた。

「今日一日、私はあなたの博愛主義にお付き合いしたのよ。大天使みたいに、あなたの背中から真っ白い羽が伸びてくるのを黙って見てた。この上、哲学者の演説はいりません。こっちに来て傍に座って。今日は本当に、二人きりで話したい大事なことがあるんだから」

「なんだい?」

疑わしそうにアンドルーは振り返る。

「あんまり文句は言わないでくれよ。僕だって、ずいぶん立派に振る舞ったと思ってるんだ。とにかくクリスマスだし……」

クリスティンは優しく笑った。

「ええ、アンドルー。あなたはとても立派だったと思う。もう少しして吹雪でも起こったら、きっといっぱい服を着こんで、セントバーナード犬と一緒に雪山に飛び込んで、道に迷った人を連れてくるんでしょうね。とっても夜遅くなってから」

「そういえば昔、とっても夜遅くなってから、第三坑道に駆け込んできた人がいたっけかな」

一矢報いんとして、アンドルーは笑い返した。

「確か彼女は、まともな服も着こんでいなかったと思うけど」

「こっちに来て一緒に座って」

クリスティンはアンドルーの腕を引き寄せた。

「話したいことがあるの」

アンドルーが傍に座った途端、いきなり外から騒々しいクラクションの音が鳴り響いた。

「まったくもう！」

クリスティンが思わず声を上げていた。アベララウで、こんな妙なクラクションを出す車は一台しかない。コン・ボーランドの車だ。

「まずかった？」

アンドルーは戸惑いがちに言った。

「コンが、お茶を飲みにいくと言っていたんだ」

「そうなのね」

クリスティンは答えて立ち上がり、二人で揃って玄関へ出て行った。

門の前には、ついに改造の終わった車が停まっていて、コンがハンドルを握っていた。山高帽をかぶり、新しい手袋をしたコンの隣には、メリーとテレンスがいて、後部座席には、赤ん坊を抱いた夫人と三人の子供たちが乗っていた。車体は確かに長くなっていたが、車の中はニシンの缶詰のようにぎゅうぎゅうだった。

突然またクラクションが鳴り響いた。コンがエンジンを切るときに、どこかの配線がおかしくなってしまったのか、クラクションが止まらなくなったのだ。コンは悪態をつきながら色々いじくり始めたが、その間にも、通りの向かい側で窓を開ける家もあった。けたたましい騒音の中でも、しかしボーランド夫人は、いつものように赤ん坊を抱いたまま、後部座席にゆったりと座っていた。

「なんてこった」

コンはダッシュボードに髭をこすりつけるようにしながら嘆いた。

「バッテリーが切れちまう。どうなってんだ。ショートでもさせたか？」

「お父さん、ボタン」

メリーが落ち着いた声で言い、引っかかっていたボタンに手を伸ばすと、小さな指の爪をかけて引っ張った。騒音は終わった。

「ああ、助かった！」

コンは大きく安堵の息を吐いて、顔を上げた。

「元気か、マンスン。どうだい、この車。六十センチは長くしたんだぜ。最高だろう。ギアボックスに、まだ若干問題があるみたいでな。一気に丘を上りきるってわけにはいかなかった」

「ほんのちょっと停まっただけだよ、お父さん」

メリーが口を挟めば、コンも満足げに頷く。

「ああ、心配ない。また分解して、すぐ直しちまうよ。やあ、元気かい、マンスン夫人。クリスマスのお祝いに来たよ」

クリスティンが笑って招き入れた。

「さあ上がって、コン。素敵な手袋ね」

「妻からのクリスマスプレゼントなんだ」

答えるコンは、嬉しそうに手袋を見つめる。

「軍の払い下げ品らしい。まだ色々出ているって話だ。おや、どうした、ドアの調子が悪いのかな？」

ガタガタとドアを動かしてなんとか外に出たコンは、後ろから妻や子供たちが出てくるのを手伝った。それから仔細に車周りを点検し、愛情を込めて風よけについた泥も取り除き、ようやくみんなの後からヴェール・ビューに入ってきた。

楽しいお茶会になった。

上機嫌のコンは、相変わらず頭の中は車でいっぱいらしい。

「これであとはペンキを塗ると、見違えるように良くなるんだぜ」

ボーランド夫人は、超然と構えて、六杯も濃い紅茶を飲んでいた。子供たちはチョコレートビスケットでパーティーを開始し、最後の一個のパンの奪い合いでパーティーを終えた。卓上の皿も、綺麗に平らげていた。

お茶のあと、メリーは、クリスティンが疲れているみたいだと言って、皿を洗いに行ってくれた。その間、アンドルーはボーランド夫人から赤ん坊を預かって、暖炉の前の敷物の上で一緒に遊んだ。

この不思議な愛らしい生き物を、アンドルーはまじまじと観察した。これほど丸々と太った赤ん坊を見たのは初めてだった。ルーベンスの絵のように、謹厳《きんげん》なまでのまっすぐな目と、詰め物でもしたようなまん丸い手足だ。赤ん坊は指先で何度もアンドルーの目を触ろうとしたが、やりそこなうと、そのたびに真面目くさった不思議そうな顔をした。クリスティンは膝に手を置いて何もせず、赤ん坊と遊ぶアンドルーをじっと見つめていた。

しかしコンと家族は長居するわけにはいかないようだった。外は少しずつ暗くなってきていて、車のライトがちゃんとつくかどうかを、コンが心配し始めたのだ。

「外まで来て、俺たちを見送ってくれるか？」

そんな言葉とともに、コンは立ち上がった。

アンドルーとクリスティンはまた外に出て、コンが門の前の車に子供たちを詰め込むのを見守った。二度ほどガタガタ揺れてから、車のエンジンがかかると、コンは二人に向かって得意げに頷いて見せ、手袋をはめ、山高帽を斜めにかぶってから、ハンドルを握った。

　その時だった。ふいにコンの自慢の改造車が軋むように揺れた。次の瞬間、車体は派手な音を立て、真ん中の継ぎ目でぽっきりと折れてしまったのだ。アンドルーとクリスティンが目を丸くしている前で、道具箱が落ち、車輪が外れ、部品が飛び散った。ボーランド一家を支えるために長くなった車は、重荷に耐えかねた牛か馬が疲労困憊してへたり込むように、地面に突っ伏してしまったのである。

　一分前に車だったものは、今や二つに割れた遊園地のゴンドラになっていた。コンは前側でハンドルを抱いていて、夫人は後ろ側で赤ちゃんを抱いていた。ボーランド夫人はぽかんと口を開けていたが、夢見るような瞳はいつもと変わらず前方を見つめていた。得意の絶頂から突然突き落とされたコンは、唖然《あぜん》として声も出ない様子だった。

　わずかの間を置いて、アンドルーとクリスティンはどっと笑い声を上げた。笑いは止まらず、疲れ果てるまで続きそうだった。

「なんてこった」

　コンは頭を掻きながら、半壊したゴンドラから出てきた。子供たちに怪我はなく、ボーランド夫人もいくらか青い顔はしていたが、いつものように泰然《たいぜん》と座っていた。コンはそれを一通り確認してから、壊れた車体を呆然と見回した。

「まあときには、こういうこともあるさ」

強がるようにそう言ったところで、急に彼は目を輝かせた。笑い疲れたアンドルーの腕を取り、たちまち得意げな顔を取り戻して、つぶれたボンネットを指さした。その下では、今もまだエンジンが、弱々しくも小刻みに震えていたのである。

「見てみろ、マンスン。まだ動いてる」

そのあと彼らはどうにか車の残骸をヴェール・ビューの裏庭に引きずり入れ、片付けが済むと、ボーランド一家は歩いて帰っていった。

「なんて一日だ」

リビングに戻りながら、アンドルーはおかしそうに笑った。

ヴェール・ビューに、やっと二人きりの落ち着いた時間が戻ってきた。

「さっきのコンの顔は、一生忘れないよ」

まだ笑いをこらえながら、アンドルーはクリスティンを振り返った。

「クリスマスは楽しかった？」

「ええ、とても。特にあなたがボーランドの赤ちゃんと楽しそうに遊んでいるのを見られたから」

意味ありげな返答に、アンドルーは訝しげに見返した。

「なぜ？」

「なぜって、私、一日中あなたに言おうとしていたのよ。わからない？　アンドルー」

クリスティンは目を伏せた。

「あんまり立派なお医者様じゃないのね」

第十三話　丸木橋

春がまた巡ってきた。

厳しい冬をようやく越えたかと思えば、もう辺りには、かすかな夏の気配さえ漂い始めていた。

ヴェール・ビューの庭は色とりどりの花で溢れ、仕事帰りの鉱員たちが、しばしば足を止めて見とれることもあった。今ではアンドルーはクリスティンに、体を動かすような労働はすべて禁じていたから、咲き誇る花のほとんどは、昨年の秋にクリスティンが植えたものであった。

「君が育てた庭だよ」

アンドルーは感慨深げに言った。

「さあ、こっちにおいで」

クリスティンのお気に入りの場所は、小さな谷間の突き当たりのちょっとした滝のある場所で、辺りに心地よい水の音が響いていた。ヴェール・ビューの唯一の欠点は、通りの家々から、見下ろせてしまうことだったが、そこは立派な柳の木が張り出していて、視線も遮られていた。ほかの場所では、二人が庭先の椅子に座っているだけで、向かい側の借家の窓辺から、

「いいねえ、見てごらん、先生と奥さんが日向ぼっこをしているよ」

そんなささやきが聞こえてくることもあるのだ。

ここに引っ越してきた最初の頃、小川の岸に寝そべって、アンドルーがクリスティンの腰に手を伸ばしていると、グリン・ジョーゼフ老人の二階の窓で、双眼鏡がきらりと光ったこともあった。

「あいつ！」

アンドルーは舌打ちした。

「老いぼれ犬め。こっちを覗いているんだ！」

しかしその大きな柳は二人を優しく覆い隠し、そこでアンドルーは今後について、ゆっくりと話をすることができた。

「ねえクリス」

アンドルーは、妻を柔らかな芝の上に座らせながら口を開いた。

「僕らは落ち着いていなければいけないんだ。僕らはつまり……普通の人みたいに慌ててはいけない。つまり、君は医者の妻なんだし、僕は……僕は医者なんだ」

そこで急に思い立ったように、アンドルーは彼女の体温を測るべく体温計を取り出しながら、

「これまでだって、僕はこういうことには数えきれないくらい立ち会ってきた。ごくごくありふれたことなんだ。自然の現象だし、種の保存だし、まあ要するにそういった当たり前のことなんだ。ああ！　だからって誤解しちゃいけないよ、クリス。もちろん僕らにとって、これは素晴らしいことなんだから。実際、君は少し痩せ過ぎているし、子供っぽいところもあるし——ああでも、僕はとても嬉しいんだ！　——でもとにかく、僕らはいたずらに感傷的になっているわけにはいかない。そこら辺の連中とは違うんだ。君が編んだり縫ったりしているこまごまとした物を、横からうっとり眺めているなんて、医者である僕がやるべきことじゃない。僕はただ、それを眺めて静かに言うだけさ。『何も心配はいらないよ』ってね。だいたい、生まれてくる女の子の……いや、そうか男の子か女の子かもまだわからないんだ。もちろん子供の目が何色かもわからないし、どんなバラ色の人生が待っているかだって、地図に描いてあるわけじゃない」

アンドルーはようやく言葉を切って、それから難しい顔をして、とうとう抑えきれない笑みをこぼした。

「でも、クリス、僕は女の子なんじゃないかって思うんだ」

クリスティンは目に涙を浮かべて笑った。あまりに笑い過ぎるので、アンドルーはたちま

ち心配になって妻の顔を覗き込んだ。

「もうそれくらいにしよう、クリス。体に障ってもいけない」

「ねえ、アンドルー」

クリスティンは涙を拭きながら続けた。

「感傷的で理想家のあなたが、私は大好き。冷たい皮肉屋さんなんか、家から出て行ってもらっていいんだから」

アンドルーは、クリスティンの言っている意味がよくわからなかった。彼自身は自分のことを、科学的で慎重な人間だと思っているのだ。

その日の午後、彼女に少し運動させた方がよいと思ったアンドルーは、ひとりで上ることを厳しく禁じていた坂を越えて、彼女を公園に連れ出した。そこで音楽を聴いたり、ピクニックに来ている鉱員の子供たちを眺めたりしながら、のんびりと歩いた。

五月のある朝早く、二人はまだベッドにいたが、アンドルーは浅い眠りの中で、かすかに何か動くものの気配を感じた。はっとして目を覚ますと、今度は柔らかな動きが、はっきりと伝わってきた。アンドルーが初めて感じた、クリスティンのお腹の子の胎動であった。彼は身を強張らせ、自分でも信じられないほどの大きな歓喜に包まれて、ほとんど窒息しそうになった。なんてことだ！　すぐに彼は、自分もただの人間だと痛感した。医者も自分の妻だけは診察できないと言われている理由を、今さらながらはっきりと理解した。

翌週、アンドルーは、ルウェリンに相談するタイミングだと考えた。今後のことを頼むならルウェリンしかいないと、二人はすでに話し合っていたのである。アンドルーが電話をすると、ルウェリンはいつも以上におおいに喜んだ。彼はすぐにヴェール・ビューにやってきて簡単な診察をしてから、リビングでアンドルーと話した。

「力になれて嬉しいよ、マンスン君」

煙草を受け取りながらルウェリンは嬉しそうに続けた。

「君は私をあまり好きではないようだったから、こんな大事なことを頼んでくるとは思いもしなかった。任せてくれ。ベストを尽くすよ。ところでアベララウは、これから息が詰まるほど暑くなってくる。奥さんを今のうちに空気のいい所へ行かせたらどうだろうか」

ルウェリンが帰ったあと、アンドルーは自問していた。

――僕はどうかしてしまったかもしれない。

気難しい顔をして彼は考えた。

――僕はあの男が好きになってしまった。立派な人物だ。実に立派なんだ。思いやりがあるし、機転も利く。仕事にかけては間違いなく一流だ。それなのに、二年前、僕はあの男に噛みつこうとしていたんだ。僕はまったく、偏屈で、嫉妬深くて、融通の利かないスコットランド野郎だ。

クリスティンはアンドルーのもとを離れたがらなかったが、彼は優しく言い聞かせた。

「君が行きたくないのはわかるよ、クリス。でもこれが一番いいんだ。できるだけのことをしておきたいじゃないか。海辺はどう？　それとも北部の叔母さんのところがいいかな。大丈夫。それくらいの余裕はあるよ、クリス。今はもうずいぶん裕福になったんだから」

彼らは、グレン奨学金も家具の分割払いも終わり、百ポンドほどの貯金もあった。しかしクリスティンはそんなことを心配しているわけではなかった。

「そうね、ずいぶん楽になったわね、アンドルー」

夫の手を握って答えながら、結局クリスティンは、ブリドリントンの叔母の家に行くことで納得した。一週間後、アンドルーは駅舎でクリスティンを長い間抱きしめてから、果物いっぱいの籠を手渡して、彼女を送り出した。

送り出した途端、思っていた以上の寂しさが押し寄せてきた。アンドルーにとって、二人の生活は、それほどかけがえのないものになっていたのだ。

二人はいつも会話し、議論し、時には口喧嘩をした。そして喧嘩のあとの沈黙さえ二人で過ごした。家に帰るといつも彼女に声をかけ、元気な返事を聞くのが当たり前だった。そんなさりげない日常がどれほど大切であるかを、改めて彼は痛感した。彼女のいない寝室は、殺伐としてホテルの一室と変わりなかった。クリスティンの細かなメモによってジェニーが入念に食事を整えたが、彼は医学書を開きながら、味気なくそれを口に運ぶだけであった。

クリスティンが丹精込めて手入れをした庭を散歩していたとき、彼は小川をまたぐ丸木橋が壊れかかっているのを見て驚いた。まるでクリスティンが侮辱されたように不愉快だった。委員会には、もう何度か橋が落ちそうなことを伝えていたが、助手の家の修理くらいでは、委員会の重い腰はなかなか動かないらしい。しかし今、彼は感情のおもむくままに事務所に電話して、厳しく修理の念を押した。オーウェンは数日の休暇をとって不在であったが、事務員は、この件はすでに委員会を通過していて大工のレン・リチャーズに依頼済みであると説明した。リチャーズが、ほかの仕事でまだ手が離せないだけだという話だ。

夜になると、彼はよくボーランドを訪ねた。ヴォーン家にも二度行って、誘われるままにブリッジをやり、彼自身驚いたことだが、一度はルウェリンとゴルフにも出かけた。ハムソンやデニーにも手紙を書いた。デニーは今ではブライネリを去り、タンカーの船医になって、メキシコ湾に面した港町のタンピコにいるという。クリスティンへ手紙を送るときは、自制心を働かせ、思いやりを込めて書き記した。そして、仕事に没頭することで、気を紛らわせた。

一方でこの時期、アンドルーの無煙炭鉱に関する臨床研究は着実に前進しつつあった。担当区域の受け持ち患者たちは別として、一般の鉱員たちを広く診察する機会はけして多くはなかったから、研究を進めるのは容易ではなかった。診察や検査は、鉱員たちが仕事終わりに炭鉱の公衆浴場にやってくるときに限られていたし、夕食に間に合うように早く帰りたがる彼らを長くとどめておくこともできなかったから、一日に平均二人を診るのが精一杯だったのだ。しかしそれでも、見えてきた研究結果に、彼は興奮を抑えきれなかった。無煙炭鉱の鉱員たちの肺疾患罹患率は、その他の炭鉱の鉱員たちに比べて有意に高いということが、憶測ではなく、はっきりとした数値で示されていた。

　彼は、この問題に関する教科書や論文を読み漁った。それらを信頼していたわけではなかったが、自分の研究が、他人の後追いに過ぎなかったと、あとからわかるような惨めな結末は避けたいと思ったからだ。そして文献の少なさに、おおいに驚いた。職業病としての肺疾患に強い関心を寄せている研究者はほとんどおらず、わずかにツェンカーが、粉塵曝露による肺の線維症《せんいしょう》を三つに分類し、これらをまとめて「塵肺《じんぱい》」という重要な病名を提唱していたくらいなのである。もちろん、肺に黒い浸潤《しんじゅん》部を形成する炭粉沈着という病態が、しばしば鉱員に見られることは知られていた。しかしドイツのゴールドマンやイギリスのトロッターたちはこれを無害だと報告していた。そのほかには、石臼製造工、特にフランスの職人に関する報告や、ナイフや斧などの研磨工たちに生じる「研ぎ師病」、それから石切工に関する論文がわずかながら見られた。かなり曖昧な部分もあったが、南アフリカからの論文で、ランドの金鉱山における労働者たちの肺結核が、粉塵曝露と強く相関しているという報告が出ていた。また、亜麻や綿花にかかわる労働者や、穀物をシャベルで運ぶ作業員たちは、慢性的な肺疾患にかかりやすいという論文もあった。しかし、それだけで、あとは皆無だった。
アンドルーは興奮に目を輝かせながら、論文探索を終えた。そして自分が未踏の研究分野の前に立っているということを確信した。

今も、無数の無煙炭鉱で膨大な数の鉱員たちが働いている。鉱員たちが肺を病み、働けなくなったとしても、彼らを守る法律は何も整備されていない。この研究は重大な社会問題につながっているのである。これはアンドルーにとって、大きなチャンスということでもあった。それも、とてつもなく巨大なチャンスだ。誰かが自分より先に研究を進めているのではないか。そんなことを考えて、急に冷や汗が出ることさえあった。しかしそんな考えを彼は振り払った。深夜に、火も消えた暖炉の前を大股で歩き回りながら、彼はふいに暖炉の上のクリスティンの写真を手に取った。

「クリス！　僕はもうすぐ、本当に大きなことをやり遂げようとしているんだ！」

新たに買ってきた索引用のカードを用いて、彼は蓄積した調査結果を分類し始めた。アンドルー自身は考えもしなかったが、この時期、彼の臨床能力は飛躍的に高くなっていた。更衣室で鉱員たちが服を脱いで彼の前に立つと、彼の指と聴診器は健康な肺に隠れた小さな病巣を容赦なく拾い上げていった。まずは肺線維症、次は肺気腫、そして慢性気管支炎。ほんのちょっと咳が出るだけ、と控え目に言った患者のわずかな所見も、彼は見逃さなかった。それが終わると、彼はそれぞれの症例のカードの裏に、病変の位置を注意深く書き記した。

一方で、彼は男たちから喀痰《かくたん》のサンプルを採取して、深夜の二時三時までデニーの顕微鏡を使って精密に評価し、その結果もカードに記入していった。土地の人々が「白唾」と呼んでいたこれらの検体のほとんどに、きらきらとした鋭利な珪石の粒子が含まれていることも明らかになった。彼はまた、検体中の肺胞細胞を観察するたびに、そこに多くの結核菌がいることに驚かされた。そして結核菌を排除するはずの貪食《どんしょく》細胞内にも、必ずといっていいほど珪石の結晶体が見られることに気が付いた。肺内の様々な変化は、いや、感染自体でさえも、その根本的な原因はここにあるのではないか……。そんな戦慄するような考えから、アンドルーは逃れることはできなかった。

六月の終わり、ようやくクリスティンが帰ってきた。

汽車から降り立った彼女は、迎えに来たアンドルーを見つけるなり、その首に飛びついた。

「ただいま、やっと帰ってこられた。ええ、とても楽しかった。でも、どうしたの？　顔色がよくないじゃない、アンドルー。なんだか、ジェニーがまともに食事も作らなかったみたい！」

しっかり休めた様子のクリスティンは、とても元気そうで、頬の血色も良くなっていた。

しかしクリスティンの方は、アンドルーの寝不足ぎみの顔や、煙草ばかり吸っていることを心配し、翌朝には食欲がなさそうな様子にもすぐに気が付いた。

彼女は真剣に尋ねた。

「今の大変な研究は、いつまで続くの？」

「わからない」

朝から降り始めた雨のせいで、アンドルーは妙に憂鬱な気分だった。

「一年くらいのつもりだけど、五年になるかもしれない」

「ねえ、聞いて。私はあなたに生活をすっかり改めるべきだなんて言わない。そんな大変な目に遭う人は、家族の中にひとりで十分。でも研究がまだまだ続くのなら、もう少し規則正しく、決まった時間に起きて、夜中まで頑張るのはやめるべきだと思う。今のままだと、とても体が持たない」

「僕はなんともないよ」

そんな返事に、もちろんクリスティンは納得しなかった。

ときによって、彼女は強情なまでに譲らないことがある。彼女はすぐにジェニーと一緒に研究室の床を掃除し、絨毯を敷き、肘掛け椅子を持ち込んだ。最近の暑い夜でも研究室の中は肌寒く、彼の使う試薬の刺激的な臭いと、松材の甘い樹脂の香りが混ざり合って漂っていた。その片隅に置いた肘掛け椅子にクリスティンは腰かけ、アンドルーが実験台に向かっている間は、夜でもそこで縫い物や編み物をした。そしてアンドルーがどれほど顕微鏡に没頭していても、毎晩十一時になると立ち上がった。

「寝る時間よ！」

「ああ、もうそんな時間か……」

接眼レンズからようやく顔を上げたアンドルーは、近視になったように瞬きをしながら言った。

「先に二階に上がってて、クリス。すぐに行くから」

「アンドルー・マンスン、あなたは私にひとりで行けっていうのね、『こんな体の私に』」

この最後の台詞は、家庭における二人の愉快な決まり文句になっていた。二人はこのフレーズを、ことあるごとに面白がって、議論の決め台詞として使った。

アンドルーもこの言葉にはかなわなかった。笑って立ち上がり、伸びをしてから顕微鏡のレンズを回して、スライドガラスを片付け始めるのだった。

七月末ごろから、アベラウでは水疱瘡《みずぼうそう》が流行して、アンドルーは忙しくなった。

八月三日は特に患者が多く、朝の外来から往診に回って、ようやくひと息ついたのが午後三時だった。遅い昼食のために、疲れ切った体を引きずって帰ってくると、ヴェール・ビューの門前にルウェリンの車が駐まっていた。

ルウェリンが来る話は聞いていなかった。アンドルーの脈が急に速くなった。ある種の予感を覚えて、彼は足早に玄関のステップを上り、ドアを開けると、玄関ホールにルウェリンの姿があった。

熱のこもった目で相手を見つめて、アンドルーは口を開いた。

「こんにちは、ルウェリン先生。こんなに……こんなに早くお会いすることになるとは思っていなくて……」

「いや……」

答えるルウェリンに、アンドルーは期待を込めて身を乗り出した。

「どんな様子ですか？」

気持ちが高ぶってそんな言葉しか出てこなかったが、その明るい顔が何を問うているかは明らかだった。

しかしルウェリンは笑わなかった。わずかに口をつぐんでからすぐに続けた。

「ちょっとこっちに来てくれ」

そう言ってルウェリンはアンドルーをリビングへ導いた。

「君を探していたんだ。午前中、往診に飛び回っていたみたいだね」

ルウェリンの口調には躊躇いがあり、その声には微妙な同情がにじんでいた。ふいにアンドルーは、ぞっとするような寒気を覚えた。

「何かあったんですか？」

ルウェリンは窓の外に視線を向け、まるでもっとも適切で、もっとも穏当な言葉を探すように、庭の丸木橋を見つめた。アンドルーはもう耐えられなかった。窒息するような不安で胸がいっぱいになり、息もできないほどだった。

「マンスン君」

ルウェリンがそっと口を開いた。

「今朝の話だが――奥さんがあの橋を渡っているときに――、腐っていた橋桁が折れたんだ。奥さんは大丈夫だ。問題ない。しかし、おそらく……」

ルウェリンが言い終わる前に、アンドルーはすべてを理解した。胸の中で心臓が苦悶でのたうった。

「わかってくれると思うが――」

静かな同情を込めて、ルウェリンが続けた。

「できることはすべてやった。病院から看護師長を連れて、すぐに駆けつけた。それから一日中ここにいたんだ……」

深い沈黙が舞い降りた。喉元からむせび泣きが湧き起こった。次から次へ、とめどなく溢れ出し、両手で顔を覆っても抑えられなかった。

「落ち着いてくれ、マンスン」

ルウェリンの声は祈るような調子を帯びていた。

「誰が悪いわけでもないんだ。できるなら――奥さんのところに行って、元気づけてやってくれないか」

アンドルーはうなだれたまま、手すりにつかまり、二階へ上がっていった。寝室のドアの前で息苦しさのあまり足を止めたが、やがて、よろよろと中へ入っていった。

第十四話　学位論文

ヴェール・ビューの丸木橋が落ちてから三年が過ぎた。

暦は一九三一年になり、渓谷の町には新たな春が訪れていた。

この頃にはアベラウの医師マンスンは、幾分風変わりな評判を持つようになっていた。彼の診療所は、けして繁盛しているわけではなかった。患者の数に関していえば、彼が緊張した面持ちで初めてこの土地を訪れてから、そう極端には増えていなかった。しかし通院患者たちは、マンスン医師に対して、絶大な信頼を置くようになっていた。彼はほとんど薬を用いなかった。実際アンドルーは、患者に対して、できるだけ薬を飲むなという、驚くべき忠告を与えていた。しかしいったん使うとなると、容赦のない使い方で処方した。薬剤師のギャッジが、処方箋を片手に待合室を横切って診察室へ入っていく姿は珍しいものではなかった。

「これはどういうことです、マンスン先生。バノラ・ジョーンズに臭化カリウム四グラムと書いてありますよ。薬局方じゃ三百二十ミリグラムまでです」

「三百二十ミリグラム？　そいつはきっと、ケイト叔母さんがお伽噺に聞かせてくれた処方だろう。四グラムでいいんだよ、ギャッジ。君はバノラ・ジョーンズがぶっ倒れるのを楽しみにしていたじゃないか」

　しかし、てんかん患者のバノラ・ジョーンズはぶっ倒れなかった。それどころか一週間後には、発作も少なくなり、彼が公園を散歩している姿が見られるようになった。

　アンドルーの診療所で生じる薬代は、ときどきの爆弾的な処方を考慮しても、他の医師たちの半分以下であった。そういう意味では委員会は彼を大事にすべきであったが、別の点で彼は委員会に、あろうことか三倍の費用を負担させ、そのたびに少なからず衝突が起こった。例えばアンドルーはワクチンや血清を用いたが、その費用たるや、エド・チェンキンが興奮して触れ回った通り、前代未聞の大金であったのだ。オーウェンがこれに対して、百日咳が非常に流行した冬に、町の多くの子供たちが倒れていったが、アンドルーが、ボルデーとジャングーのワクチンを使用した担当区域では大きな流行が起きなかったことを例に挙げて弁護したが、エド・チェンキンはたちまち反論した。

「この妙な薬のおかげかどうかなんて、わからんでしょう。なぜだって？　俺が直接問い質したら、本人が言いやがったんだ。『そんなことは誰にもわからん』ってよ！」

　アンドルーには多くの誠実な友人がいたが、敵も多かった。

　三年前、橋が落ちた事件の折、全委員に向けてアンドルーが罵倒の限りを浴びせかけたことを、完全には許していない委員がまだまだいたのである。もちろん彼らはマンスン夫妻の身に起きた悲しい出来事に同情した。しかしその責任を負う必要は感じなかった。元来、委員会というものは次々と迅速に仕事を進めていく組織ではない。オーウェンは、そのとき休暇で不在だったし、修理の依頼を受けていたレン・リチャーズはポウィスストリートの新築工事で手が離せなかった。自分たちが非難されるのは不合理だと、多くの委員は考えたのである。

　アンドルーは我が道を行く頑なな信念を持っていた。委員会がそれを好まないがゆえに、アンドルーはしだいに委員会に対して多くの不満を募らせるようになっていった。加えて、宗教的な偏見が彼に向けられ始めた。クリスティンはよく教会に足を運んだが、彼はけして教会に行かなかった。最初にそれを指摘したのはオックスボローだったが、アンドルーが、教会の神聖な儀式のひとつである「全身浸礼」を冷笑したという噂も流れていた。さらにアンドルーは、キリスト教会に決定的な敵を持っていた。シナイ教会の牧師、エドワル・パリー師である。

　ちょうど一年前の一九三〇年の春、結婚したばかりのエドワル師が、夜遅くそっとアンドルーの診療所を訪ねてきた。いかにもクリスチャンといった雰囲気をまとっていて、愛想のよい笑顔を振りまいていた。

「こんばんは、マンスン先生。ちょうど通りかかったものですから――。ご存じの通り、オックスボロー先生は熱心な信者ですから、何かあればいつも東部診療所の方に行くのですが、あなたはあらゆる意味で進歩的な先生ですからね。新しいことならなんでもご存じかと思ってお邪魔しました。ひとつ相談事がありまして――心配はいりません、それなりのお礼は差し上げますよ。相談というのは実は――」

エドワルは聖職者らしく率直な態度で、しかしいくらか遠慮がちに続けた。

「私たち夫婦は今しばらくの間、子供はいらないと思っているのです。今の私の収入ではとても十分でなくて……」

赤面している牧師に、アンドルーは不快げな冷然たる視線を向けて答えた。

「あなたの四分の一の収入しかない人でも、子供をほしがっている人はいるんですよ。なんのために結婚したんですか？」

段々語気が荒くなり、彼はすぐに怒りを露わにした。

「出て行ってくれ、今すぐに！　聖職者として恥ずかしくないのか！」

顔をゆがめたままパリーはそっと出て行った。

おそらくアンドルーの言葉はあまりに乱暴であっただろう。しかし一方で、クリスティンはあの悲劇的な流産のために二度と子供ができない体になっていたのである。二人とも心から子供を望んでいたというのに。

春の夕暮れの小道を往診から帰りながら、アンドルーはなぜ自分たちは、子供を失ったあともアベララウにとどまっているのだろうかと考えた。答えは明らかだった。粉塵曝露の研究が残っていた。この研究が彼をとらえ、全力を傾けさせ、この鉱山と強く結びつけていたのである。

　今日まで直面してきた数々の困難を思えば、研究の完成に至る最後の道のりがそれほど長いとも思わなかった。当初に比べれば、技術も要領もなんと大きく進歩したことであろうか。

　そして何よりも、結果が揃い始めていた。担当区域の鉱員全員の肺の状況を調べ、一覧を作り上げて解析すると、無煙炭鉱で働いている鉱員に圧倒的に肺疾患が多いのである。例えば肺線維症患者の九十パーセントが無煙炭鉱の鉱員であった。また、中年以上の無煙炭鉱鉱員の肺疾患死亡率が、全炭鉱鉱員の死亡率の、ほとんど三倍近いことも発見した。彼は、無煙炭鉱の鉱員を様々な項目によって分類し、項目ごとの罹患率を明らかにする膨大な一覧表を作成した。

　一方で彼は、喀痰検査で確認した珪石の粉塵が、確かに無煙炭鉱内に存在することを証明しようとした。そしてそれを決定的に証明しただけでなく、試薬のカナダ・バルサムを塗布したスライドガラスを坑道の異なった場所に設置しておき、様々な環境における粉塵の濃度や、爆破や掘削中に激しく舞い上がった粉塵の状態まで把握した。

　こうして彼は、過度に珪石塵を含んだ空気と、高い肺疾患発病率とが密接に関係する、見事な相関図を作り上げたのである。

しかしこれだけではまだ十分ではなかった。粉塵が、発病後に現れた無害な随伴現象ではなく、有害であるということ、そして実際に肺組織を破壊するということを証明しなければいけなかった。そのためには、モルモットを用いて病理学的な実験を行い、珪石塵が肺に及ぼす影響を調べる必要があった。

この実験計画に、彼は胸を高鳴らせたが、しかし同時に本当の困難が立ち塞がっていた。彼はすでに実験室と称する部屋を持っていた。モルモットを手に入れることも簡単だったし、実験に必要な器具も単純なものだった。しかし、彼はかなり器用な方だったとはいえ、病理学者ではなかったし、そうなるつもりもなかった。この事実にぶつかって、彼はひときわ強い苛立ちを覚えた。何もかもひとりでやらなければならない現状に悪態をつきながら、クリスティンに検体の切り出し方や扱い方を教えて手伝わせることにしたのだが、たちまち彼女はアンドルーより上手にこなすようになった。

実験計画は複雑なものではなかった。簡単な粉塵室を作り、高濃度の粉塵の中に一定時間モルモットを入れておくことにし、対照群として粉塵に曝露されないモルモットも飼育することにした。これは持ちうる限りの忍耐を総動員しなければならないような、根気のいる作業だった。二度、小さな電動ファンが破損して実験は中断した。対照群の管理に決定的なミスをして、最初からやり直したこともあった。しかし失敗や遅延はあっても、肺組織の悪化と珪石塵によって誘導された肺線維症との関連を、累進的に証明できる標本を得ることができた。

彼はようやく満足の大きなため息をつき、クリスティンに当たり散らすこともやめ、数日は平穏な家庭生活が戻ってきた。しかしそれも数日のことで、彼はまた新たなアイデアを思いつき、実験に没頭する生活に戻っていった。

アンドルーは研究を進める上で、基本的な仮説を立てていた。肺組織が障害を受けるのは、吸い込んだ鋭利な珪石の結晶が物理的に肺胞を破壊するためだという仮説である。しかしここに至ってふいに、単なる物理的な破壊以上に、なんらかの化学反応が起きているのではないかという疑問が生じてきたのだ。彼は化学者ではなかったが、もはや引き返すことができないほど、高いレベルまで研究は進んでいた。そして改めて、新しい一連の実験を実施した。

まずコロイド状の珪石を手に入れてきて、モルモットに皮下注射したところ、同部に発赤と腫脹を伴う炎症反応が観察された。次に物理的には刺激性のない非結晶性の珪石の水溶液を注射しても、同様の炎症巣が形成されることを発見した。最後に、例えば炭素粉末のような物理的な刺激性を有する物質を注射しても、まったく炎症反応が起きないことを確認したとき、彼はとうとう勝利の凱歌を挙げた。すなわち珪石の粉塵は、化学的な刺激性を有していると証明できたのである。

アンドルーはもう、興奮と歓喜で我を忘れるくらいだった。予期していたよりはるかに大きな成果を得たのだ。ほとんど熱に浮かされたように彼はデータを解析し、三年分の研究結果を簡潔にまとめ上げた。

　数ヶ月前から、彼は研究結果をただ発表するだけでなく、医学博士の学位論文にする決意を固めていた。論文が水色の品のいい小冊子となって、カーディフから送られてくると、アンドルーはそれを喜びに震えながら読み上げたあと、クリスティンと一緒にポストに投函しに行った。そしてそのあとは、唐突に絶望にでも呑まれたかのごとく無気力になってしまった。

　彼は疲れ果てて、身動きもできないほどだった。自分が実験室の人間ではないこと、そして臨床研究の初期の段階、すなわち患者に触れ、診察する段階にこそ、自分が本領を発揮すべき最良の部分があることを、かつてないほどはっきりと意識した。

　彼は、可哀想なクリスティンを幾度となく怒鳴りつけたことを思い出して、後悔の念に苦しみながら、しばらくの間、虚脱し、呆然と日々を過ごした。しかし同時に、自分はとにかく何か大きなことを成し遂げたという輝かしい感覚だけは残っていた。

第十五話　審問会

五月のある午後、帰宅したアンドルーは、論文を提出して以来、ずっと陰鬱な気分に取り憑かれていたため、クリスティンが懸命に涙をこらえている様子に気が付かなかった。上の空で声をかけ、二階で手を洗い、お茶のために下りてきた。

しかしお茶を飲み終えて、煙草に火をつけたとき、ようやく様子が変だということに気が付ついた。アンドルーは夕刊に手を伸ばしながら尋ねた。

「どうしたんだ、何かあったのか？」

クリスティンはわずかの間ティースプーンを見つめていたが、押し殺した声で答えた。

「今日、お客さんがあったの。私ひとりでお迎えしたけど……、午後あなたが不在の間に来たのよ」

「ああ、誰が来たんだ？」

「委員会の代表の人たちが五人。エド・チェンキンとパリー師も同行していた。知ってるでしょ、あのシナイ教会の牧師さん――それにデイヴィスという人」

ふいの沈黙が舞い降りた。

アンドルーは大きく煙草を吸ってから、新聞を置いてクリスティンを見返した。

「何の用だったんだ？」

彼女は、抑え込んでいた不安と戸惑いが一気に溢れ出したように、早口で話しだした。

「四時ごろに来たの。あなたに会いに来たみたい。あなたは不在だと言ったら、パリー師は不在でも構わない、家に入れろって言いだした。もちろん、とっても驚いた。あの人たちが、ここであなたを待つつもりかどうかさえわからなかったんだから。でもエド・チェンキンが、ここは委員会の家で、自分たちはその代表だから、家に入る権利があるんだと言ったの」

そこで息継ぎをするように、素早く息を吸った。

「私、一歩も動かなかった。気が動転して、かっとなったけど、でもどうして家に入りたいのかは聞いたの。そうしたらパリー師が代わって『マンスン医師が解剖実験をやってることは、私も委員会も知ってるし、それどころか町中の噂になってる』って。しかもあの人は、わざわざ『生体解剖』だって大声で言うの。動物虐待防止委員のデイヴィスも連れて、あなたの研究室を調べに来たのよ」

アンドルーは動かず、クリスティンの顔から目も離さなかった。

静かに彼は問うた。

「それで、どうした？」

「もちろん止めようとしたけど、どうにもできなかった。七人もの人が、勝手に押し入って、玄関ホールを抜けて研究室に入っていったの。モルモットを見つけた途端、パリー師が『おお、哀れな小さき生き物よ』ってわめき散らすし、チェンキンは、実験台の上の染み――覚えてるでしょ、私が染色液をこぼしたあの汚れを指さして『見ろ、血まみれだ！』とか叫んでた。それから綺麗に整えてある研究室を手あたりしだい引っ掻き回してから、パリー師が『この哀れな生き物たちをこのまま苦しませておくことは、とてもできない。この苦痛から解き放ってやるべきだ』とか言って、デイヴィスが持ってきた袋に、みんな放り込んでしまったのよ。ちゃんと私は言ったわ。これは生体解剖とか、命の苦しみとかとは関係がないし、そんな生ごみみたいに捨てていいもんじゃないって。それに、この五匹のモルモットは、もともと実験のためじゃなくて、ボーランドの子供たちや、エヴァンズさんとこの小さなアグネスに、ペットとしてプレゼントするつもりなんだって話したけど、誰も聞く耳を持たなかった。そしてそのまま……そのまま帰っていったの」

静寂が広がった。アンドルーの顔は今や真っ赤に紅潮していた。その真っ赤な顔のまま立ち上がった。

「いまだかつて、これほどの無礼を聞いたことがない。クリス、お前をそんな辛い目に遭わせるなんて。このまま済ますわけにはいかない」

アンドルーは少しの間考えてから、玄関ホールに電話をかけにいった。が、ちょうどそのタイミングで電話が鳴り響いて、アンドルーは素早く受話器を取り上げた。

「もしもし！」

怒気を含んで叫んでから、すぐに声を落ち着かせた。相手はオーウェンだった。

「ええ、マンスンです。ちょうど良かった。聞いていただきたい、オーウェンさん」

「知ってます、知ってますよ、先生」

オーウェンは素早く遮った。

「私の方でも、午後からずっと連絡を取ろうとしていたんです。聞いてください。いやいや、まずは話を聞いてください。これは冷静に対処しなければいけません。なかなか卑劣なやり方に直面しているんですよ、先生。これ以上は電話で話せません。これからすぐ伺います」

電話を置いたアンドルーは、クリスティンのもとに戻った。

「どういう意味なんだ？」

その声は苛立っていた。

「みんな僕が悪いと思っているのか」

オーウェンを待っている間、アンドルーは苛々しながら、大股で歩き回り、クリスティンは不安そうな目で縫い物をしていた。

ようやくオーウェンが来た。とても二人が安心できるような表情ではなかった。アンドルーが何か言うより先にオーウェンが口を開いた。

「先生、あなたは許可証をお持ちですか？」

「なんです？」

アンドルーはオーウェンを見返した。

「なんの許可証？」

オーウェンは明らかに困惑したようだった。

「動物実験を行うためには、内務省の許可が必要なんです。先生もご存じでしょう？」

「いやしかしそんな！」

アンドルーは怒りも露わに抗議した。

「私は病理学者じゃないし、将来そうなるつもりもない。ちゃんとした実験室があるわけでもないし、臨床研究のためのちょっとした実験をしただけなんです。動物だって一ダースもいたわけじゃない。そうだろ、クリス！」

オーウェンは目を伏せた。

「あなたは許可証を取るべきだったんですよ、先生。委員会の中には、この件であなたを失職させようとしている連中がいるんです」

オーウェンはいつになく落ち着かない口調で続けた。

「いいですか、先生。あなたのように、革新的な仕事をしていて、なんでも率直にずけずけ口にしてしまうような人はですね――、とにかく、自分の背中にナイフを突き刺してやろうと思ってるような連中がいることを、知っておかなければいけません。今さら言っても仕方ありませんが……。まあいいでしょう。いつもの話ですが、委員会とぶつかることになるでしょうし、委員会への出席も求められるでしょう。しかしこれまでにも散々繰り返してきたことだ。なんとか負けないでくださいよ」

　アンドルーの怒りは倍加した。

「必ずやり返しますよ。不法侵入で告訴してやるつもりです。いや、それだけじゃ駄目だ。モルモットも盗んだんだ。すべて必ず取り返します」

　オーウェンは強張った笑みを浮かべた。

「それは無理ですよ、先生。パリー師とエド・チェンキンは、モルモットたちを不幸から助け出すんだといって、自分たちの慈悲のこもった手で、水に沈めてしまったんですから」

　寂しげに告げて、オーウェンは帰っていった。そして翌日の夜、アンドルーは一週間後の委員会に出席するようにという通告を受け取った。

　そうこうしているうちにも、この事件は火に油を注いだかのように燃え広がっていった。これほど刺激的で、醜悪な雰囲気を漂わせ、魔術のように怪しげな事件は、そうあるものではなかった。アベララウにおいては、トレヴァー・デイという弁護士が、ヒ素でその妻を殺害した容疑をかけられた事件以来の大騒ぎであった。

　町は二つの派閥に分かれて、激しく衝突した。エドワル・パリー師は説教壇の上から、動物や小さな子供たちを苦しめた者には、将来にわたって厳しい罰が下るだろうと吠え立てていた。町の反対側では、イギリス国教会牧師のデイヴィッド・ウォルポール師が、自由主義の教会と科学の間には、簡単には解決できない多くの問題が横たわっていると叫んでいた。彼はパリー師を、イスラム教徒にとっての豚のように嫌っていた。

　女性たちも動き出した。ウェールズ女性連盟支部長のマヴァヌーイ・ベンスーザンは、テンペランスホールでの会合で群衆に向かって演説した。アンドルーがかつて、女性連盟の年次集会の議長につくことを拒否して、マヴァヌーイの機嫌を損ねたことは事実であった。しかしそれを別とすれば、彼女の動機は純粋なものだった。演説が終わったあと、普段なら規定日にしか街頭活動をしない若い女性たちが、連日にわたって夕方に、「生体解剖反対」のパンフレットを配る姿が見られるようになった。はらわたを抜き取られた不気味な犬のイラストを描いたパンフレットだった。

　水曜日の夜、コン・ボーランドが楽しげに電話をかけてきた。

「調子はどうだ、マンスン。元気にやってるか。結構結構！　面白い話があってな――。うちのメリーが、今夜ラーキンズのところからの帰りがけに、例の愛想笑いを浮かべたパンフレット配りに声をかけられたそうだ――彼女らに言わせれば、君は極悪非道の、残虐な人間だって話だ、君も聞いてるだろ――ハハハ、しかしメリーはどうしたと思う？　あいつはその場でパンフレットを受け取って、びりびりに破いちまったらしい。おまけに相手の耳元に一発ビンタを食らわせて、帽子まで吹っ飛ばしてから言ってやったんだと――ハハ、メリーはなんて言ったと思う？『そんなに残虐な奴を見たいんなら、私が見本を見せてやる！』だってさ」

メリーと同様に義憤を感じて腕力をふるった者は、ほかにもいた。

アンドルーの担当区域の人々はこぞって、彼の側についたが、東部診療所周辺の住民たちの中には、敵対する一団があった。居酒屋では、アンドルー派と敵対派の間にしばしば喧嘩が起きた。木曜の夜、フランク・デイヴィスが診療所にやってきた。彼自身、軽い打ち身を負っていた。

「オックスボローの患者二人が、俺たちの先生のことを『血まみれ肉屋』なんて言いやがったんだ。ぶっ飛ばしてやりましたよ」

それ以後、オックスボロー医師は、通りでアンドルーに行き合っても、目を合わせず、大股に通り過ぎるようになった。のみならず彼は、露骨にパリー師と組んで、アンドルーの同僚たる陶器収集家にも、色々吹き込んでいるようだった。実際アーカートは、フリーメイソンクラブから、急に様々なクリスチャンの教えを持ち帰るようになった。その中でも選りすぐりの教えは、「医者といえども、勝手に神の被造物を殺していいという法はない」というものだった。

アーカート本人は、自分の意見を口にしなかった。しかし一度、アンドルーの硬く強張った顔に目を細めて言った。

「なんてこった。わしも君くらい若ければ、この勝負を楽しめたんだが。しかし今は――やれやれ、ずいぶん年を取ったもんだ」

アンドルーは、アーカートが自分を誤解していると思わざるを得なかった。彼にしてみれば、「勝負を楽しむ」どころの問題ではない。苛立ち、困惑し、疲労が募るばかりだった。一生自分は石壁に頭をぶつけながら過ごしていく性分なのかと、自己嫌悪にさえ陥りかけていた。しかしそれでも、この大騒動の町の公の場で、身の潔白を証明したいという揺るぎない意志だけは持ち続けていた。

ついに一週間が終わり、土曜日の午後、「マンスン医師の懲戒審問会」と明記された会議が、委員会によって開催された。アンドルーが事務所に入り、狭い階段を上る頃には、会議室は満席で、広場には人だかりができていた。

落ち着くこと、そして覚悟を決めること、この二つだけを彼は自分に言い聞かせた。しかし五年前、就職希望者として座ったと同じ椅子に腰かけたときには、心臓は早鐘のように打ち、唇は乾いて、神経はぎりぎりまで張り詰めていた。

審問会が始まった。

反対派はキリスト教の信仰を強く押し出していたため、祈りを捧げてから始まるのかと思っていたが、そんな気配もなく、エド・チェンキンの熱弁から始まった。

「この件については、何もかも暴いてやるつもりだ」

ほとんど飛び出さんばかりの勢いだった。

「俺たちの仲間の、委員会の目の前でな！」

続けてチェンキンは、不平不満を列挙しながら、耳障りな大声でまとまりもなく演説を続けていった。

マンスン医師には、この研究を実行する権利などまったくない！　彼が研究していたのは、委員会に従うべき時間中である。委員会から仕事をするように給料を受け取っている時間に、委員会の所有する建物を用いて研究をしていたのだ。しかも生体解剖か、それに近い行為をしていたのに、一切の許可証も持っていない。法律の点からいっても、決定的に有罪である。

そんな内容の大演説であった。

ここに至って、オーウェンがやんわりと遮った。

「この最後の点については配慮が必要です。委員会の皆様には、言っておかなければいけない。マンスン医師が許可を取らなかったことを報告するとなると、その影響は医療組合全体を巻き込むことになるということです」

「そりゃ、どういう意味だ？」

チェンキンが問うた。

「彼が組合の助手だからです。我々はマンスン医師に対して、法律上、責任があるわけです」

これについては、そこかしこから同意する声が上がった。

「オーウェンの言う通りだ。組合を巻き込むべきじゃない。公表は控えるべきだ」

そんな大声もあれば、まとまりのない野次も飛び、会議室内はひどい喧噪だった。

「じゃあ、このくだらねえ許可証のことは、置いておくとしようや」

チェンキンが怒鳴りながら、卓上に身を乗り出した。

「まだほかに、縛り首にしてもいいような問題が、山のようにあるんだ！」

「聞け聞け！」と後ろの方で誰かが叫んでいる声が響いた。

「毎日のように、こっそりバイクに乗ってカーディフまで出かけていたのはどういうわけなんだ。三年前の夏だよな」

「奴は薬も出してくれないんだ！」

ふいの声は、大工のレン・リチャーズのものだ。

「診療所の外で一時間待ったって、薬ひとつくれないんだぞ」

「静粛に！　静粛にだ！」

チェンキンがわめいた。

周りを黙らせてから、チェンキンはまとめるように続けた。

「みんな、奴には不満を持ってる。つまり、マンスン医師が、組合にとって満足のいく働き手だったことなんて一度もねえと言ってるんだ。その上みんなに対して、適切な診断書を出さなかったことも言っておかなきゃいかん。ただこいつは本筋から逸れる話だ。とにかく、警察沙汰になるようなことをしでかして、町全体から非難の的になっている助手が、ここにいることは確かだ。この男は、俺たちの所有する家を『虐殺小屋』にしちまった。――みんな、俺は神に誓って言うんだが、俺はこの目で、床に血の痕があるのを見たんだぜ。こいつは、実験好きの変人以外の何者でもないんだ。俺はみんなに聞きたい。これでも我慢するつもりか？　俺の答えは『ノー』だ。みんなも『ノー』と言うべきだ。なあ、みんな。みんなも俺と同じ気持ちのはずだ。俺はここで今はっきりと、マンスン医師の辞任を要求する！」

チェンキンは友人たちを見回し、拍手喝采のただ中で腰を下ろした。

「おそらく皆さんは、マンスン先生にも弁明の機会を与えてくれるでしょう」

オーウェンが血の気の引いた顔で告げて、アンドルーを顧みた。

静寂が広がった。

アンドルーは、まだ座ったままであった。

状況は悪かった。予想していたより、はるかに悪かった。委員たちを信頼してはいけないのだと、苦々しくもアンドルーは気が付いた。

――ここにいるのは、自分が助手に任命されたとき、快い笑顔で頷いてくれたのと同じ人たちだろうか……。

こうも人間は変わるものだろうか。胸の内では怒りが燃え上がっていた。もはや、たとえ辞任することになったとしても、あっさりと辞めるつもりはなかった。

彼は立ち上がった。自分は雄弁家ではない。その自覚は十分にある。しかし彼は今、激怒していた。チェンキンの無知蒙昧《むちもうまい》と愚劣な言いがかり、そしてそれを拍手喝采で承認した多くの人々に対する怒りの前には、慎重さも気弱さも完全に消し飛んでいた。

彼は冷然と口火を切った。

「まだ誰も、エド・チェンキンがモルモットたちを水に沈めて皆殺しにしたことについては、何も言っていませんが、これはどうしてですか？」

淡々としていたが、異様な響きを帯びた声であった。

「これこそ残虐というもの――しかも無意味な残虐というものじゃありませんか。私がやっていたことは、断じてそんな行為ではない！　皆さんが、坑道に降りていくときに白ネズミやカナリアを連れて行くのはなぜです？　有毒なガスがないかを確認するためでしょう。そんなことは誰でも知っている。しかしそういうネズミたちがガスを吸って死んだら、あなたたちは残虐だと言うのですか？　そうではないはずだ。これらの動物たちが多くの男たちの命を、おそらくあなた方自身の命を救うために役立ったと思うからでしょう」

アンドルーはぐるりと周りを見渡した。

野次も、私語も聞こえなかった。

「それと同じことを、私は皆さんのためにやっていたんです。私は、肺疾患について研究を続けてきた。あなた方が坑道で粉塵を吸ったせいで発症する病気についてです。あなた方が肺の病気にかかりやすいことや、病気になっても何の補償も受けられないことは周知の事実だ。この三年間、私はこの粉塵曝露の問題について寸暇を惜しんで研究してきた。そのおかげで、あなた方の労働環境を改善し、今より公正な待遇を受けられるようにする多くの重要な事柄を発見してきた。先ほどレン・リチャーズがほしがっていた無意味な薬瓶よりも、はるかにあなた方の健康のために役立つ研究結果です。それでも、一ダースばかりのモルモットを使ったことを残虐だと言うのですか。モルモットのおかげで、はるかに大きな価値あるものを手にしたと思わないのですか？」

アンドルーの怒気を含んだ朗々たる声が議場内に響き渡る。

今や室内は、水を打ったように静まり返っていた。

「おそらく諸君は、私の言うことを信じないのでしょう。はじめから偏見に満ちた目で見ているからです。私が嘘を言っていると決めてかかっているからです。ここまで言っても諸君は、私が自分の時間を——諸君に言わせれば諸君の時間を——くだらない実験に浪費したと言うのでしょう」

彼はもう一切の遠慮をしなかった。芝居がかったことはやるまいと心に決めていたことも忘れてしまった。胸ポケットに手を入れ、今週の前半に受け取っていた一通の手紙を取り出した。

「しかし、この手紙を見れば、ほかの人たちが私の研究をどう評価しているか、それも、しっかりと物事を判断する能力のある人たちがどう考えているか、おわかりになると思います」

アンドルーはオーウェンのもとに歩み寄って、手紙を手渡した。

それは粉塵研究の論文に対して、医学博士号を授与するという、セント・アンドルーズ大学の評議会書記長からの通知であった。

オーウェンは青い紋章の印字された手紙に目を走らせると、にわかに喜色をひらめかせた。その後、手紙は人々の手を順にゆっくりと回っていった。

手紙の効果を眺めるのは、アンドルーにとって愉快なことではなかった。必死で潔白を証明しようとしたことは確かだが、大学評議会からの手紙を取り出したことは、ほとんど後悔していた。こういった公的な肩書がなければ、彼らが自分を信じないというのであれば、それは彼らのアンドルーに対する偏見がきわめて深刻なものだということを裏書きするだけではないか。

やがてオーウェンが周りに対して、二言三言なにか言ったあと、

「先生、少し席をはずしていただけませんか？」

そう告げたときには、彼はほっとした気分だった。

委員会がこの問題について評決を取っている間、彼は部屋の外で、収まりきらない怒りを抱えたまま、じりじりと待ち続けた。

労働者たちが、自分たちで自分たちのために医療組合を運営するという委員会の理想は、確かに素晴らしい。しかし理想に過ぎなかった。その理想的な計画を推し進めるには、あまりにも人々は無知であり、偏狭であった。オーウェン自身、彼らがその理想の道から外れないようにするために、絶え間ない労苦を積んでいた。しかし今度ばかりは、オーウェンの好意をもってしても自分を救うことはできないだろうと、確信に近いものを抱いていた。

しかしアンドルーがまた会議室に戻っていくと、書記官は笑顔で迎え入れた。他の委員の人々も、先刻より好意的な視線を向けているか、少なくとも敵意は消して彼を見つめていた。オーウェンは素早く立ち上がって告げた。

「朗報があります、マンスン先生。敢えて申し上げれば、私は個人的にも、とても喜んでいます。委員会は多数決の結果、先生にとどまっていただくように決定しました」

書記官の、励ましを含んだ穏やかな声が聞こえた。

彼は勝ったのだ。

冤罪は晴れ、勝利を手にしたのである。

しかしたいした喜びは生まれてこなかった。

会議室には沈黙が広がっていた。人々は明らかに、彼が安堵と感謝の気持ちを述べるのを待っているのだ。だが、それに応じる気持ちにはなれなかった。もはやこのゆがんだ一連の出来事のすべてに、委員会にも、アベララウにも、珪石結晶やモルモットや自分自身にさえ、心底疲れ切っていたのだ。

　とうとうアンドルーは口を開いた。

「ありがとう、オーウェンさん。色々とご迷惑をおかけしてきたのに、委員会が私を引き留めてくれるということには、感謝します。しかし申し訳ない。もうこれ以上、アベララウにはいられません。今日から一ヶ月の準備期間を委員会に差し上げた上で、辞職させていただきたい」

　彼は無感動にそう告げて、ゆっくりと身を翻した。

　会議室は静まり返っていた。最初に我に返ったのはエド・チェンキンだった。たちまち彼は、負け惜しみと戸惑いの入り交じった捨て台詞を吐き出した。

「これで厄介ばらいができたぜ」

　その途端、鋭い怒声が会議室を震わせた。

「無能な口を閉じたまえ！　エド・チェンキン！」

　オーウェンが初めて怒りを爆発させていた。未《いま》だかつて会議室で怒ったことなどない男が、凄まじい怒気を発していた。

「あれほどの男を、二度と雇うことはできないんだぞ！」

オーウェンは持っていた書類の束を、テーブルに叩きつけた。

第十六話　出立の日

その晩の真夜中、アンドルーはうなされて目を覚ました。

「僕は馬鹿なのか、クリス？　自分たちの生活を……こんないい働き口を自分で放り捨ててしまった。最近じゃ、個人的に信頼を置いてくれる患者も何人かできていたし、ルウェリンもそれなりに気を配ってくれるようになった。話したかな？　彼は僕が病院で診療できるように、色々検討し始めていたんだ。それに委員会も——チェンキンたちを除けば、悪い人ばかりじゃない。ルウェリンが退職したあとは、僕をその後任に据えることさえ考えていたみたいだから」

クリスティンは暗闇の中でアンドルーに寄り添いながら、静かな声で優しく答えた。

「でもあなたは、一生をウェールズの炭鉱医で、過ごしたいとは思っていないでしょう？　ここでの生活は幸せだったけど、そろそろ動いてもいい時期よ」

「でもね、クリス」

アンドルーは悩みながら答えた。

「まだ開業するほどの資金はないんだ。自分のやりたいことをやっていくためには、もっとお金が必要だよ」

　クリスは少し眠たげに答えた。

「やりたいこととお金と、そんなに関係があるの？　それに貯めたお金だって、全部とは言わないまでも使っちゃうでしょ。だって今度こそ、本当の休暇が取れたんだから。あなた、もう六年近くもこの山奥の鉱山にいて、ほとんど離れたことがないじゃない」

　彼女のそんなおおらかな態度は、たちまちアンドルーに感染した。

　翌朝には、世界中が陽気で開放的な空気に溢れているかのようだった。今までになく朝食を美味しそうに食べながら、彼は語った。

「君はいいところがあるね、クリス。表舞台に上がってもっと大仕事をしてほしいとか、世間から認められる立派な業績を上げてほしいとか言うのかと思っていたけど、君は……」

「あら、アンドルー」

　彼女は夫の話を自然に聞き流して、全然別の話題で応じた。

「そんなに新聞をしわくちゃにしないで。園芸欄を読むのを楽しみにしてるんだから」

「そんなの読まなくていいさ」

　扉の方に歩きかけて、アンドルーはクリスティンの頬に優しくキスをした。

「僕らのことを考えていてくれればいい」

人生の大きな転換点に立っていると思うと、アンドルーはむしろ活力が湧いてくるのを感じた。その上で、彼は慎重に自分の人生の収支をチェックした。今や彼は王立医学会会員であり、医学博士の称号も得ていた。その上、銀行には三百ポンド以上の貯金を持っていた。それだけのものを二人は積み上げていたのだ。よもや野垂れ死にするようなことはないはずだった。

二人が固い決心をしたのは、良いことだったかもしれない。今や町全体の空気が一変していた。彼が自ら辞表を提出したとなると、今度はこぞって人々が彼を引き留めにかかった。審問会の翌週、オーウェンが主唱者になって委員会の代表団がヴェール・ビューに出向いたが、アンドルーに再考を促してあっさり退けられた一件は、一層状況を劇的にした。以後、エド・チェンキンに対する反感が高まり、暴力沙汰に発展しかねないほどだった。大通りではチェンキンに向かって野次が飛んだ。炭鉱からの帰路、チェンキンは二度も安っぽい笛吹きの楽隊にはやしたてられたことがあったが、これは鉱員たちが仲間と認めない相手を侮辱するためにしばしば用いた方法のひとつだ。

地方都市にこれほど大きな反響を引き起こしている一方で、アンドルーの論文は外の世界を軽々と揺さぶっていた。この論文は、彼に博士号をもたらしただけでなく、イギリスでは「産業医学会誌」に掲載され、アメリカではアメリカ衛生学会によって小冊子として出版された。それらに加えて、彼は三通の手紙を受け取った。

一通目は、ロンドンのイーストセントラルのブリックレーンにある製薬会社から届いたもので、手紙によると、肺の特効薬である「プルモ・シロップ」をアンドルーの診療所に送付するということであった。その薬は高名な医学者を含む多数の推薦文を得ているとのことで、プルモ・シロップを是非とも診療所の鉱員たちに投与してもらいたいことと、この薬はリウマチにも効果があることなどが記載されていた。

二通目はチャリス教授からで、祝辞と賞賛に溢れた手紙の後半では、今週中のどこかでカーディフの学会を訪ねてこないかと問うていた。追伸として、「是非木曜日に」と付け加えてあったのだが、その週のアンドルーは忙しくて、とても誘いに応じることはできなかった。実際、彼は手紙をどこかに置き忘れ、返事を書くことさえ忘れていたくらいである。

三通目の手紙がきわめて重要で、彼はひどく感激した。それは大西洋の向こう側のオレゴン州からやってきた特別で刺激的な手紙だった。タイプライターで打たれたその手紙を、アンドルーは何度も読み返し、興奮してクリスティンのもとに駆け寄った。

「素晴らしい手紙が来たよ、クリスティン。アメリカからだ。スティルマンって人からだ。オレゴンのリチャード・スティルマン——君は知らないかもしれないが、僕は名前を知ってるんだ。僕の論文を、これ以上はないほど的確に評価してくれている。チャリス教授より、ずっとはるかに正確に——ああ、そうだった、教授に返事を書かなきゃいけなかった——とにかくこの人物は、完全に僕の論文を理解している。実際、ひとつ二つ、的確に訂正を加えているんだ。明らかに珪石の中で実際に有害な反応を引き起こしているのは、セレサイトなんだ。僕は化学の知識が足りなかったから、そこまでは辿り着けなかった。それにしても、お祝いの言葉に溢れた素晴らしい手紙だよ。それもスティルマン本人からだ！」

「そうなの？」

クリスティンは首をかしげながら覗き込んだ。

「向こうのお医者さん？」

「それがちょっと変わっていてね。本当は物理学者なんだ。でもオレゴンのポートランド近くに肺疾患の診療所を運営していてね。——ほら、ここに書いてあるだろ。まだ彼を認めていない者もいるけど、独自の道を進んでいて、シュパーリンガーに勝るとも劣らない偉大な人物だよ。また時間があるときに、彼について話してあげるよ」

そう言ってすぐに椅子に座って返事を書き始めたことが、彼がいかに感激しているかということの、何よりの証拠であった。

二人は日々、休暇の準備に忙殺されていた。便利な中心都市であるカーディフに家具を預ける場所を探したり、別れの挨拶にまつわる気の重い作業に追われたりする日々だった。かつて二人がブライネリを離れたときは、唐突で悲愴感が漂っていた。しかし今、彼らは容易には絶ちがたい感傷を覚えていた。ヴォーン家やボーランド一家に加えて、ルウェリン夫妻さえも、送別のための晩餐に招待してくれた。立て込む宴会で訳もわからず挨拶が続き、アンドルーは「お別れ消化不良症候群」に陥りそうだった。旅立ちの当日はみんなで駅のホームから見送ることになっていると、ジェニーが涙を浮かべながら告げたときは、二人ともさすがに驚いた。

いよいよ出発の当日になって、ヴォーンが慌ただしく駆け込んできた。

「また面倒をかけて悪いんだが、マンスン先生、チャリス教授の件はどうなっているんだ。あの老教授からこっちに手紙が来たんだ。君の論文のおかげで、あっちじゃえらい騒ぎらしい。あくまで俺の推測だが、教授の所属している鉱山労務管理局も同じ状態なんじゃないか。とにかく教授は君に連絡をとりたいと頼んできた。是が非でもロンドンで会いたいって話だ。とても重要な案件だと書いてあった」

アンドルーは気の進まない調子で応じた。

「僕らはこれから休暇に入るんだ。ここ数年で初めての本当の休暇だよ。とても会いに行く気分じゃない」

「じゃあせめて連絡先だけでも教えてくれ。教授がきっと手紙を送るだろうから」

アンドルーは気付かわしげにクリスティンに視線を向けた。二人は、すべての雑事や連絡や干渉から自由になるために、行き先を秘密にするつもりであった。少なくとも一ヶ月から一ヶ月半くらいは、何事にも煩わされたくないと二人で話し合ったのだ。しかしヴォーンにだけは伝えることにした。

それから駅に急ぐと、そこにはアンドルーが担当した地区の人々が集まって、大変な人だかりになっていた。取り囲まれ、握手を求められ、声をかけられ、背中を叩かれ、抱擁され、ついには動き出した汽車の客車に急き立てられて乗り込む始末だった。汽車が少しずつ速度を上げ始めると、ホームに集まった人々は陸軍軍歌の「ハーレックの男たち」を力強く歌い始めた。

「やれやれ」

アンドルーは握手でしびれた指を動かしながら言った。

「やっとこれでお別れだよ」

つぶやく彼の目には涙が光っていた。

その目を眩しげに細めながら、

「僕はこの景色をけして忘れないよ、クリス。なんていい人たちなんだ。でもほんの一ヶ月前は、町の半分の人たちが僕を血祭に上げようと躍起になっていたんだ。それもまた、確かな事実だ。人生というのは、ほんとに面白いものだね」

それからアンドルーは隣に座ったクリスティンを楽しげに眺めやった。

「さあマンスン夫人。お前もいつのまにかお婆さんになってきたけど、二度目の新婚旅行を楽しもうじゃないか」

夕方には汽車はサウサンプトンに到着し、二人は海峡横断汽船の寝台に乗り込んだ。ドーバー海峡を渡った翌朝は、船上からサンマロの城壁の向こうに昇る朝日を眺め、その一時間後にはフランス領ブルターニュの地を踏んでいた。

小麦は豊かに実り、サクランボはたわわに実をつけ、ヤギの群れが花々の咲き乱れる牧草地をのんびりと彷徨っていた。クリスティンの立てた計画は、この土地に来て本当のフランスに触れるということだった。美術館とか宮殿とか、歴史上の記念碑とか城跡とか、そのほか旅行案内記に書いてあるようなものを、クリスティンは望まなかったのだ。

彼らの目的地は、ヴァル・アンドレという美しい港町だった。小さなホテルに入ると、波音が聞こえ、草地の香りがした。寝室は質素で清潔で、そして朝になると、厚めの青いカップに淹れたての珈琲が出てきた。二人は一日中のんびりと過ごした。

「ああ！」

アンドルーは繰り返しつぶやいた。

「素晴らしい時間じゃないか、クリス。僕はもう、肺炎なんか二度と診たくないよ」

シードルを飲み、ロブスターや小エビ、クッキーやサクランボを食べた。毎晩アンドルーは、アンティークの八角テーブルで、ホテルの主人とビリヤードを楽しみ、しばしばひどい負け方をした。

アンドルーの形容に従えば、これは実に愛すべき、素晴らしい、恍惚たる生活だった。ただし煙草だけは微妙だと彼は付け加えた。

この上なく幸福な一ヶ月はあっという間に過ぎていった。そのうちアンドルーは、封を切らない手紙を、ちらちらと眺めたり触ったりしながら、微妙に苛々し始めた。手紙はもう二週間ほど前から溜まり始め、彼の上着のポケットに入ったまま、チェリージュースやチョコレートの染みがついていた。

「さあ、もういいかな」

ある朝、とうとうクリスティンが口を開いた。

「約束の期間は守ってくれた。手紙を開けてもいいんじゃない？」

アンドルーは日の当たるテラスに出ると、溜まった封筒を丁寧に破って、目を通していった。すぐ目の前には浜辺が広がり、心地よい波音が届いていた。

順に手紙を確認していたアンドルーは、何通目かを開いたところで軽く眉を寄せ、そのまま傍らのベンチに横になって読み続けた。やがておもむろに身を起こし、無言でクリスティンにそれを手渡した。

手紙はチャリス教授からのものだった。それによると、粉塵曝露に関する彼の研究結果を受けて、鉱山労務管理局が、議会に報告するための全面的調査を開始することを決定したという。そしてこの調査のために、管理局は専任の医務官を任命することになったのだが、最新の研究結果を提示した実力に鑑みて、満場一致で、躊躇なく、アンドルーにこの地位を提供することになったというのである。

手紙を読み終えたクリスティンは、嬉しそうにアンドルーを見た。

「言ったでしょ。きっと何か思いがけないことが起こるって。すごいことじゃない」

微笑むクリスティンに対して、アンドルーは考え込むような顔で浜に降りていき、石を拾って遠くのエビ取り籠に投げ込んだ。

「これは臨床の仕事だよな」

なかば自分に言い聞かせるように彼は言った。

「そうじゃないか。彼らだって、僕が臨床医だってことは知っているんだから……」

そんなアンドルーを見守りながら、クリスティンは穏やかに笑った。

「そうね、アンドルー。でも今は色々悩まない。私たちの約束を思い出して。最低でも六週間はここで何もせず、ただのんびりするっていう約束。こんなことで大事な休暇を壊すつもり？」

「いや、大丈夫」

アンドルーはちらりと腕時計を見た。

「約束は守るよ。でも、それはそれとして——」

彼は少し勢いをつけて戻ってくると、優しく彼女の手を取って立ち上がらせた。

「郵便局に行って電報を打つくらいは、悪いことじゃないだろ。それから……念のため、帰りの船の時間も確認できると安心かな」

解説　城砦〈上〉

夏川草介

「クローニンの翻訳をお願いできませんか？」

電話越しに、突然そんな依頼が転がり込んできたのは、今から五年以上前の二〇一九年のことである。

話を聞いた私は、電話を片手に持ったままおおいに慌てた。翻訳という仕事が私にとって初めてであったからではない。依頼のあったクローニンという作家について、何も知らなかったからでもない。目の前で、今まさに大腸ポリープを切除しようとしていたタイミングだったからである。

状況を説明せねばならない。

私は消化器内科の医師である。胃カメラや大腸カメラを扱う部門であり、電話がかかってきたその時、私はちょうど研修医に内視鏡治療の指導を行っているところであった。処置自体はありふれたものである。問題は、電話がかかってきたタイミングであった。

病院には、日常的に様々な電話がくる。外来の予約目的から健康相談、院内イベントの問い合わせから事務連絡まで。もちろん医師につないでほしいという電話も多いが、それを普通、受付の事務員は簡単には取り次がない。診療を滞らせてはいけないことはもちろん、わけのわからない投資や詐欺まがいの電話も少なくないからだ。ゆえにめったなことで内視鏡中の私のもとに外線が転送されてくることはないのだが、その日の事務員は、電話向こうから聞こえた「日経メディカル」という医療界では権威ある名前に、圧倒されてしまったらしい。用件の確認もそこそこに、私のもとにつないでしまったという次第だ。

災難であったのは、私ではない。電話をかけてくれた日経メディカル編集者の小板橋さんである。柔らかな口調で自己紹介し、冒頭の用件を述べている声を、私は無遠慮に、かつ冷ややかに遮って告げた。

「診療中に、患者に関係のない話を持ち込まないで頂きたい」

もちろんそんな乱暴な言い方はしていない。

最大限に忍耐力を動員して言葉は選んだはずだから、言葉そのものはもっとはるかに穏当であったはずだ。しかし心中にそれに近いセリフがあったことは否めない。私は、礼儀の範疇をいくぶん越えた冷然たる態度で告げ、なかば一方的に電話を切ってしまったのである。

思えば、もう少し冷静な対応ができなかったかと臍を噬む思いである。敢えて言い訳をするならば、私の場合、内視鏡の処置中はそれ以外の出来事がすべて些末な問題になってしまう。誤解のないように書いておくが、翻訳という言葉には、おおいに心を動かされた。「サテュリコン」から「罪と罰」まで、私が海外の様々な小説を読みあさることができたのは、翻訳者の労苦のたまものであるし、実際これは名訳だと思う訳書にもたびたび出会ってきた。文筆家としては、かかる依頼は大変光栄だと言わねばなるまい。しかし内視鏡の処置中は話が変わる。患者と病変以外のことは、一切頭に入らなくなる。看護師たちの間でも、内視鏡を握っているときの私は、普段とずいぶん空気が変わってしまうらしい。こういう行き違いや失態を回避するためにも、私は医業と執筆業を明確に分離しており、患者さんの多くも私が小説を書いていることなど知らないのだが、院外にまでそれが周知されているわけではない。不運なやりとりを完全に避けることは難しいのである。

要するに、本書「城砦」の翻訳は、大変噛み合わない会話からスタートすることになった。スタートそのものは冴えなかったが、しかしそれから数年の経過を経て、作品そのものは素晴らしいものに仕上がった。自画自賛をしようというのではない。根幹となる「城砦」そのものが、とてつもなく魅力的な作品なのである。

「城砦」は、スコットランド出身の外科医アーチボルド・ジョゼフ・クローニンが書き上げた自伝的小説である。

物語は青年医師アンドルー・マンスンが、ウェールズの山間にある小さな鉱山町に赴任するところから始まる。全四部で構成されるこの物語は、ここから足かけ十年にわたるアンドルーの足取りを描いていくことになる。愚直なまでに生真面目で、情熱的なひとりの青年医師が、様々な経験を積み、成功と失敗を重ねて成長していく姿が、多彩なエピソードと社会問題さえ組み込んで描かれており、ある種の大河小説のごとき趣さえ有している。

一九三七年初版の本書は、主人公アンドルーの鮮烈な半生と、描かれた市井の医療現場のリアリティゆえにベストセラーとなり、映画化もされ、国境を越えて読者層を広げた。欧米だけの話ではない。日本でも本書は注目を浴び、一九七六年には、「炎のカルテ」の名で連続テレビドラマになっている。

いわば一世を風靡した作品なのだが、おそらく現在の日本では、その作品名および著者名ともに知らない人が多いのではないだろうか。かくいう私もそうであった。私に限らない。かつて医学生必読の書などとされた本書について、同じ医局の中で知っている医師はひとりもいなかった。ただひとり、本書を知っていたのは、すでに大学病院を退官されたK先生である。K先生は、私の大学院時代の指導医のひとりである。七十歳を超えてなお研究生活を継続し、今も自己免疫性膵炎に関する新たな事績を、飽かずたゆまず積み上げておられる尋常ならざる先生だが、ある宴席で「城砦」について問うた私に、軽く眉を上げて応じられた。

「知ってるよ。懐かしいな」

酒杯を片手に目を細めると、

「あれは見事な小説だった」

ぼそりと懐かしげにつぶやく姿には、なにやら枯淡の巨木にふわりと咲いた桜花のごとく、鮮やかな情感が漂っていたものである。

七十歳を超えた老練の医師の胸の内に、今も生き生きとした記憶が刻まれている。その事実が、なによりも「城砦」の魅力を物語っているのかもしれない。

「城砦」は医師を主人公にした物語である。

それゆえに今の日本においては医療小説という位置づけになるのかもしれないが、本書を熟読した私の印象は、そういう枠に収まらない。

ここには、ひとりの人間の足跡が克明に描かれている。

希望があり、情熱があり、理想がある。挫折があり、変節があり、堕落がある。そのひとつひとつに触れることで本書は、幸福とはなんなのか、成功とはなんなのか、そして生きるとはどういうことかと、静かに読者に問うてくる。それだけ深く踏み込む力を持っていながら、読者の興奮をあおるような残虐なシーンや過激な文言は出てこない。クローニンの筆致はどこまでも冷静である。人間の抱える悪というものが、そんなわかりやすいものではないということをはっきりと認識しているのであろう。

淡々とした筆致でありながら、読者は胸を躍らせ、心を揺さぶられ、いつのまにか拳を握りしめてアンドルーとともに患者のもとに足を運ぶことになる。

要するに、本書は圧倒的に面白い。

もちろん、いまどき耳慣れない海外の小説など敢えて手に取る読者はけして多くないであろう。しかも上下巻の分冊は、それだけで三割は売り上げが落ちると言われる厳しいご時世である。上巻と下巻のそれぞれに私が解説と称する推薦文を書くことになったのも、少しでも多くの人に手に取ってもらおうという、出版社の懸命な戦略のひとつである。戦略の是非はどうあれ、その熱意だけは十分に了解できるから、私も要望に応じた次第だ。

およそ一世紀前、イギリスでこの鮮烈な小説は生まれた。厳しい時代に直面するヨーロッパで、多くの若者たちの心の羅針盤となった。

それから半世紀近くが過ぎて、本邦でも注目を浴びるようになり、テレビドラマにも取り上げられて、沢山の日本人に、過酷な日々を生き抜く希望と勇気を与えた。

それからまた半世紀が過ぎた。

今「城砦」を知る人はけして多くはない。多くはないからこそ、今一度新たな形で届けたいと思う。

私はときおり依頼を受けた紙面で述べている。時代を超える作品には、人間の本質に踏み込んだ大切なことが書かれているのだと。あらゆる物事が急速に変化していく今の世界においても、人間には変わってはいけないことがあり、変わらないために力を尽くすべき事柄がある。その普遍性を捉えた作品が、読み手の胸を打ち、次の世代へと受け継がれていくのである。

本書「城砦」はまさに時代を超える力を持った作品である。

【編集付記】

本文中、今日の人権意識からすると差別的表現ととられかねない箇所がありますが、著者自身に差別的意図はなく、執筆当時の時代背景、作品自体の文学性・芸術性、さらに著者が既に故人であることを鑑み、原文どおりとしています。(日経ＢＰ)

著者　アーチボルド・ジョセフ・クローニン

スコットランドの小説家、劇作家、ノンフィクション作家（1896年−1981年）。グラスゴー大学で医学を学び、第一次世界大戦のイギリス海軍外科医として働いた経験を有する。南部ウェールズの鉱山町トレデガーで開業した経験を基に執筆したのが、ウェールズを舞台にした本書『城砦』である。『城砦』は日本に紹介されると同時にベストセラーとなり、同書の影響で医師を志した若者が多く、座右の書として摩り切れるまで読み返したという医師も少なくなかった。

訳者　夏川草介（なつかわ そうすけ）

1978年生まれ、信州大学医学部卒。2009年に『神様のカルテ』（小学館）で第10回小学館文庫小説賞を受賞しデビュー。同シリーズは累計発行部数330万部のベストセラー。海外でも高く評価されている『本を守ろうとする猫の話』（小学館）、新型コロナに翻弄される医療現場を赤裸々に描いた話題作『臨床の砦』『レッドゾーン』（小学館）、2024年本屋大賞ノミネート作の『スピノザの診察室』（水鈴社）などを執筆。本書は初の翻訳小説となる。

城《じょう》砦《さい》〈上〉

2024年 7月29日　初版第１刷発行

著　者　A. J. クローニン
訳　者　夏川草介
編　集　小板橋律子
発行者　田島　健
発　行　株式会社日経BP
発　売　株式会社日経BPマーケティング
〒105-8308 東京都港区虎ノ門4-3-12

装　画　木内達朗
装　丁　石間　淳

印　刷
製　本　中央精版印刷株式会社

ISBN978-4-296-20450-2　Printed in Japan